那須三男

ある陸軍主計将校の比島戦手記

るそん回顧

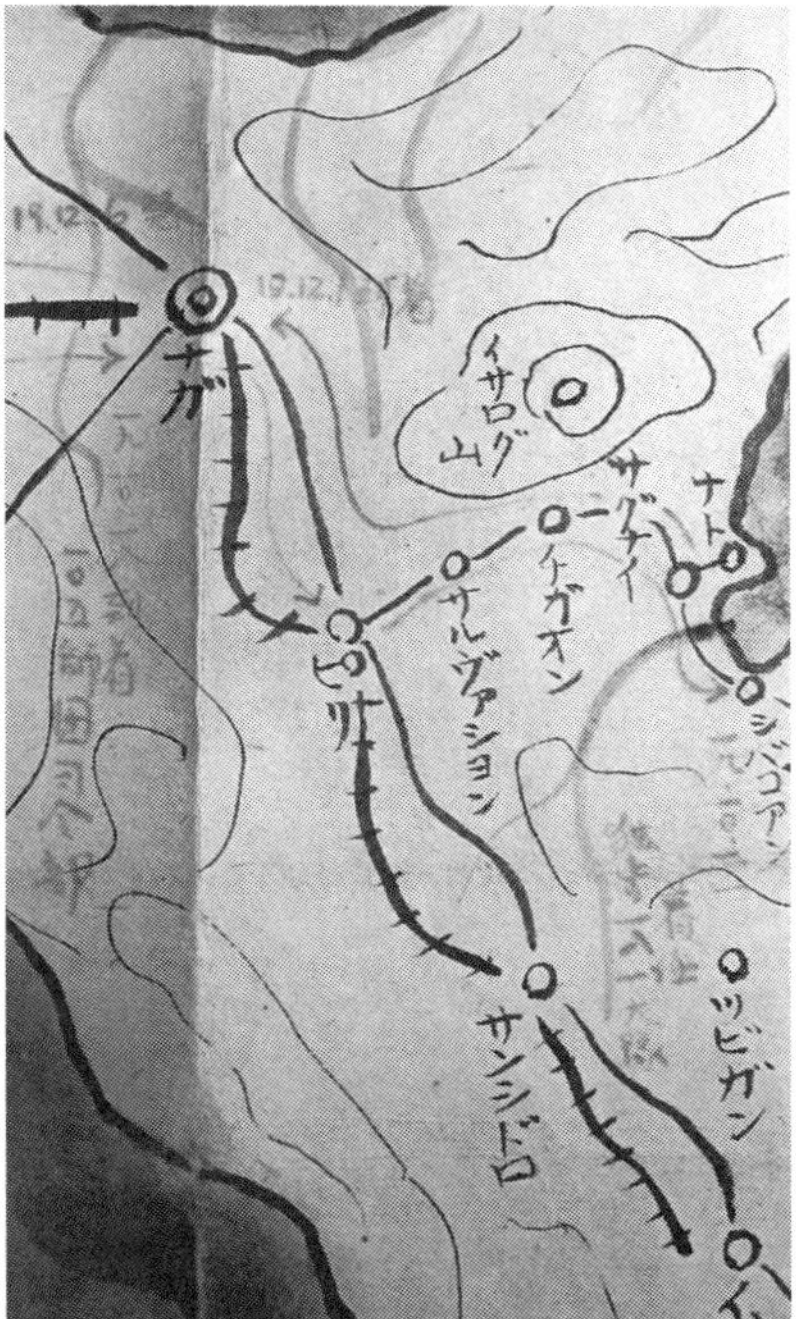

るそん回顧——目次

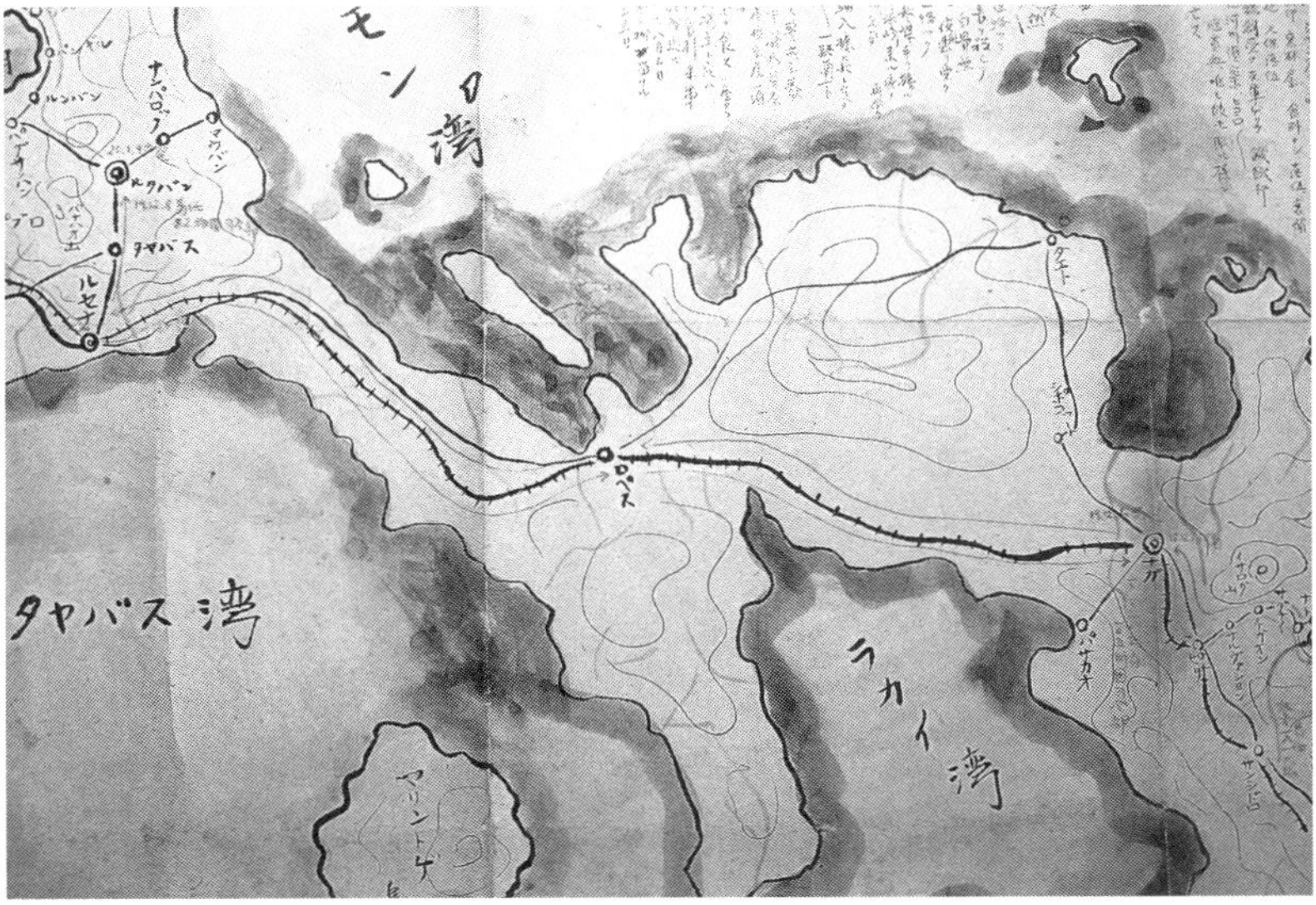

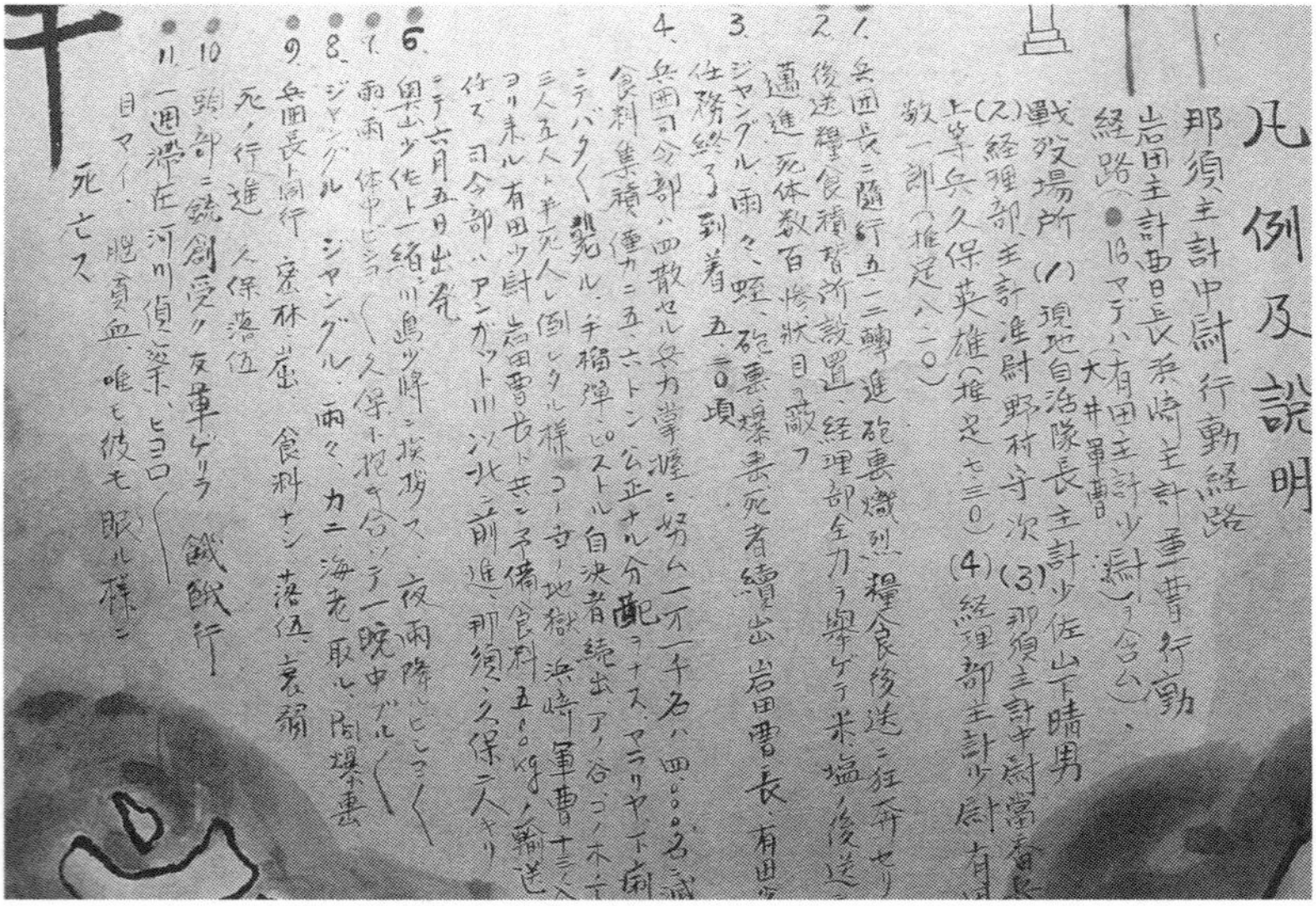
凡例及説明
那須主計中尉行動経路
岩田主計曹長兵崎主計軍曹行動
経路（16マデハ有田主計少尉）ヲ含ム、
大井軍曹
戦没場所 (1) 現地自活隊長主計少佐山下晴男
(2) 経理部主計准尉野村守次 (3) 那須主計中尉
上等兵久保英雄（推定七三〇）(4) 経理部主計少尉
敷一郎（推定八二〇）
1. 兵団長ニ随行五三一轉進 砲爆熾烈 糧食後送ニ狂奔セリ
2. 後送糧食積替所設置、経理部全力ヲ挙ゲテ米塩ノ後送
3. 邁進 死体数百惨状目ヲ蔽フ
4. ジャングル 雨々、蛭、砲爆撃 死者續出 岩田曹長、
任務終了 到着五・三〇頃
5. 兵団司令部ハ四散セル兵力掌握ニ努ム
食料集積僅カニ五・六トン 公正ナル分配ヲナス、マラリヤ下痢
ニテバタバタ斃ル 手榴弾 ピストル自決者続出
コノ世ノ地獄
任ズ 司令部ハアンガット川ソバ北ニ前進、那須、久保
6. ニテ六月五日出発
奥出少佐ト一緒、川島少将ニ挨拶ス、夜雨降リ
7. 雨雨 体中ビショビショ 久保ト抱キ合ッテ一晩中ブルブル
8. ジャングル ジャングル 雨々、カニ 海老 取ル
9. 兵団長ト同行 密林 崖 食料ナシ 落伍 衰弱
死ノ行進 久保落伍
10. 頭部ニ銃創受ク 友軍ゲリラ 餓死行
11. 一週滞在 河川偵察、ヒヨロヒヨロ
目マイ、脳貧血 唯モ彼モ眠ル様ニ
死亡ス

第三部

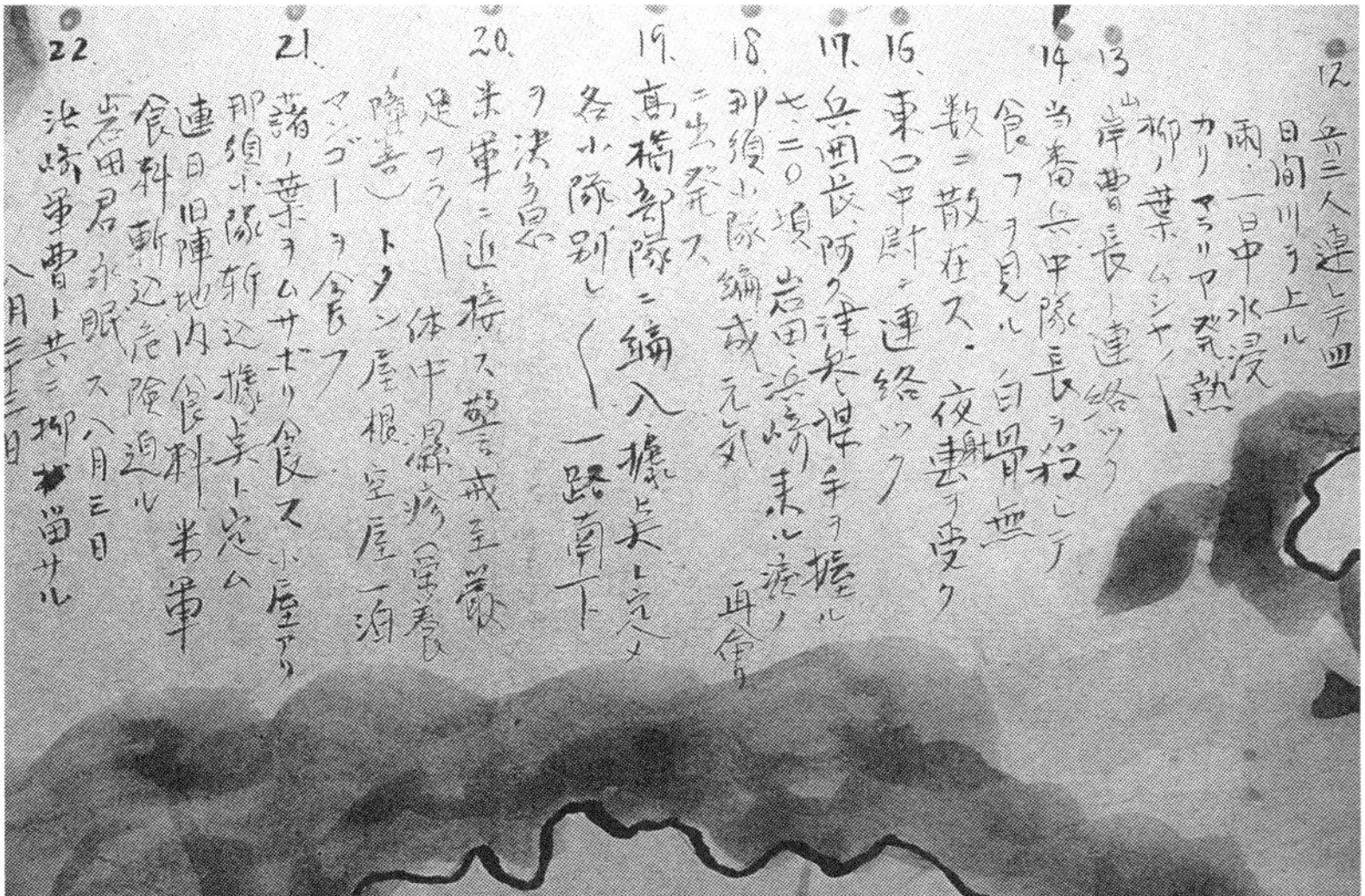

今は、はかなくも悲しきＰＷ生活。
過去はすべて夢である。
何も彼も再出発だ。
つれづれのままに過ぎし日をしのび
思い出の記として走りしるす。

昭和二十年十二月

――ルソン島ラグナ湖畔カランバ平原
ルソンＰＷ第一キャンプに於て――

那須三男

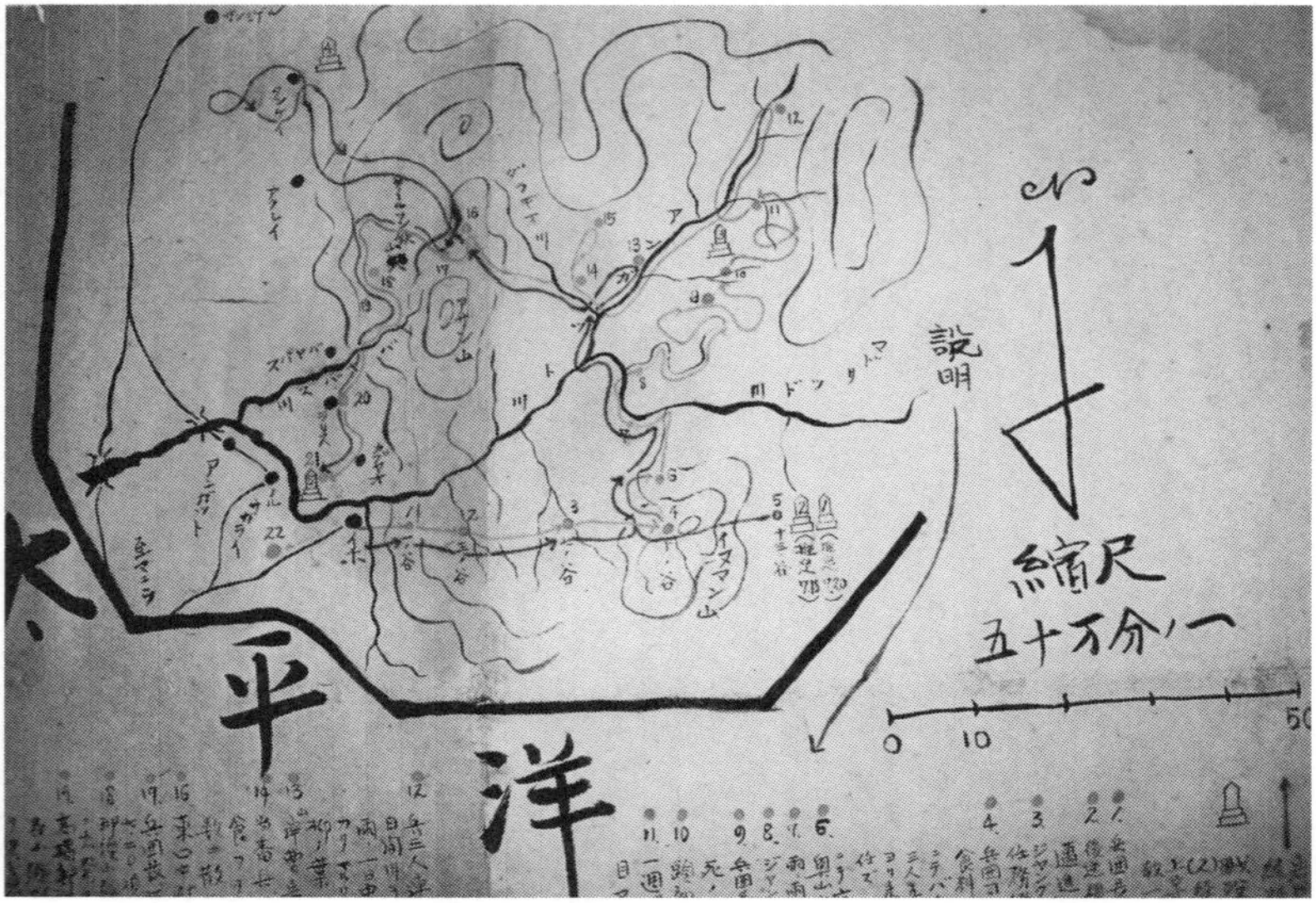

第一部

一——出発

　顧みれば、昭和十九年八月二十九日、陸軍経理学校卒業の前日である。在比島一〇五師団独歩一八一大隊附と発表された時は、言いようのない緊張に身の引き締まるのを感じた。門司港集合の電報を、今日か明日かと気にしつつ過ごした郷里の一週間は夢のようであり、二度と帰らぬと覚悟を決めていただけに、山も川も路もせつないほどに懐かしまれてならなかった。

　九月八日、いよいよ出発の日の昼食は、家内中と親類の人たちも混じって賑しい食膳であった。兄の奔走してくれた酒や、殊にわざわざ沖村から新家の伯母さんの持って来てくれた一本のビールは涙のこぼれるほどうれしく旨かった。

　母親が沖村から貰って来てくれた鰹節、甚六さんのお時さんから貰った赤褌《ふんどし》を後生大事に最小限の衣類、日用品等とともに将校行李に詰め込み、備前の貞弘一振りに新品の長靴で晴れの出征をする姿は、自分ながらかなり勇ましいと思った。

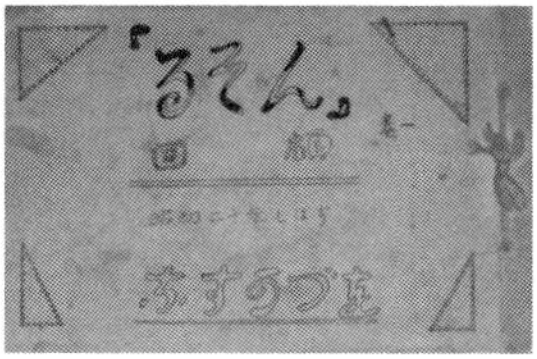

　涙もろい甚六さんの家のおばさんは泣いていた。子供の頃、いつもいつも頭をそってもら

ったこと、亡父に叱られて夜家の中へ入れて貰えなかった時、泣いてお詫びをしてもらったことなどを思い起こし、どうぞ丈夫で長生きをして下さいと心の中で祈った。

稲枝駅に自分と兄より一足遅れて母、嫂《あによめ》、甥たちがバスで到着した時は、発車までにまだ二十分以上もあった。母たちは別に何も話さなかった。勇精や弘三はうれしそうであった。自分と兄は何でもない話をしていた。季子が妊娠中なのでショックを与えまいと別れにも行かなかったが、やはり行っておいた方が良かったなどと思いつつ煙草をふかし、待合室の中をウロウロ歩いたりした。

昨年、満州から帰った時、兄と二人でやはりこの稲枝駅に荷物を取りに来た時のことを思い出した。あの時は経理学校を卒業したら、また懐かしの満洲に赴任出来るものとばかり思っていた。それが意外にも南方第一線への赴任である。今は新しい希望とよろこびで一杯だ。田舎の小さな駅舎を押しつぶすような轟音と共に列車が入って来た。乗るとすぐに発車だ。兄がホームを歩きながら何か言ったようであったが、よく聞きとれなかった。家内中で手を振っていた。嫂の白いハンカチが一番最後まで見えた。

車内に戻ると、皆が自分の今の別離を見ていたようで少し照れた。女々しいことも未練なことも何でもないと決め込んで座席につくと　妙に静かな気持ちになった。車中には南方に行くらしい軍人が何人もいた。大阪駅の夜は燈下管制のため、どこがどこやら下関行きがどのホームから出るやら見当がつかずちょっと困った。仏印に赴任する同期の芹原に出会った。大きな将校行李をもてあましつつ、下関行きの急行にやっとのことで乗り込んだ。

二等車は満員だったが、どうにか座席はあった。車中は案外静かだったが、今は乗るかそるかの大決戦を遂行しているのだという決意が皆の眉間に溢れていた。皆、疲れ果てながら各々の職域に狂奔しているのである。どの駅もどの駅もひっそりとして、ただ赤や青のシグナルが夜気に濡れていた。

神戸を過ぎる時、正代さんやちぃちゃんのことを思い出した。入院したという友達からの便りを経理学校で受け取ったきり、正代さんの消息は不明である。どうぞ元気でいてくれるように。昨年十一月十四日二十四時出発の夜汽車に、雪の降る中を牡丹江駅まで見送りに来てくれた時の淋しそうな寒々とした姿が想い出されて妙にしんみりとなり、この少年のような気持ちがじれったく首を振って打ち忘れることに努めた。そして今、自分は大命により南方の決戦場にはせ参じつつあるのだという気持ちに専念しようとあせった。

ゆで卵がなぜかまだ温かかった。「いらない」と言うのを無理に持たせた母親の心遣いに、今日別れて来たばかりの家が恋しくてならない。お寿司も食べた。腹が空いているはずなのに大して食欲がない。眠ろう、眠ろうと努力するほど首や腰が痛く寝苦しくて仕方がない。早く下関に着けば良いとそればかりを念じた。

岡山県か兵庫県か判らぬが、暗闇の中を汽車はひた走りに走っていた。どの町もこの町も暗かった。汽車がぐんぐんと横に揺れてブランコに乗っているような錯覚に胸が苦しくなり、何度も何度も頭や手や足の位置を置き換えた。

下関駅は雑踏していた。何もかもがただ戦争完遂に邁進していた。関門海底トンネルを通ると初めて踏む九州の土である。電車に乗り換えてすぐ門司港駅に着いた。昭和十三年新京電信第三聯隊の四中隊で、同年兵として共に苦労した渡辺君にぱったり出会った。彼も兵科少尉候補者として自分たちと一緒に卒業し、ルソン島にある電信第二聯隊に赴任するのだと言う。懐かしくもまた気強い。

波止場の待合室には、南方赴任の同期生たちが、五、六十名集まっていた。沢もいた。彼はビルマ赴任だから、どうせ同じ船には乗れない。二人で葉書を買って来てそれぞれ郷里に便りを書く。卒業以来僅か十日だのに、沢と別れて半年も過ぎたような気がする。

過ぐる六月、西巣鴨の沢の下宿で、丹波の田舎からわざわざ上京して来て彼の妻君にいろんな食料を持って来た彼のおかあさんが　息子に飲ませようと大切に大切に抱いて来た二本のビールを、彼の妻君（幸枝さん）の手料理でウマイウマイと連呼しつつ飲んだ時、老いた彼のおかあさんは実直そうに、そして節くれ立った手を膝の上にキチンと揃えて眼を細めてうれしそうに眺めていた。

その時の沢君の話では、奥さんは妊娠していたのだが、そんな様子は全然見えず、とてもうれしそうにいそいそと立ち舞い、「早く那須さんも奥様を貰われるといいですわね。また新京に行ってもお隣りで御一緒に御交際出来る日を何より楽しみにしています」などと、僕や沢君の卒業後の赴任先を関東軍司令部と決め込んでいるようなことを言った。

在満当時、牡丹江から突然、新京に出張し、いきなり彼の官舎を興安大路におとずれ、仲好く二人きりでと準備してある彼らの夕食の御馳走に番狂わせをさせた揚句、持ち込みの酒を二人してさんざん飲み、奥さんに歌まで歌わせ、夜も十一時過ぎてから沢君を街に引っ張り出し（といっても新婚の手前、僕は一人でホテルに帰ると言うのを彼が一杯機嫌で断然自主的に乗り出したのであるが、彼の奥さんは、僕が引っ張り出したと想い込んでいたらしい）、その晩は変なところに泊まり込んで彼は家に帰らなかった。彼の奥さんはこんな悪友をやはり主人の第一の親友と心得ているのだ。事実また、二人は腹を割って話せる無二の親友なのだ。

僕は待合室のベンチで沢と並んで腰かけ、「もうこれっきり二度と会えないかも知れんなあ」と言い、彼は僕の持って来た巻ずしをうまい、うまいと言って食い、僕はまた彼の寿司かなんかとゆで玉子をムシャムシャ食った。そして「おかあさんは元気か」「奥さんはどうかね。体は大丈夫か」などと尋ねたが、彼は「ウン、ウン」と言っていてあまり話さなかった。そして「君と一緒にフィリピンへ赴任するのだったらいいのになあ」と言った。

区隊長の○○大尉が南方赴任者の世話に出張して来ていた。在学中、無茶苦茶にやかましかった人とも想えぬ態度だった。皆、口々にここ一週間の出来事を話し合った。「二区隊の渡辺は、この短い期間に結婚も済ませて来たそうだ」とか「門司港駅の近くに一杯飲ませるところがあるぞ。だれか二、三人でたった今飲んで来たそうだ。現に赤い顔をして少し酔っぱらっとる」などと言う声もして、皆忙しそうに往き来し、ジャワ、スマトラ、マライ、仏印、ビルマ、フィリピン等それぞれ赴任先の気候、風俗、産物等について予備知識を交換し合った。

「関門海峡を一歩出ると敵潜が待ち構えていて、台湾近海やバシー海峡では行く船団行く船団がバタバタやられる。半分も向こうへ着けば上出来だ」などと言う声もあった。皆、麻縄を買いに行った。僕も手に入れて例の赤褌と鰹節と一緒にして腰にしばった。

ビルマ、マライ方面赴任者は乗船区分が決定したらしい。沢君とも握手をして別れた。埠頭に一万トン級の船が横着けになって揚塔作業をしていた。津山丸という船だった。警戒警報のサイレンが鳴ったが敵機は来なかった。三式戦闘機が邀撃《ようげき》して退散せしめたのだという噂が飛んでいる。「比島行きは今日は出んらしいぞ」と言う。「今日の夕食はどうなるんかな」と心配するものもいる。そのうちに比島行きも乗船準備ということになり、暁部隊（船舶司令部）の二階で尻の穴にガラス棒を突っ込まれた。検疫である。自分たちの乗る船は沖に碇泊しているとのことだ。ゆらゆら揺れるハシケ船に将校行李を積み込み移乗する。鈴なりのようになって岩壁を離れた。

昭和十九年九月九日、いよいよ内地の土にさようならだ。感慨無量である。半時間もすると、三十数隻もの輸送船が並んでいる。沖合（といっても島かげのようなところ）に出た。大きな声で輸送船の上と下でどなり合い、あれでもない、これでもないと五つ六つの船を廻って、ようやく目的の船に来たらしい。皆どの船も真っ黒で船名も消してあり判らなかったのだろう。ハシケは波に揺れて上下する。あぶない乗船だ。つりハシゴを夢中でかけ上がり、やっとのことで甲板に上がった。

二――輸送船

自分たちの乗った船は、南方海運のマサッカ丸といい四千トン級であった。どの船もこの船も兵員がこぼれるように乗っているのに、この船はホンの二、三百人程度である。貨物船とはいうものの、この分なら船室に入れるかもしれぬなと思っていたが、貨物満載のためハッチにも入れず中部左舷甲板上の板囲いの中に入ることになった。

兵科と経理部の将校ばかりで六十人位が二段仕切りの十五畳ほどの中へ詰め込まれた。日用使用のものを除いて行李などは前部のハッチに格納することになった。まるで寿司詰の雑《ざ》魚寝《こね》である。船員や兵隊が甲板や階段を忙しそうに往来し、まるでごったがえしである。

夕食時は暗くなった。十人一組で茶碗、汁椀、皿各一人一ヶと飯とお茶を入れるバケツを組に一つずつ渡された。ウィンチやクレーンの横でお菜を飯にぶっかけガサガサと流し込んだ。暗くて何を食っているのか判らなかったが、里芋と千切り大根と豚肉かなんかの味噌煮のようであった。

食器の整理番に当たっていたので洗って炊事場に返納し、帰って来た時はもう体を横にする場所もなく、仕方がないので入口でゴロリと横になった。暗がりに煙草の火が幾つも赤くゆれていた。案外静かである。皆、旅行の疲れと船に乗ってしまったという小安堵で何も話したくないのだろう。

「将校は皆、船舶輸送の時は船室を与えられ、食事はサロンで採るのが普通なのだが、俺らは団体になっているし、本船には元来、人員輸送の施設がないぞ。これじゃまるで兵隊以下の待遇だ」と隣に寝ているのがこぼす。みんな少なからずガッカリしているに違いない。しかし今は最早やそんな時期ではないのだ。支那事変の時のようにサロンでビールを飲み、レコードを聞き、兵隊はハッチの中でゆっくりと酒や甘味品を加給されて騒ぎながら航海し、船舶輸送間は給養が良いので皆が楽しみにしていた当時とはまるで違うのだ。

もうこの船の腹の下まで敵潜が来ているのかも知れない。内地の土を一歩でも離れたら戦場なのだ、などと考えつつ寝ころんだまま僕も煙草を吸った。しかし、この窮屈な寝る所もない状態はあまりにもヒドいと思った。

星が空一面に瞬《また》いている。時々、機関室から熱風が吹き上がってくる。顔に雪でも降りかかるように感ずるのは煤煙だろう。少し寒いので雨マントを出して頭からかぶった。船は死んだもののように静かだった。早く出帆すればいいのに、明日は出るだろう、などと思いつついつの間にか眠ってしまった。

明くれば九月十日、すぐ近くに幾つも碇泊していたと思っていた僚船は、案外遠くへ離れていた。階段を二つも上り下りして朝飯を運んで来る。御飯は少し塩辛かった。一人当たりお茶椀に二杯程度である。椀は塗りがはげてしまっていて猫の椀同然であった。船長や一等運転士、輸送指揮官、船舶司令部連絡将校などがランチに乗って出て行った。船団会報があるのだという話である。

明日は出帆するという噂が船内に拡がったのは午後であった。船員たちは航海の準備で忙しそうである。吾らは飯を食い、煙草を飲み、そして話をすることだけが仕事である。「航海は一ヶ月近くもかかるかも知れぬので、煙草はマニラに入港するまでもたせねばならぬ」などと話すと、台湾に居たことのあるのが、「なあに高雄か基隆《キールン》で補給出来るよ」と言う。御飯のお菜は豚肉、芋、千切り大根、高野豆腐、乾燥鱈などの煮付か味噌煮に決まっていた。腹は減りもしないが満腹もしなかった。

やがて煙突からは勢いよく黒煙が立ち、水夫たちは甲板を走り廻り、ピリピリピッ、ピリピリピリピッピッ、ピッピッと一等運転士の笛の合図でウィンチは白い蒸気を吐き、ゴットンゴットンと回転を始めた。アンカーを巻き揚げるのである。どの船もこの船も静かに動き出していた。本船もいつの間にやら動いていた。ドンドンドンドロロンドロロンという鈍いエンジンの響きが船中に伝わって来る。船団は二十隻、本船は五番船、第三列（左列）先頭だという。

毎日船団が南方に出発しているが、行く船団も行く船団も数割は撃沈されているというニュースが伝わる。昨日出発した十隻の船団のうち、南鮮済州島沖で二隻撃沈されたとも言う。本船団も企図秘匿のため済州島沖を経由、黄海を支那沿岸に直航し、大陸沿いに南下するのだと言う。ラジオニュースや色々の指令は、後甲板にあるスピーカーが報じてくれるので便利だった。

関門海峡を出ると船団は三列となり、本船は最左列のトップを切っている。対潜対空の警戒は物凄く至厳だ。吾らも数組に分かれ対潜監視につくことになった。僕の持場は前甲板最前方の左舷である。二時間ずつ一昼夜二回の勤務なのでかなりつらい。翌朝、船団は多くの島の間を縫って走っていた。船員に聞くと五島列島だと言う。済州島附近は敵潜の出没頻繁なので急遽、航路を変更して、もう少し南下してから支那大陸に向け直航するのだとのことである。

毎日海上はおだやかである。敵潜が居るなどとはとても考えられない。他船団の損害が次々と報じられ、毎日のように退船訓練が行われる。絶対に救命具を外してはならぬとのきつい達しである。便所で尻を捲《ま》くっている時など全く気が気でない。

南方の戦果も時々報ぜられるが、諸戦の如き華々しいことはない。だいぶ押されているなと思う。二月以降、飛行機の生産曲線は物凄く上昇している。四式戦闘機の性能はすばらしい、比島の守りは鉄壁だ、などという希望的な噂が飛び、毎日戦争の見通しについてあちらでもこちらでも話し合うが、結局、米国の物量には負けるが精神的戦力に物を言わせ、きわどいところで辛勝するだろうということに落ち着く。自分もそれを信じた。負けるというようなことは考えもしないし、そんなことがあってはそれこそ大変だと思った。

護衛艦は駆潜艇・海防艦等で五隻である。航路の前後左右を蛇行しながら船団を取り巻いている。時々、色々の信号旗が上がる。船団はジグザグコースでしかも脚の遅い船と歩調を揃えているので、速度はとても遅いらしい。マサッカ丸はだいぶ速度を落としているとのことである。太陽が左舷から射したり右舷から射したりして、どちらに向かって進んでいるか判らない。内地に向かっているような気がしたりする。

夜、監視に立っていると寒い。波のしぶきで被服がしっとりと濡れる。雷跡は白く光ると言うが、波頭を誤認してヒヤリとすることは何度もある。星が瞬《またた》いている。護衛艦から赤や青の信号がピカピカと光る。暗号だから何のことだか判らない。時々、僚船が真っ黒く大きく接近して来ては離れる。衝突しやしないかと気を揉む。船橋は真っ暗で眠っているように静かだ。ドロロン、ドロロンという機関の響きと時々ガラガラというチェーンの音とゴットン、ゴットンという炭殻上げのエレベーターの音と波の崩れる音のほかはヒッソリ閑としている。

毎日の重要な行事は三度の食事である。甲板に腰を下ろし、車座になって食うのである。

食欲不振のものは一人もいない。波が静かだからである。金平糖が加給品として支給せられる。甘いものに飢えているので、台湾に入港するのを待ちかねる。台湾は砂糖の滞貨で甘いものはふんだんに食えるという話やバナナやパイナップルも二足三文で買えると言う台湾通の話を聞くと、大福やぼた餅が思い出されてならない。バナナも二、三年食ったことがない。早く台湾に着きたいと思う。

二、三日して海の色が黄色くなってきた。支那沿岸に近づいたのだという話である。基隆には入港せず高雄まで行くとの話である。支那大陸は見えなかった。台湾の山々を左に眺めつつ船団は台湾海峡を南下しているのである。よく今まで敵機も敵潜も出なかったなあと思う。

高雄も近づいたという日の夕方、突如「敵潜水艦潜望鏡」と見張員が叫んだ。各船より一斉に警笛が気味悪く鳴り響き、船団は魚雷回避のため方向変換をした。「どこだ、どこだ」と皆が騒ぐ。あわてて救命具を着ける者、甲板上はゴッタ返した。船砲隊がドカンドカンと対潜砲を射ち込む。右後方の戦車を満載している船から射ち出す砲弾が跳弾となって、本船上をビューンビューンと飛ぶ。危険千万だ。戦車聯隊長が戦車砲を撃たせているのだと言う。なるほど、搭載戦車の砲塔がピカリピカリと光る。ズシーン、ズシーンという底力のある音が足の下から連続して響いて来る。護衛艦の爆雷投下であろう。五分間位でひっそりとし、また船団は何事もなかったように之字《のじ》運動をしつつ南下を続けていた。敵潜は退散したのであろう。皆さすがに興奮が静まらず、しばらくは腰も下ろさなかった。

小笹君と僕は当番だったので炊事場から飯を運んで来た。西の空は真紅の雲で一ぱいだった。夜になった。ベンチでゴロ寝をしながら空の星を見る。大きな星座がマストの上を右へ行ったり左へ行ったりする。本船が揺れているのだ。煤煙と機関室から吹き上がる熱風にやり切れず風上の廊下へ行って横になる。先客がいて狭苦しいが我慢して眠った。

三——高雄

九月十七日、船団は高雄港外に碇泊した。数船団があちらこちらに碇泊している。撃沈されてマストだけが水の上に出ている船が二つも三つもあった。高雄もすでに数回の空襲を蒙《こうむ》っているのである。海軍の哨戒機が飛んでいる。船長や一等運転士などはランチで港内に入って行った。港内には相当数の輸送船が碇泊している模様である。真っ白の病院船が港内から出て来た。どの船もこの船も兵員を満載している。比島決戦に間に合わすべく損害を見越し、強引に押し切る苛烈にして悲壮極まりなき日本の輸送陣を目のあたり見る。

翌朝、本船は碇を巻いて港内に入った。狭い港内に三十隻近くも碇泊しているのには驚いた。巡洋艦もいた。先のフッ飛んだ油槽船、横腹に大穴をあけられながらも沈まずに帰って来ている輸送船などもいた。これから先、バシー海峡を越さんとする本船がこんな風にやられるとは考えられなかった。他の船の被害は全く他人事のように思えてならなかった。本船は岩壁に着かず浮標に繋留され碇泊した。

船の中では水に不自由を極めた。シャツ一枚洗うことも出来ず、体中汗臭いのにはホトホト困った。本船団は高雄で改組せられ、給水その他をやり、間もなく出帆するとのことである。皆があれほど高雄への上陸を願っていたのに色々の関係で許されないらしい。

船員たちは半数ずつ上陸していた。二日たっても三日たっても出帆するような気配はない。毎日、一、二船団は出ているが、本船には順番が来なかった。内地から一緒に来た船団のうち、半数以上はもう出帆してしまったのに、なぜ本船は急がぬのだろう。兵員は積んでいないにしても、重要軍需品を満載しているはずだのにと思った。買物のため十人に一人位の割合で上陸が許された。菓子、煙草、読物、バナナ、日用品等々、何やかや紙に書いて代表者に頼んだ。彼らはランチで出かけて行った。

台湾人が和船に似た舟を、ボートのように両手で器用に漕いで港内を行き来する。碇泊場司令部のランチや小舟やポンポン船などが忙しそうに狭い港内を走り廻る。対潜勤務もないので、ポカンとそんな風景を眺めているより仕方がない。芋の皮や藁、板切れなどが周囲にウヨウヨと浮遊している。すぐ下をめだかのような小魚の大群が行列していた。

船の上から見る高雄の街は、別に何の感情も起こらない平凡きわまるものでった。異国情緒といった感じもなく、甲高い台湾人船頭の言葉が珍しいくらいである。代表外出者が帰って来た。煙草はアチコチと知り合いを訪れ、ずいぶん苦労して買って来たとのことだ。「あけぼの」が各人三十箱ほどもあたった。バナナ、金花糖、飴玉、モッカ（パパイヤ）、ザボン、ザボンの砂糖漬、パイナップルジュース、日用品などどっさりと買い込んで来たので俄然活気づく。どの組も分配に大童《おおわらわ》だ。入れるものがなくて往生する。バナナは一度に二十本も食べた。

モッカというものを初めて食う。南国特有の果物で実にうまいと思った。台湾軍にいたことのある細江君が、「モッカは冷蔵庫で冷やして二つに割り、砂糖ミルクをかけてスプーンで食うのが一等旨いので、本当の味はこんなものではない」などと注釈を加えてくれた。

とにかく、小さな西瓜ほどもあるモッカ数個に夏ミカンのようなザボン十数個、砂糖は三人で一俵、菓子は三人当たり石油缶に一杯ほど、その上タバコや日用品やらで置場に困った。皆も困って張り網にむすびつけたり、手すりにぶら下げたり、ボートの中に入れたり大変だった。金花糖は砂糖だけを固めた菓子である。一斤も食うともうあきあきした。一日置きに外出は代表者だけ出してもらえるという。皆、果物を食ったり甘いものを食ったりするのに忙しかった。パイナップルジュースはビール缶に入っていたが、一人あて三本も四本も分配があった。物凄い甘さである。皆あまり飯を食わなくなった。

次の外出には、また読物や酒をドッサリと買い込んで来た。本は気の利いたものは一冊もなく、装幀も拙い台湾モノであった。台湾の伝説や恋愛小説、探偵小説など百冊近くも買って来たので、グルグルたらい廻しに読むこととし、一時間に一冊ないし二冊の割合で片付ける。読みあきると砂糖をなめる。煙草を吸う。そしていつ出帆するのかなあとため息をつく。

四日たっても七日たっても、出るような様子は全然なかった。敵機動部隊が比島東方海面でようやく活発に動き出したので、機をねらっているのだというデマが一番もっともらしかった。

○○丸は沈んだ。○○丸は轟沈だ。○○船団は半数やられたという情報が入る。皆、遭難場所はバシー海峡である。台湾の南端を一歩でれば敵潜水艦がウヨウヨしているのは、決してデマでもウソでもないのだ。皆、決死の航海を目前に控えているのに、戦争とは全く縁のないように、食っては寝、起きては煙草を吸い、菓子を食べ、本を読み、果物を食べ、夜になればY談やKAI談に花を咲かせた。船から見る街の風景も、港内のうごきもあきあきした。同じ階段も同じ廊下も甲板もあきあきした。

水不足は吾らを一番悩ませた。体中気持ちの悪いこと限りなし。或る日、全員に水一斗宛が特配され、二十人ずつ甲板に並んで体中の汚垢《おこう》を落とした。石けんが小さくなってしまい、タオルは穴が開いてしまうまでコスッタ。一斗の水は真っ黒になったが、その中でシャツや褌、ズボンを洗濯し、最後に水筒一本の水で体をすすぎ、洗濯物もすすいだ。生まれ変わったようにサッパリとして身も心も晴々とし、歌を歌った。ヘンポンと洗濯物が風に翻《ひるがえ》り、皆うれしそうに煙草を吸っていた。

ラジオの音楽はかなり単調な生活をなぐさめてくれたし、渡辺君や篠原君と日陰のデッキで静かに話すのも楽しい日課の一つであった。昼飯を食うときはいつも汗だくだ。生野菜は少しも食わせてくれず、毛の残っているような豚の皮をやたらに食わされた。高野豆腐はノドにつかえてあきあきした。里芋は案外旨かったが、食うたびに胸やけがして困った。しかし、外出者が出るたびに菓子や果物は円滑に次から次へと補充されたので何よりだった。何もかも案外、値が安いのに驚いた。

三田君が星の話を聞かせてくれた。夜は本当に気持ちのよい涼しい夜であった。外出者が「五加皮」というビール瓶入りの台湾酒を一人に二本宛買って来た。「俺は酒はいらぬ」と言う奴の分を分けて貰い、六本買った。一本六円である。炊事場から鱈の乾物を廻して来て、夕方から飲むことにする。水筒の蓋がカップだ。細江君が「この酒は日本酒の五倍ほど酔う」と言うが、口当たりはとても良い。

いい機嫌で皆飲んだ。一本飲むのはやっとだった。ググラに酔っぱらって皆、歌い出した。船から落ちやせぬかと心配ばかりしているものもいる。何とも言えぬいい心地だ。三田君は小さな体のくせに良く飲む。篠原君は温和そうなくせに、出鱈目を言いながら飲んでいた。その晩はベンチの上で寝た。三田君が夜中に吐いていているようだった。僕も幾分、気分が悪かったが吐かなかった。

甲板にあるボートの上で、いつまでもいつまでも話した夜もあった。また毎晩のように十六歳という少年海員がやって来て、二度も三度も遭難し、泳がされた時の話や高雄で昨日P(慰安婦)を買って来たなどという話をした。皆でからかっては何やかやと相手になった。

本船は南方海域を股にかけ、今までにずいぶん活躍し、魚雷攻撃十数回を受け、そのつどうまく外して来たという運の強い船で、船長さんも一等運転士も機関長も仲々やり手だという話も聞かせてくれた。今度の航海が終わったら、本船はドックに入るのだと言う。その時は家に帰って親兄弟に久しぶりで出会うのだと言う。少年の瞳は故郷の空を追っているかに見えて可憐だった。

高雄に入港して二週間、どうやら出帆が近づいているような気配がした。まもなく船団会報があって十隻船団が編組され、本船は三番船で第二列の先頭だと言う。三番は潜水艦に一番よくねらわれる位置だと船員は言う。

久しぶりで港外に出た。物凄い嵐が高雄港外を襲った。船は木の葉のように揺れ、真二つに折れるかと思った。波はたけり狂い、碇をちぎった船がアバれだした。衝突したらそれこそ心中だ。各船とも船員総員で碇を伸ばし、あるいは縮め、酔っぱらいのように自由を失った。船との衝突を避けんと懸命だ。スクリューは空転してどうすることも出来ないらしく、真っ向から本船に突っ込んでくる。

あと十メートル位のところでうまく回避してほっとしていると、今度は本船の右にいる船によりかかり、舷をこすりつけるようにしたからたまらない。ボートもデッキもクレーンもメチャ苦茶に壊れてしまい、また次の船へと接近する。見ていてハラハラしたが、自由を失った船もどうやら懸命の努力で船の間を縫い、風下の方に行き、予備アンカーを下ろしたようであった。この嵐を他所《よそ》に港内は静からしかった。皆ド肝を冷やした。

一晩でカラリと晴れ、明十月一日出帆と決まった。「いよいよ決死行だぞ。問題のバシー海峡さえ無事に越えられれば」と皆、心の中で念じた。船はドンドンと黒煙を吐き、勢い立っているかの如く見えた。今度は十隻に護衛艦八隻もつき、飛行機も護衛すると言う。「こうなったら、船におまかせする外ないよ。沈んだら泳ぐさ。フカに食われりゃそれまでだ」などと話しつつ、しんみりとした気持ちになり、妙に家が思い出されてならない。それでも今までの退屈な生活から脱《ぬ》けられることが何よりうれしく、一刻も早く出帆してほしいと思った。夜は寝ていて少し寒かった。

四——遭難

十月一日、待望の出帆だ。早くから護衛艦が出発航路前方を蛇行しつつ警戒を始めた。フロートをつけた海軍飛行艇が四機、五機、哨戒を始めた。いよいよ大難関突破だ。台湾の南端まで隠密裡に到着し、夕闇を待ってバシー海峡を一挙突破し、その後はバターン列島の島かげを縫ってルソン島北端に到達、それからは海岸線に沿って一哩《マイル》の沖を南下すると言う。運行指揮官〇〇海軍大佐の方針だと言うことである。再び対潜監視の勤務に就く。高雄に来るまでとは緊張の度がまるで違う。護衛艦からはひっきりなしに信号が発せられ、各船は退船訓練を一日に数回行った。

駆潜艇は軽快に船団の前に行ったり、後に廻ったりして忙しそうだ。ジグザグコースの航跡がうねうねと白く太陽に照らされてまぶしい。艦艇は電波探知機により至厳な警戒をしているので、そうやすやすと敵潜も近寄れぬとのことである。

哨戒機二、三機が船団上空をグルグル廻っているし、双発の飛行艇二～四機が船団航路の前方を超低空でなめ廻すようにしている。この飛行艇は電探機を装備し、敵潜発見と同時に自動的に爆雷を投下する仕掛けになっているということだ。時々、単発機がマストすれすれに飛んで来る。二人の搭乗員の顔がハッキリ見える。盛んに手を振る。こちらでも双手を上げてワーイワーイと応ずる。

飛行機の任務のうちで船団護衛ほど悲壮なものはないということだ。勝手な行動を採ることが出来ず、割合少数機でしかも武装は少なく、それでいて絶対に船団を護らねばならぬからだと言う。これらの護衛機は夕闇迫る頃、台湾の基地に帰り、夜が明けると、また船団の上空に飛んで来た。飛行機の在空している間は何とも言えぬ心強さを感ずる。

バシー海峡の波は高かった。ローリング、ピッチングで前甲板も後甲板もびしょ濡れだ。相変わらずジグザグでこの魔海を乗り切らんと、どの船も必死だ。先の船団がやられたというニュースが入る。「もう出るぞ、もう出るぞ」と言いながら、皆いつでも飛び込める用意をしていた。電波探知機により、当船団進路上に敵潜ありということが判り、今船団はグッと航路を変更したということだ。

旗艦から盛んに発火信号が発せられ、そのたびに船橋は忙しそうだった。「面かーじ、取りかーじ、よーそろー」などと言う声が、この緊張した空気とはまるで反対にのんびりとした調子でブリッジから聞こえてくる。船長室の丸窓をのぞいたが、船長はいなかった。ブリッジで航海指揮をやっているらしい。

もう二十二時頃だろうか。ズシンズシンズシン、ズシンズシンズシンとにぶい音が船体に響いて来る。艦艇の爆雷投下だ。五分ほどしてまたやる。二、三十発も落としたろうか。只今のは威嚇《いかく》爆雷だそうだ。潜水艦情報がしきりに飛ぶ。旗艦よりは各船とも、いよいよ警戒を厳重にせよとの指令があり、対潜勤務者を倍加する。

波は若干静かになったようだが、まだ波頭はかなり高い。月がボンヤリと照り出した二十三時、小笹君と交代して勤務につく。次は一時交代だ。すぐ隣に船員が見張りに立っている。「今夜はだいぶ情報が出ているからあぶないですよ」と言う。「朧月《おぼろづき》で潜水艦にとっちゃ絶好のチャンスですよ。たいてい月の方向から攻撃して来ますから、ここの見張りは大切です」と言い、双眼鏡で波を見つめている。

「波頭が白いから、雷跡発見は困難でしょう」と言うと、「いや、雷跡はもっと細長くピュピュピュピューと一直線に船めがけて伸びて来るからすぐ判る。また速度は六十ノット位なので、七百~千メートル前方のものを発見さえすれば充分肩外しをくらわせる。本船など一回に四本も外したことがある。この船は特によくかじが利くのですよ」と教えてくれた。

じっと水平線の少し下あたりを見張っていると、いきなり雷跡が見え、アッと思い声も出ない。あわてて隣の見張員を見ると、何でもないようにじっとしている。錯覚か、それにしても本当に雷跡が出た時、発見出来るのだろうか。目の前にヌーッと敵潜が浮上したと思ってハッとすれば、駆潜艇が忙しそうに通り過ぎたのである。情況はいよいよ切迫している模様である。月は薄雲に隠れがちであるが、僚船は二、三隻ボンヤリと見えている。本船の右前を行くのは津山丸、右やや後がマニラ丸である。

もう二十四時も近いと思う頃、突然、全く突然だった。ボカーンという大爆音と同時に「津山丸がヤラレタぞお!」と船員の呼び声が聞こえた。ハッとふり返ると、津山丸は後半分が白煙につつまれ、ブーブーブーと警笛を鳴らしている。本船もブーッと長く警笛を鳴らした。

「右舷三十度、雷跡!」。耳がつぶれるような声に右舷をふり返ると雷跡だ。初めて見る雷跡、石灰で引いたラインのように本船の前部めがけてぐんぐん伸びて来る。蛇のようだ。ブリッジでは船長や一等運転士が忙しく命令している。

こちらに向かってぐんぐん伸びていた雷跡が左の方に少しずつ外れ出した。面かじ一杯で魚雷を外しているのだ。間に合わぬ！　間に合わぬ！　数秒の後、船が真二つになる姿を想像し、ウィンチに抱きつく。今か今かと待ったが何のこともない。僅か二、三メートルの差で外したということだ。

外れた雷跡は、反対側にグングン伸びて行った。ヤレヤレと思う矢先、「左舷後方、雷跡！」と叫ぶ。体を縮ませて硬直した。これは少しスクリューの近くをかすめて通ったということだ。今船団は数隻の敵潜に挾撃《きょうげき》されているのだ。津山丸は真っ白い煙に包まれて右後方に遅れてしまい、他の船は全速で退避だ。艦艇の砲が火を吐く。ドカンドカンと爆雷を投下する。しばらくすると、また何もなかったように船団は逐次、体勢を整えて前進した。津山丸は最初、門司で揚塔作業をしていたあの船だ。とうとう槍玉に上がったのか。五千人は積んでいるだろう。

二、三時間も経過した頃、電探機はまたもや敵潜をキャッチした。先刻の奴が先廻りして待ち伏せていたのに違いない。今度はこちらが先手を打ってドカンドカンと威嚇爆雷を投下する。攻撃はして来なかった。船団は夢中で逃げて島影に投錨した。ちょうど、島と島との中間である。ルソン島北部バターン列島中のフガ島とかいう島らしい。津山丸の遭難者救助に行った四隻の護衛艦は、丸一日待っても帰って来ない。退船訓練が行われた。

双眼鏡で島を見ると三十戸くらいの漁村があり、人や犬がチラホラと見え、丸木舟を漕いでいる住民も見えた。大東亜戦争など彼らの生活と何の関係もないように見えた。皇軍も全然上陸していないらしい。津山丸の救助は波浪高く、相当困難を極めているらしい。丸二日経過しても、護衛艦は一隻も帰って来なかった。船の中は津山丸乗船者の安否を気遣う話で持ち切った。

未明である。皆ウッラウッラとしていた。船員たちが大きな声で喚き、甲板の上を右往左往した。みんな起き出した。駆潜艇が本船に横付けになりつつあるのだ。波のため接近できず、水兵たちと船員は、双方の甲板より何か大声で合図をしてはロープを投げ合っていた。縄バシゴがかけられた。津山丸の遭難者が救助されて来て、本船にも百二十人ほど移乗するのだと言う。四千人のうち六百人ほどが救助されたとのことだ。遭難者がこんなに揺れている縄ばしごを渡ることは至難であった。一人一人の胴体をロープでしばり、両方から引っ張り合いながら、一人一人移乗して来た。

遭難者は後部船室と自分たちのいる反対側の甲板とに分かれて収容された。一人で歩けるものは三分の一位だ。その他のものは一人ずつ付き添っていなければとても歩けなかった。自分たちは菓子や煙草を持って慰問した。顔も手も足も首もゲロゲロに皮がむけ、とても見られたものではない。移乗してからも二人、三人と死んでいった。死んだように眠っている者が半分以上だ。お茶が一番うまいと言って、皆ガブガブと飲んだ。お粥《かゆ》が分配された。

元気なものは四十八時間の漂流の苦しかったこと、遭難当時の模様をポッポッと話し、救助された時のうれしさ、漂流中、次から次へと絶命して行った者のことなどを話した。そして「よかった、よかった」と思い出したように抱き合って泣く兵隊もいた。上官を失ったもの、部下を失った者ばかりである。話していた者も逐次、安心し切ったようにコンコンと眠った。手、足、頭と大ていの者が打撲傷を負っていた。救助に行った艦艇は一隻を残し、皆、帰って来た。救助作業は中止したらしい。もう救助の見込みがないとのことだ。

翌日、船団は既定の航路を南下した。飛行機は絶えず上空・前方を警戒した。水葬が行われた後、甲板に祭壇を設け、お供物をかざり、高級船員や各代表者は正装して参列した。半旗を掲げ、しめやかに執行された。日の丸で包み、新しい白帆布に収容された死体は、弔笛の鳴り終わると同時に水中に落とされた。

津山丸の人たちはようやく元気を恢復《かいふく》し、お粥でなく米の御飯を食いたいと申し出て軍医と揉めているらしかった。敵潜の情報は次から次へと入ったが出て来なかった。ルソン島の北端にたどり着いた。もう大丈夫、やれやれと言う気持ちが皆の面に溢れていた。これからは陸沿いに一哩沖を南下するのだ。撃沈されても陸が見えていれば安心だ。もうマニラまで四日行程だと言う。どうか無事に到着できるようにと祈る。

陸沿いに南下するに伴い、マストだけ水上に出ているもの、陸にのし上げているもの、真二つに折れているもの、鼻先のフッ飛んでいるもの等々、輸送船が如何に大損害を蒙っているかを目のあたりに見た。これだけの船に伴う人員資材の損害は厖大なものであろう。船団は昼だけ航行し、夜は島影や湾内で仮泊する。ここで内地に引き返す船団に出会った。

二十四時過ぎ護衛艦から盛んに発火信号が発せられ、各船ともにわかに錨を巻き出帆を始めた。西に向かってドンドン進む。どうしてなのか不安でならない。やがて次の如く報ぜられた。「敵機動部隊、ルソン島に近接。本船団は敵航空部隊の襲撃を蒙る算大なるため一時マニラ入港を断念し、速やかに海南島に向かい退避する」というのである。ああマニラ上陸はいつのことやら、せっかくルソン島をそばに見ながら、また大海の真ん中に出なければならぬのか。南支那海も敵潜は相当横行しているとの話である。今度はやられるかも知れんという予感がする。

空はどんよりと曇り、波もかなり高い。皆だまり込んでしまい、妙にさびしい気持ちだ。十月七日、夜明けの三時頃より敵潜の情報がしきりに入っているらしい。四時過ぎであろうか。服装を整え救命具をつけたまま、小笹君と船長室の後の廊下でゴロ寝をしていた。「雷跡！」。突然、けたたましい警笛が耳をつん裂いた。ブォーブォー、皆ガバッと飛び起きた。どうしたのだ、どの船がやられたのだと騒ぐ。うまく外したらしいぞとも言う。真っ黒の波が大きくうねり、本船のエンジンは相変わらずリズミカルにドンドンドンドンと響いていた。何事も起こらない。ズシンズシンズシン、僚船や艦艇が爆雷を投下した。「雷跡！」。見張員が左舷後方で叫んだ。船は一生懸命で外しているらしい。続いて「雷跡ッ！」「雷跡ッ！」「雷跡ッ！」と数名が連呼した。本船めがけて次から次へと魚雷攻撃をかけて来ているのだ。こうなっては外すことはとても無理だ。もうだめだと思う。真っ白いラインが左舷横腹めがけてぐんぐん伸びて来る。もういけない。アブナイゾォー。船の端へ寄るなあ！　フッ飛ばされるぞお！　色々の声がした。

自分はそばの壁にペタリとへばりついた。今か今かと待った。とても長い時間に感じられた。「グワァーン」。船はまさしく真二つになったかと思った。ググググッ！　と後方が低くなり出し、足が宙に浮く。ガラガラガチャーン、ゴトン、いろいろな音が交錯した。状況不明だ。ヤラレタことは間違いない。食器を皆が踏みつけるのか、ガチャンガチャンと割れる音がした。どうしていいのかわからない。

中部上甲板より後甲板を見た。浸水している。クレーンもウィンチも、便所も階段も炊事場もフッ飛んでいる。グングンと傾斜して行く。左舷の後甲板中央附近に命中し、そこらにいた軍属連中はフッ飛んでしまったらしい。自分の体をふり返った。どこも負傷していない。ヨシ、まず安心。

「前甲板右舷に集合!」。皆、思い思いの通路を通って前甲板に出た。狭い上に大勢が一度に詰めかけるので物凄い混雑だ。ガヤガヤガヤガヤ皆喚く。中部上甲板より垂直鉄ばしごを前甲板に降りることにした。危ない芸当だ。靴、革キャハン、ズボン、上衣、軍刀、図嚢、略帽、時計、ロープ、赤褌、鰹節と点検してみた。よし、手袋があればよいがと思った。

「早く降りろ」と先の奴が言うと、「ヨシッ、靴で手を踏むな」と言う。西條君だ。「おい、那須だよ」と言う。「とうとうやりやがったな。元気でやろうぜ」と言う。前甲板はごった返していた。まだエンジンは止まっていなかった。船は大傾斜し、前の方はまるで飛び上がっていた。後方はもう水浸しのはずである。

「まだ飛び込むな」とブリッジから船長が叫ぶ。「ハッチのシートを取れ」「ロープを切れ」と叫ぶ。ハッチの蓋板を浮かせるためだ。「特攻艇のロープを切れ」と叫ぶ。水上特攻ボートが二十隻、甲板に積んであるのだ。

吾々は軍刀を抜いてロープを切った。ボートで退船するつもりか、人を押し分けている利己主義な奴もいた。傾斜は段々きつくなった。エンジンは止まったらしい。多くの筏や木材が投げ込まれた。舷側にロープが数十本下された。縄バシコが下ろされた。急に船が水平に戻り出した。ホッとした。こりゃ案外、沈まぬのかも知れんぞと思った。突然、船長が叫んだ。

「本船危ないッ。総員退散ッ！」「船砲隊は護衛艦に報告射撃ッ！」。いったん戻りつつあった船が後に傾き始めた。甲板がひどい坂になった。船首は物凄く高く飛び上がったようになった。その船首でドカンドカンドカンドカン、ドカンドカンドカンドカンと対潜砲が火を吐いた。暗がりがパッパッパッと真紅になる。

「手をすりむくな」と叫ぶ。ロープをつたって気の早い連中が退船を始めた。舷側から下を見た。高い！　高い！　物凄く高い。遥か下で波が真っ黒に高くうねっている。寒いだろうなあと思った。時計を油紙とハンカチに包んで帽子の下に入れ、その上から頬かぶりをした。同期生が三、四人そばにいた。もう三、四十人は退船したろう。「飛び込んだ方がよいぞ」と言うと、附近にいたものが皆「飛び込もう」と言う。「もう少し待て」とも言う。「絶望したらいかんぞ」とも言い合った。

甲板はまだ人で一杯だ。十分の一も退船していない。何とか退船せずに済まぬものかとも考えた。あと数分で沈没するのだと思うと、退船せぬわけには行かぬとも思う。前にいた連中がポーイポーイと飛び込んだ。ちょっと尻ごみしたいような気持ちがしたが、思い切ってエイッと叫んで飛んだ。ギュッと体が縮まるようだ。なかなか水面につかぬ。まだか、まだかと思った。足を縮めた。ズブッ！　というような音と共にググググッ！　と潜った。深く深く潜った。大して冷たくない。浮び上がろうとしてあせった。息苦しい。ガブガブと海水を飲んだ。

ようやく浮かび上がった。船のすぐそばだ。巻き込まれたら大変だと思い、船の反対へ遠ざからんとあせった。波をかぶる。息が出来ない。口から鼻から水が入る。苦しい、苦しい、苦しい。体は浮いているのだ。あせってはいけないと思い、落ち着くようにつとめたが、どうしてもあわてる。四、五人、近くにいるが他人のことなど考えていられない。皆、苦しいらしい。アップアップと言っている。波がなかったらなあと切実に思う。

それでも少しずつ船から離れて行く。シメシメと思い、ガップガップ水を飲みながらも死力を尽くして無我夢中に泳いだ。もう附近にはだれもいない。みんなチリヂリバラバラらしい。そばにいても波が高くて見えないのかもしれない。

少しずつ気持ちは冷静になっていくが、波をかぶり息が出来ず、塩水が口鼻から入るのはどうすることも出来ない。波間を見つけては深呼吸をし、かぶる間は息を止めた。耳が全然聞こえなくなった。だいぶ水が入ったらしい。単独でいては絶対に助からぬ。救命胴衣も幾時間か経過すれば役に立たぬのだと思うと、絶対に筏を見つける必要がある。

空樽が目の前に来た。抱き着くと、頭がだいぶ高くなるので楽だが、クルクルクルと体が廻り、体が樽の下になる。あまり抱き着くからだ。ロープで体をしばりつけようかと思ったが止めた。懸命に泳いだ。船の方はふり返らなかった。ポカン！　と音がして片耳が聞こえる。打撲したのか腕が痛い。

「兵隊さん、兵隊さん」と後ろで呼ぶ。ふり返ると若い船員だ。「船が沈みます。ああ船が沈む。あーあー見て下さい。俺らの船が沈む」。泣いているのだ。船と共に幾度か魔の海を航海し、苦労に苦労を重ね、いつも共に住んでいた船だ。なつかしい船だ。泣けるのも無理はないと思った。

その時、船は船首を上げて棒立ちになりつつあった。甲板の上から豆つぶのように人や物がコロがり落ちて行く。船首を真上にしたと思ったとたんに、ススッ！と船体は波に呑まれてしまった。何とも言えぬ気持ちである。幸い巻き込まれもせず何でもなかった。ズシンズシンズシン、爆雷の響きが腰に凄くこたえる。膝を曲げて腹を保護した。腹の皮が破れると聞かされていたからである。

波は相変わらず高い。まだうす暗い。板、箱、サロンの椅子、戸棚、便所板、樽、薬品や食品の梱包、ジャガ芋、紙クズ、芥、ありとあらゆるものが自分の周囲に集まって来た。樽《たる》を捨て板につかまった。油もギラギラ浮いている。筏、筏。高い波に乗った時に筏を見つけようと努力した。

近くといっても四、五十メートル位の附近に、五、六人ずつつかまっている筏が二つ三つ見える。「オーイ、オーイ」と呼んだ。つかまっている板切れはツルンツルンと回転し、樽よりも楽でなかった。筏からは「オーイ、游《およ》いで来ーい」と言う。一生懸命游いで少しずつ接近したと思うと、波で二十メートル以上も引き離される。何度も何度もやった。ヘトヘトになった。

波はうねりに変わっていたので、息をするのは少し楽になった。すっかり夜は明けていた。もう筏に行くのはやめようかと思い、波の来る方に背を向けて居眠りしようかと思った。「早く来ーい、一人でいると死ぬぞお」と筏から言う。そうだ、このままでは絶対に助からぬ。もう一度頑張ろう。死にもの狂いで游いだが、何度やっても、幾度やっても波はもう一ふんばりというところでググググゥと引き離してしまった。クタクタになった。もう死んでも良いと思う。

筏から「頑張らんか」と叫ぶ。無茶苦茶に游いだ。十分も二十分も反復強行した。やっとのことで、筏の五、六メートル近くまで接近した。目がグラグラとした。筏には十人位いた。二十名用の筏である。ピュッとロープが飛んで来た。ハッと思って握り締めた。これを腰に結びつけると、もう游ぐ気力も体力も全然なくなった。グイグイ向こうで引っ張ってくれた。助かったと思うと、体中の骨が抜けてしまったように感じた。

筏には取っ手がついてあった。片腕をそれに通すと、体はグイと二、三寸上がって呼吸はウンと楽になった。大きな波のうねりが山脈のように連なっている。波の谷に入った時は、まるで池の中にいるようであり、波の峯に乗った時は、山の頂上に上ったようで遥か遠くまで望見でき、アチラにもこちらにも数人宛つかまった筏や板ぎれが浮游していた。

筏は波に翻弄せられ、時々波を頭からかぶった。胸が苦しくなりゲッゲッと吐いた。黄色い液が何度も何度も出て来た。苦しくて目が廻る。腹が、腰が、足がつめたい。軍刀はいつの間にやら失くなっていた。材木が筏に向かって乱暴にぶつかって来た。体に当たったら大変だ。一生懸命でハネのけるのに非常なエネルギーを消費する。

「苦しい、苦しい」と喚く者もいる。眠る者もいる。自分の隣にいる見習士官は、「苦しい、苦しい、殺してくれ。海軍は何してるんだ。早く助けんのか」などと狂ったように絶叫し、疲れると眠った。どこか負傷しているらしいが判らない。「眠るな、眠るな。眠ると死ぬぞお」と言って、頬をピチャピチャ叩いてやった。「ウーム」と言っては目を開け、また楽《らく》そうに眠る。こんな風にして二人、三人と絶命していった。どうしてやることもできない。自分自身、死ぬほど苦しいのだ。

寒い、寒い。自分だけ筏の上に上がろうとする勝手な奴もいる。そのたびに筏がグッと沈み、みんな水を飲む。他人の水筒の水を引ったくり勝手に飲む奴もいる。みんな苦しいのだ。「頑張れ、頑張れ」と言い合った。「お母さん、お母さん」と言って泣く若い兵隊もいた。「天皇陛下万歳」と言いながら、苦しまぎれに筏を離れて行く者もいた。

何時間経過したろうか。腹が無性に空いて来た。空はドンヨリとしていた。小便をすると腰から足を伝って温かく、とてもいい気持ちである。「元気を出せ、元気を出せ」とみんなで励まし合い、軍歌を歌おうと言い、十五、六人で歌った。「国を出てから幾月ぞ」「見よ、東海の空明けて」「勝って来るぞと勇ましく」など、元気を出して歌ったが、声は段々細くなり、歌うものは五人となり、二人となり、皆歌わなくなった。「ソレッ」と一人が言うと、またみんなで不承不承歌い出した。他の筏でも歌っているらしく、遠く近く細々と聞こえて来た。涙の出るような哀調を帯びた歌声は、二時間も三時間もトギレトギレに続いた。

船団は急遽、退去してしまい、船影一つ島影一つ見えなかった。海鳥が五、六羽飛んでいる。南支那海の真ん中だ。誰かが「鳥がいるから陸は案外、近いのだ」と言ったが、皆黙りきって、ポカンと筏の取っ手にぶら下がっているだけである。顔中ひどい負傷をしていた兵隊は死んで行った。火傷で顔の皮がゲロゲロにむけている兵隊は割合に元気だった。所属部隊や郷里のことなどを少しずつ話し合った。救助隊が来てもこの波では無理だろうと言い、また全般のためにになるのだ、とても救助には来ないだろうとも言った。いつまで待っても救助には来なかった。吾々は潮流の関係で沈没位置から相当流されているに違いない。救助船は発見困難のため引き返したのかもしれないと思う。視野の届く範囲で浮游している人間は七、八十人位しかいない。傍《そば》を救命胴衣のまま絶命して浮游している死体が幾つも流れた。板切れにつかまって、「オーイ、オーイ」と叫びつつ誰か僕たちの筏に近接して来た。隣にいたオペレーターが「船長だ！」と言った。しばらくして船長は自分たちの筏にたどりついた。絶命しやせぬかと思うほど弱り切っていた。

眠い、眠い、そして寒い。傍にいる人が二、三十メートルも先にいるように見える。頭の大きさがトマト位に見えるかと思うと、物凄く大きく見えたりした。グデングデンに酒に酔った時と同じだ。もうすぐ死ぬかもしれんと思う。脚がだるくて苦しい。なかなか死なない。また幾時間か経過した。カツオブシを少しかじった。手は真っ白にふやけてしまった。目が痛い。真っ赤に充血しているらしい。突如、「船だ！　船だ！　船が見えるぞ」と言う声にハッとして頭を上げた。遥か水平線の彼方にポツンと黒いものが見える。「船じゃないだろう」と兵隊たちは言った。「確かに船だ」と船員は言う。

三十分以上経過した。煙のようなものが見える。船のようにも見える。船だ、船だと思った。この船影らしきものは段々大きくなり、もう船に間違いないということが判った。単船だ、敵かもしれん、そんなことはないなど色々考えた。そして助かるような気がし始めた。「助かるぞお」と皆、言う。船影はまた段々と小さくなり始めた。遭難者を発見していないらしい。段々遠くなる。みんなあわてた。棒切れに日の丸や白布を結びつけ筏の上に立てた。

他の筏も同じことをして声を限りに「オーイ、オーイ」と絶叫した。声がかれた。また苦しくなり何度も何度も吐いた。「オーイ、オーイ」と叫び続けた。声は波を伝って淋しく響いたが、船まで聞こえるはずは絶対になかった。もう駄目だ。みんな落胆した。いつの間にか船影は水平線に没してしまっていた。

「吾々は今、東北に流されている。台湾か支那沿岸に流れ着くより外ない」と途方もないことを言い出した者がいた。いずれにせよ、最後の一分まで絶望してはいけないと思った。「軍艦だ！」と言う声にハッとして頭を上げた。あれから幾時間経過したのか、もう頭の中はボンヤリとして意識がないくらいだった。アッ護衛艦だ！　すぐ近くへいつの間にか接近していた。もう大丈夫と思う。涙が溢れて仕方ない。艦船は救助作業を始めていた。二隻だった。駆潜艦らしい。「オーイ、オーイ」とこちらで旗を振った。近いといっても二千メートル以上は離れている。波浪のため救助は難航しているらしい。鮪かなんかを釣り上げるような調子でロープにしばられ、一人ずつドサリ、ドサリと甲板に上げられているのが見える。水兵が忙しそうに走り廻っている。

自分たちの筏は、救助船よりグングンと引き離されていく。気が気でない。「オーイ、オーイ、早く来てくれ」とみんなで叫んだ。五、六十人位は救助されたらしい。自分たちの筏は遠く離れているので気がつかないらしい。これに見のがされたら、それこそお仕舞いだ。どうしたというのか、二艦とも救助作業を中止して遠ざかり出した。アチコチにまだチラホラと五人ずつ位漂流しているのになぜ救助してくれないのだろう。うらめしくてならない。どれだけ絶叫しても無駄だ。艦影は逐次、小さくなり、遂に影を没した。

もうこれでお仕舞いだ。皆オイオイと泣いた。津山丸の沈没した時も、一応の救助がすめば引き上げてしまったのだ。一人残らず救いはじめたのでは何時間かかるか知れぬ。大の虫を生かすために小の虫を殺すのだろう。少ない護衛艦がいつまでも船団より離れることはできない。むしろ少数の遭難者は、涙を呑んで見捨てるより仕方がないのかも知れぬ。それにしても、不運といえばあまりにも不運だ。目の前に救助されているのを見ながら顧みられないとは。しかし、皆もうすっかりあきらめて黙り込んでしまった。物凄い空腹と目まいと嘔吐に、今絶命するのだなと思った。

少し眠ったが、目をさましたらまだ生きていた。体中が綿のように疲れ、ブョブョにふやけてしまっている。心臓は今にも停止しそうだ。撃沈されてからどれだけ経過したのか見当がつかぬ。夜が明けたきりでまだ夜が来ないから、一日以上は経過していないはずだ。ウーム、ウームと苦しがる兵隊をどうしてやることもできない。もうだれも旗を振ろうとしなかった。声も出さない。ぼんやりと故郷のことを考え、大東亜戦争のことを考えた。何もまとまった考えごとは一つも出来ず、断片的なことばかりであった。今が自分の臨終かなと思った。それほど心臓が衰弱して来た。顔も手も全然血の気がない。

しかし、津山丸の連中は四十八時間も漂流してなお絶命しなかったではないか。もう一ぺんだけ救助船の来るのを待とうと思った。夜が来ないように、夜が来るまでに救助してほしいと懸命に祈った。自分の家の仏様に祈った。亡父の霊に祈った。鎮守のお社に祈った。今助けられたとしても、恐らく船に上がってから絶命するかも知れんがそれでもいいと思った。

また時が経った。調子のいい音楽が聞こえて来た。太鼓の音が聞こえる。段々と大きく聞こえてくる。なつかしいリズム、ボレロだ。ボレロの旋律だ。僕は今、綺麗なサロンのようなところで、煙草を吸いながら音楽に聞き入っているのだ。太鼓の音は段々大きくなり、すべての楽器は狂い立ったようにやかましく騒ぎたてた。もうボレロの旋律はカキ消され、わけのわからぬ狂詩曲に転じた。寒い、夢だ、夢からさめた。

しかし、太鼓の音は依然として近づいて来る。頭を上げた。舟だっ！　五百メートル先に来ている。大発艇の音だ。僕たちの筏めがけて真っ直ぐに走ってくる。ポンポンポンポンポン、発動機の音だ。波にゆれて木の葉のようだ。直径三十メートル位の円を描いて僕たちの筏をグルグル廻り出した。「助けに来たぞお！」と言う。水兵だ。海軍の大発だ。遠くに母船が止まっている。ピリピリピリッ！　と下士官が笛で合図している。「エンジンを止めるな」と叫ぶ。五メートル、三メートル、二メートルと筏に接近して来る。皆、黙っていた。

捧でつっぱっていないと舟と筏が衝突するので、頑丈な水兵が仁王立ちになって僕たちの筏を支えている。そばへ寄ると舟べりは案外高い。水兵が手を差し出してくれて引っぱり上げようとするが、とても上がらない。被服が装具が水浸しで、重量は二倍にも三倍にもなっている上に本人に全然力がないので、手を引っぱるくらいでは上がれるわけがない。バチャーンと波の上に落ちてアップアップと溺れる者もいる。一人宛ロープで腰を結び、海軍さんが二、三人でヨイショヨイショと引き上げる。まぐろやぶりと同じである。大発の底へドサリ、ドサリとほり込まれるように転げ込んだ。皆、死んだ者のようである。

僕は舟べりを持って座り込んだ。皆、救助された。大発は勢いよく母船に向かって走った。今までつかまっていた僕たちの筏が取り残されている。何かしら筏が懐かしく、もとの筏にもう一度戻りたい気がした。別れるのがつらかった。心の中で筏に手を合わせた。何に感謝してよいのか見当がつかない。

母船というのは、下から見上げるととんでもない大きな輸送船である。七千トンはあるだろう。波の間断を利用して縄バシゴを昇るのは命がけだった。手も足も全然力が抜けていた。縄バシゴは馬鹿に高いように感じた。ヨイショと双方から手を取って本船の甲板へ上げてくれた。両足で立った。もう水の上ではない。船の上だ。「シッカリセイ」と言われて、グッと足を踏みしめる。案内されるままにヨロヨロと歩いた。いや游いだといった感じである。二人で肩を貸してくれていた。熱いお粥が気持ちよくのどを流れた。のどの中へ蛇かなんかが入っていくような気がした。気付けの洋酒を飲まされた。裸にならされた。眠った。

眼を覚ますと体中が痛い。ここもかしこも痛い。顔の皮がゲロゲロにむける。助かったのだ。本当に救助されたのだと初めてハッキリと認識できた。船は眞盛丸といった。海軍御用船で海軍ばかり乗っている。水兵が煙草に火をつけてくれた。ウマイ。また「ほまれ」を二箱宛くれた。被服の整理などを始める。何もかも千切れて飛んでいる。時計もむろん駄目。お札は団子になっていた。一枚一枚乾かした。重症者は「イタイッ、イタイッ」と悲鳴を上げている。それでも半数位は起き上がってボツボツ話し合っていた。僕も案外元気だった。他の半数位は負傷者だった。

突如、「左三十度潜望鏡！」と叫ぶ。本船は潜望鏡の方向に突進した。「爆雷投下用意」「爆雷投下」と指令が発せられ、矢継ぎ早にドカン、ドカン、ドカンと爆発した。いずれかに向かい眞盛丸は全速で走っていた。わずか一日の漂流で救助されたのは、何と言っても不幸中の幸いであった。

船団は待っていた。マサッカ丸と同時に三隻やられ、一隻は沈没をまぬがれたとのことである。眞盛丸ではマサッカ丸とは違い食堂で食事をした。船団はサンフェルナンドに入ったまま動かない。マニラ空襲の激化に伴い、入港を差し控えているとのことだ。敵機は今にも襲撃してくるかも知れない。早く陸に上りたいと皆、口々に言った。もう船はこりごりだ。サンフェルナンドからマニラまで歩かされても良いと思った。一部はサンフェルナンドに上陸したらしい。眞盛丸はマニラに向け航行を続行する組に入ったということだ。

数日後、出帆した。もう一息だ。リンガエン湾を横断し、陸のすぐ近くを航行するので心強いが、夜眠ることは絶対に出来ない。舷側に砕ける波の音、二時間おきに投下される爆雷の音に「雷撃か！」と思い、ガバとハネ起きる。見張りは海軍の兵隊が全部やるので楽であった。飯は旨かったが、救命具を置いて食堂に行っている間は気が気でない。ロクロク嚙まずにのみ込んだ。小芋と千切りの煮付けやカレーライスはとても旨かった。

本船は水中聴音機を持っているのでまず大丈夫だし、見張りも他の船の比較でないという話を聞いて少し安心した。一度あったことは二度あると言う。「もう一度やられるよ」と言う。コレヒドール附近は敵潜がウヨウヨしているのだと言う。生きた気持ちはしない。夜明けの二時過ぎコレヒドールを通った。無事マニラ湾に入ったのだ。白々と夜が明けた。数十隻の輸送船・艦船がマストだけ水上に出している。港内は惨然たる様だ。大空襲のあった直後である。

揚陸作業は端切に行われねばならぬのに、その日は一向に上陸の様子がなかった。翌十月十三日、いよいよ上陸だ。ポンポン船に移乗した。幸い僕は靴も帽子も失くしていないが、たいていのものは無帽跣足《はだし》だ。全く哀れな姿である。波止場附近はかなり爆撃でやられていたが、思ったよりは軽度である。岩壁に着く。グッとふみしめた。土！　土！　土だ。九月九日上船以来、三十余日目に踏む土、感激で胸は一杯である。

常夏の国フィリピン、樹々の緑は濃く、軍のトラックが忙しそうに走り廻り、初めて見る浅黒い比島人が兵隊と混じって忙しそうに往き来していた。上陸したのだ。任地の土を踏んでいるのだ。これから頑張るぞと誓ったのである。

五――マニラ

吾々は同期のものばかり五、六人である。さっそく、どういう行動をとるべきか、ちょっと途方に暮れた。まず赴任すべき部隊がどこにあるかを確かめてから、服装を整備しなければならぬ。見ると、哀れな吾々の姿に道行く兵隊たちは振り返り、同情の言葉を寄せてくれるものと思った。

歩くのが実に体裁悪く、うつむいて歩いた。顔を見られるのが恥ずかしい。しかし、誰一人としてふり向く者はなかった。皆、当然の出来事のようにして通り過ぎた。気の毒そうにしてくれる者は一人もいない。ちょっと淋しい感じだ。

碇泊場司令部を捜すためにずいぶん歩いた。尋ねる人ごとに教えてくれる先が違う。トラックは軍需品を満載してひっきりなしに走り廻っている。爆撃のため損害を受けた建物には、どれもこれも兵隊が一ぱい入って休んでいた。

マニラの街は割合に樹が多いと思った。看板も掲示も、見るものすべては英字で書かれている。すっかりアメリカ化されていると思ったが、市街は想像以上に貧弱である。間が抜けている。親しみの全然持てない街だ。多くのシベリアンは浅黒く、衣類は派手でひどく軽薄に見え、特に中年の女などは意地悪そうな顔をしていた。少年層は皆、生意気で煙草を吸い、なれなれしい動作で大人に接し、一人で商売をやり、可愛らしさというものは片鱗も見えなかった。カルマタは手荒く乱暴に走り、馭者《ぎょしゃ》はまるで雲助だ。大きなビルディングも幾つか建っていた。

船舶司令部はちょっとごみごみした市街の四辻にあった。昔の何かの役所を利用しているのだろう。コンクリート建物だ。あちらでもない、こちらでもないと各課を廻り歩いて、ようやく遭難証明書を下附された。

大きなデスクを前に置いて少尉や中尉や曹長が仕事をしていた。毎日毎日、遭難者につめかけられクサッているようである。気の毒そうな顔をする者は一人もなかった。どちらかといえばポンポンと取り扱われ、吾々の姿はみすぼらしく被告のようであった。皇軍将校として勇躍、第一線に只今着任した誇り・栄誉というものは踏みにじられてしまったように感ぜられ、なさけない極みである。

日銀券を軍票と交換してくれと頼んだが、アッケなく断わられた。「南発金庫に行け」と言う。「どこにあるか」と言うと、むつかしい街の名を言ったきり相手になってくれなかった。経理学校の先輩を見つけて尋ねた方がよいと思った。

経理部を捜すとすぐに判った。主計中尉と主計少尉がいた。主計下士官や軍属もいた。庶務科らしいこの人たちは、吾々を気の毒がってくれた。お茶を飲ませてくれた。金の交換も世話してくれた。煙草は凄く払底しているらしいのに、「八紘」というのを二十個わけてくれた。まずい煙草だ。現地軍で作っているらしい。感謝しつつここを出た。

吾々はまず今夜寝るところと任地の調査をせねばならぬ。兵站《へいたん》支部に行けばよいという話をたよりに城内をあちこちと捜した。軍人は皆、防暑軍服に白い開襟シャツを着、半ズボンをはいた。スマートな服装で歩いていた。物売りの屋台店が到るところに並んでいて、ホコリまみれの食い物を売っていた。通りがかりのシベリアンが甲高い声で何か言う。まるで叱られているようだ。何のことかさっぱり判らない。

兵站支部は、大きな教会のそばを過ぎてからしばらくしてすぐ判った。倉庫のような建物が幾つも幾つも並んでいる。それぞれ任地を調べた。事務所は忙しそうであった。宿泊券や食券を受領するのは大変だった。忙しく電話が鳴りガヤガヤしている。一〇五師団はロスパニオスに在るはずだが、移動したかも知れんと言う。

地図を見た。マニラからあまり遠くはない。兵隊や将校が大勢ウロウロしている。他の船団で来ていた多くの同期生に出会った。吾らの遭難に皆、同情してくれた。シャツや褌を誰彼から貰い、砂糖や鉛筆なども貰った。

薄暗くなってから、夕食は炊事場の近くで立ち喰いした。一斗樽に入れてある飯を手づかみで握り、瓜のようなものの塩漬をおかずにしてムシャムシャ食った。毛布一枚とアンペラ一枚を受領して板の間に寝るところを作った。

沢がいるというので、三つ四つ離れた棟に行った。ビルマへ赴任するはずの連中が数名いた。皆、寝台や蚊帳を貰い、シャンとしたところで将校待遇を受けている。門司以来のことを何やかや話し合った。刀帯や靴下やカラーや白手袋などを惜し気もなく分けてくれた。石廊下のようなところでシャワーを使った。ビルマ行きはいつ出帆だか見当がつかないと言う。一〇五師団赴任者で兵科の者が四、五人いたので、明日は軍装品を貰い、師団の連絡所に行くことを打ち合わせた。

南方総軍は立派なビルディングだった。軍装品購入証明書を貰うのにずいぶん手間取り、あれもこれも削減せられ、これでは軍装も整わぬと心配しつつ偕行社に行った。日本娘がいた。軍服、外套、帽子、図嚢、将校飯盒、カラー等を購入した。沢に出会い、二人で市中を歩いた。

物価は目の飛び出るような高さである。生菓子一個は三円、コーヒー七円、中食は簡単なランチで百円もした。五百円位より持っていないのにどうなることかと思った。散髪は十円、靴磨きは無料サービスかと思ったら別に十二円取られた。「三日もマニラにいたら破産するぞ」と笑った。

軍経営のアジア食堂というところに行った。ここは少し安かった。ビフテキやバナナを食い、生ビールを飲んだ。比島娘はタドタドしい日本語で給仕をし、わけの分からぬ歌を歌っていた。シックリとこない。なんだか落ち着かぬ。中腰のような気持ちである。軍刀なしの丸腰は、何と言っても気がひけた。

師団連絡所は総軍司令部の近くにあった。飯を食わせて貰った。現地米の拙《まず》さといったらない。師団は南カマリネス州のナガというところに移り、一八一大隊はその近くの山の中を転々として移動しており、所在は師団まで行かぬと判らぬと言う。師団の阿久津参謀に会う。実に感じのいい親切な人だ。一両日中にナガ行きの兵器輸送列車が出るから便乗するように言われた。

街頭にはバナナや飲物、ココナツ、駄菓子を売る屋台が並び、入れ替わり立ち替わり立ち喰いをしている。若い男女は腕を組み、アメリカ気取りで鋪道を闊歩していた。色の黒い若者が真っ白い麻の背広で気取っている様は苦笑ものであった。上品な婦人は蝉の羽のようなものを着ていた。跣足《はだし》の多いのに驚く。至るところで音楽が聞こえる。スペインやアメリカとの混血が多く、ちょっと綺麗な娘が鼻高々と歩いている。ミステーソと称し、みんなが一目置くそうである。混血の方が威張っているのだ。

通る乗用車は大抵軍人が乗っていた。海軍も相当いる。馬糞の多いのに驚く。ケソン橋やバンザイ橋、繁華街、エスコルタは割合に立派だったが、街全体は落ち着きがなく、上辺飾りの全然親しめない感じだ。

兵站宿舎に帰ると警戒警報が発せられ、引き続き空襲警報だ。皆、退避した。防空壕に入る。高射砲、高射機関銃が物凄い火蓋を切る。ドンドンバリバリ、地上火器は狂乱の如くマニラ市内を打ち震わせた。初めて見る敵機、真っ白い二、三十機の編隊が二千メートル位の高度で上空に進入して来る。別に戦闘機隊は、爆撃機編隊の前後左右を護衛している。編隊の近くで幾つも高射砲弾が炸裂して見事だ。

黒い友軍戦闘機が三機、五機攻撃をかけるが、敵機の編隊は崩れそうにもなかった。海岸地帯にドカーンドカーンと投弾する。一機、二機、敵機が撃墜される。パッと落下傘の開くのが見えた。敵機は去り、地上火器は鳴りをしずめ、空襲警報は警戒警報に戻った。初めて体験した空襲である。

師団連絡所の乗用車で、マニラ駅まで送ってもらった。実に貧弱極まる駅だ。客車や貨車のお粗末なことはてんで話にならぬ。内地の田舎駅で、草の生えたサビついたレールの上に見捨てられている車輛と同然だ。ナガ行きの兵器輸送車というのは、四輛仕立ての貨物列車だ。速射砲と無線器材が積んであった。便乗者が三、四十人いる。一八二大隊に赴任する兵科の鈴木君と二人で発車を待った。いつ出るか見当がつかぬと言う。

夕方になった。夕食は軍属の人が親切に分けてくれた。鈴木君が塩魚を持っていたのでそれを食う。塩っからい。コプラの焼いたのを初めて食った。ナガまでは二日で行くとも言い、四日ないし一週間かかるとも言った。ゲリラが出て列車襲撃するのは毎度のことだと言う。ようやくのことで発車した。ボロ機関車である。コプラや薪を燃料にしているのだ。レールは草が生い茂って見えないくらいである。走った方が早いくらいだ。

六――マニラから任地まで

水田が開けている。農夫は三頭も五頭もの水牛を使って耕作している。バナナ畠やヤシ林があちらこちらに望見される。今日は十月十七日だ。アンペラを敷いた貨車の中で、郷里出発以来のことを考えるともなく考える。内地の田舎を汽車で走っているような錯覚を起こす。何でもないところで列車は勝手に止まったりした。どの駅もこの駅もサビれてしまって淋しかった。兵隊はどの駅にも必ず四、五人はいた。

ルセナに着いたのは何時頃かはっきりせぬが、二十四時を過ぎていたろう。兵隊はドヤドヤと下車し、飯盒をブラ下げて飯を炊きに行った。二時間位止まると言う。鈴木君と話し、明朝どこかの駅で飯を炊こう、米は少し持っているから、ということで今夜は寝ることにした。とても窮屈でやり切れん。頭の方にいる兵隊が遠慮なしに靴のまま肩や背にゴッンゴッン当たるんのでやり切れん。「気をつけてくれ」と言うと、案外素直に「済みません、気をつけます」と言った。

真っ暗の中を列車は走っていた。保線が悪いのか、ゴトンゴトンガタンと脱線したようなショックを受けるのは何回あったか数知れない。夜明けだ。列車は海の近くを走っていた。椰子林を抜けてはまた入りした。ホンダグワに着く。小さな港だ。海軍が少しいるらしい。

である。三、四十人乗り込んで来た。一八一大隊だと言う。アレッと思った。自分の赴任する部隊である。

下士官に指揮官はだれかと聞くと、第二中隊長の○○中尉だと言う。挨拶をした。温厚そうな青年将校であった。師団のナガ転進を援護し、任務終了してこれから部隊に追及するのだから一緒に行きましょうと言う。心強い限りだ。

鈴木君が兵隊の飯盒を借りて飯を炊いて来た。駅のベンチでバナナの葉を皿代わりに塩魚で朝食をする。住民が魚のフライを売りに来た。食ってみると凄く椰子臭いが旨い。蝿が多いのには参る。

一車輛増加して、それに一八一大隊の○○隊長以下が乗った。僕にも「こちらへ来い」と言う。行李や梱包を並べて腰かけた。○○曹長は女のように優しい男で、中隊の給養係だと言う。「新しい主計殿が来られて部隊も助かります」などと言った。○○中尉はいつもニコニコとして、ボッボッと部隊の様子や任務について話してくれた。「もうここまで来ればゲリラも出ませんよ」と言いながらも、時々鋭い目付きで車外を見た。そんな個所は必ず鉄道の両側が山になっていて、襲撃されそうな場所である。

どの駅に着いても、子供や女がバナナ、ヤシ、砂糖、芋や魚のフライ、菓子などを売りに来た。そして「タバコ、コウカン」と言う。「軍票よりタバコをくれ」と言う。十本もやれば、バナナ三十本位をよこした。砂糖はお椀のようになっていて、二つで一組になっていた。中食は○○曹長が分けてくれ、大きな魚のフライを「食べて下さい」と言って、二つも三つもくれた。実に旨いと思った。バナナはあきるほど食った。玉子を売っている女もいた。

駅は構内も構外もない。プラットホームへ住民が勝手に入って来るし、レールの真ん中で子供たちが遊んでいる。兵隊たちはあやしげな現地語で子供と話し合っている。オハヨー、コンニチワ、というのが挨拶であることはすぐ判った。十歳位の子供でもスッパスッパと煙草をふかしている。あきれた。

「もう間もなくだ」と、何回も何回も曹長が言ったのに、いっこうにナガに到着しなかった。車中から見るタルキの下の高いニッパハウスの窓からは大勢の子供が「バンザイ、バンザイ」と叫んでいた。水牛の背中に乗ってノンキに歩いている子供も何回となく見た。ここかしこに五、六本ずつ椰子の木が固まって茂っている。ボンヤリ眺めていると、お河童頭をふりかざし、縄飛びかなにかをしている少女の頭に見えたり、インディアンの鳥の羽をつけた頭に見えたりした。

夕方近く、ナガ駅に到着した。駅前の広場は草が一ぱい生えている。下車すると、○○中尉、鈴木君などと師団司令部に向かった。十分ほどで到着した。大教会の前にある大きな建物だ。退庁時だが、庁舎内は割合にガヤガヤしていた。副官部の准尉より軍刀を借用し、参謀長、高級副官、各参謀に申告をした。皆、異口同音に「来たるべき一大決戦期を控え、若い貴官らを迎えることは、兵団のために一段の戦力を加うることになる。部隊に着任せばよく部隊長を補佐し、一意戦闘準備の完遂に邁進されたい」という意味のことを強調された。

高級副官は、特に「陸軍省より電報はあったが、最近はほとんど海没してしまうのでどうかと心配していた。首を長くして待っていたぞ。よう来た。まあよかった。君の行く一八一大隊は、兵団の中でも最優秀な部隊だ。しっかり頼むぞ」。そして「経理部長や部員は宿舎に帰っただろう。兵隊に送らせるから、いろいろ指示を受けてくれたまえ」と言って、経理部の宿舎アテネ寮まで案内するよう、兵隊に命じた。

もう夕闇が迫っていた。真っ白い建物のアテネ寮はすぐだった。二階のサロンで砂山経理部長はじめ各部員に挨拶した。皆ちょうど食事が終わったばかりであった。

部長は高級部員から順番に紹介してくれた。それから部長の部屋に通され、兵団経理全般の概況、一八一大隊の経理概況、特に現地自活のための企図方策、現地産米、漁獲、採油、調味料、燃料、家畜類の状況、物資蒐荷《しゅうが》状況等において説明があり、結局、貴官の今後の努力に期待するということを言った。被服の状況は軍靴のほかは大したことはない様子であった。隣室でビールを御馳走になり、兵隊二名に送って貰ってナガ兵站ホテルに着いた。

二階の部屋に案内されると、鈴木君は帰っていた。地下の食堂に僕の食事が残してあった。うす暗い倉庫のような地下室である。粗末なテーブルに素焼きの土器ばかりで、ドンブリのようなのに御飯、汁椀のようなのに塩汁、皿にはエビと野菜の煮付けとが並べてあり、皆、冷たくなっていた。ベラ棒に長い箸でソソクサと食べた。淋しい気持ちがした。夜の街は物音一つ聞こえず死んだようである。ホテル前には兵隊とコンスタブラリー(憲兵)が一人ずつ警戒に立っていて、「誰か」とか「敬礼」とか言っているのが時々聞こえるだけである。その夜は停電で、ランプの光は薄暗かった。

明朝、師団長は転進部隊見送りのためナガ駅に出ると言う。その時申告をしようと鈴木君と約し、寝台にもぐり込んだ。日本人のおばさんがいて他の客と話している声を聞き、郷愁に似たものを感じつつ昼の疲れにいつか眠ってしまった。

「起きなさい」と言うボーイの声に飛び起き、窓より街を見る。案外、大きな街だ。南部ルソン第一の都市だけあって大きな建物もチラホラある。物資がかなり集散すると見え、魚菜を満載したカロマタが窓の下を連なって通る。頭に芋のフライ、野菜の煮物、バナナ、ココナツ、魚のフライ、砂糖餅等々、色々なものを載せた女も市場の方へ続々と行く。玉子、鶏を持って通るもの色とりどりだ。

この地方の経済機構は割合うまく行っているなと思う。感情も案外いいらしい。物資はかなり豊富だということも直感した。それにしても、現地語を全然知らぬ僕はこれから先苦労するぞと思った。

「御飯でございます」とマダムが知らせに来た。スペイン人だというここの夫妻は、二人とも人の良さそうな親しみやすい人だった。マダムは三十を二つ三つも過ぎたろうか、色の白い割合に東洋的な顔をした小太りの美人だった。主人は戦前、土木の技師だったといい、眼鏡をかけ、キチンとした服を着、しょっちゅうホールを動物園の熊のように円く歩いていた。マダムの日本語は相当達者なものである。

また、地下の食堂に下りて行った。七、八人来て食べている。御飯もお汁も温かかったが、味付けは妙に変なものだった。アッサリもしているし油っこいようでもある。塩と脂肪のほかはあまり調味料を使用していないのであろう。何度食べても現地米は水臭く、甘味というものが全然なく、ひょろ長くて舌のさわりも悪い。茄子《なす》の油煮はうまかった。将校飯盒にボーイがお弁当を詰めてくれた。

ナガ駅で○○中尉に出会った。「次の駅ピリまで汽車で行き、そこから行軍で部隊本部に行く」と言う。

兵団長津田中将は丸い感じのする将軍であった。吾々は申告した。小さな鞭をもて遊びながら吾らの着任をよろこび、将校は率先垂範、部下を導き、果断決行、実行力の旺盛なるべきことを強調し、特に僕には主計将校といえども敵中に斬り込み、敵戦車におどり込む覚悟と実力を必要とすると言い、某主計将校の勇ましい奮闘談をして聞かせた。吾らは邦家のため微力を捧げることを答え、また只今の訓示にそうべきことを誓った。

兵団長はウンウンと言ってうなずいていた。頭の毛は白いものがだいぶ多かった。南部ルソン全般の広大な地域を、僅かの兵力で防御せねばならぬ苦しさを一人で背負っている老将軍をいたいたしくも思い、また勇ましくも感じた。ピリ駅まで約四十分、無蓋貨車に乗った煤煙で顔が真っ黒になった。

ピリ駅は小さく駅員も二、三人だった。ここには友軍の飛行場を設定中らしい。小さな田舎街である。一八一大隊の物資集積所があるらしく、そこの下士官が来て〇〇中尉や〇〇曹長と懐かしそうに話し合った。

「あれからどうされたのですか、部隊主力は一日として同じところに止まらず、次から次へと移動し輸送力はなく、糧秣、兵器、弾薬もろくろく送れず、兵隊は弱るし大変です。ガソリンがないのでトラックが動かず、水牛のカルトンは能率が上がらず処置なしです」と部隊の窮状を話した。

〇〇中尉は、「そうか、そうか」と聞いていた。そして部下に、「只今より部隊まで行軍する。カルトン五台を借り上げ、荷物装具を積載軽装せよ。只今より三十分後に出発」と命じた。曹長はじめその他の班長は兵を指揮し準備をした。

柳川中尉が今ピリに来ていると言う。「今ここへ来られます」という知らせがあった。やがて柳川主計中尉が来た。幹候出身らしく年の若い二十七、八に見える元気そうな人だ。ワラジをはいている。〇〇中尉が僕を紹介してくれた。

柳川中尉はビックリしたようである。そして「それは御苦労でした。何も知りませんでした。私と交替ですかな。自分は今、軍需品の輸送で忙しく、ちょっと部隊本部まで帰れませんが、近く帰って色々お話しします。今日は途中のサルバルションまで自動車で行きますから、そこで待っていて下さい。六郎丸という主計下士官がいますから」と言い、また〇〇中尉に、「どうも部隊長がやかましく、靴は戦闘用として愛惜し、ワラジをはけと言って、靴でもはいて歩こうものなら手厳しくやられますよ。師団司令部へワラジバキで出頭するのは、うちの部隊位でしょう」とワラジをはいている理由を説明した。

僕は「南方ははじめてですから何もわかりませんが、よろしくお願いします」と言うと、「よろしく」と言った。そしてまた、忙しそうに引き返して行った。

この附近に卸《おろ》した軍需品を、部隊に追及せしむるため中間に集積所を設けているらしく、またこの附近の物資を買収するため、毎日のようにトラックや水牛やらでこの辺りを往き来していたらしかった。荷物を積んだカルトンは、後からゆっくりと追及することとし、中隊（といっても四十人足らず）は軽装で出発した。僕の荷物もカルトンに積んでもらった。僕は〇〇中尉と並んで歩いた。さすがに歩兵は足が早い。空は今にも降りそうに曇っていた。ドンドン歩いた。

部隊本部までは約四十キロメートル位あるという。イサログ山という大きな山が左前方に見える。道路は坦々たる大道である。爆音！「敵機の編隊が雲上飛行しているらしい、注意せよ」と追い越した乗用車が怒鳴って行った。

○○中尉は足が速い。兵隊は旨いものを食った話、内地の原隊で演習のつらかったことなどを大声に話して、何もおもしろくないようなことを大声で笑った。そして、平気でドンドンとついて来た。道路の両側は飛行場適地である。一軒家があった。

「大休止、中食」と○○中尉は命じた。当番はどこからか腰かけを持って来た。すぐ中隊長の飯盒を出し、お茶を準備した。実にキビキビと早い動作である。皆、道路上に尻を下ろし靴を脱ぐ。細雨が降って来た。ガチャガチャと飯盒を開けて食い始めた。腹が物凄く減っているのに、僕の御飯はホンのチョッピリであった。今朝、兵站ホテルのボーイに頼まなかったことを悔いた。これから数十キロ、この空腹では歩けんぞと思った。おかずは茄子の油煮と小魚であった。食べたような気がしないが仕方がない。再び出発した。

行軍速度は段々速くなった。士官候補生出身の○○中尉は典型的な青年将校である。実に兵のことに気を配った。何回も何回も短い休憩をしては急行軍をした。どこまで行っても同じ景色だ。どの部落にも兵隊や軍馬がいた。沛然《はいぜん》として雨が降り、イサログ山は雲に隠れてしまった。ブルブルと全身が震える。寒い、寒い。焚火をしたいと思うが○○中尉は何食わぬ顔でドンドン歩いた。

もう四時間も歩いたろうか。一時間六キロ位の速度だから、休憩を除き二十キロは来たに違いないと思う。兵隊も少し疲れたらしい。話し声は少しずつ小さくなって行く。「緊張欠くと風邪を引くぞ」と、○○中尉が叱るように言った。自分を叱られたようでビクリとした。○○中尉は依然歩度を速め、夕方までにはどこかまで必ず到着したいと考えているらしい。部隊本部までは無理だ。サルバルションとすれば、図上で見てもそんなに急ぐ必要はないと思った。チガオンかサグナイかなと思う。

二十三歳位のこの若い中尉は、「長い旅行のあとですから疲れられたでしょう。サルバルションまで行ったら、あとはトラックがありますから乗って行かれる方がいいですよ」と、思いがけなく優しい口調で言った。花も実もある若武者のようないい将校だな、こんな中隊長を持った兵隊は幸福だと思った。

またしばらく歩いた。雨は止んで涼風が心地良い。煙草を吸いながら歩いた。○○中尉は、突然「中隊長は兵四名を連れ、只今よりサルバルションに先行し、給養の準備をする。あとは○○曹長の指揮でやって来い」と言うと、ドンドン先行してしまった。○○曹長は僕と並んで歩いた。

「いい中隊長でしょう。しかし、行軍の速いのには参りますよ。設営はうまいから、サルバルションでブタか鶏を料理して飯を炊かせて待っていてくれるはずですよ。兵隊も疲れているし、ボツボツ行きましょうよ」と言う。なかなか話せる曹長だと思う。

椰子の実った部落に入った。「休憩、椰子を取っても良いが金を払うのを忘れるな。あまり遠くへ行くな。バナナはまとめて買って分配するから買うな。分かれ」と曹長が言った。皆ドヤドヤと分かれた。近くの民家に入った。バナナを買って食った。旨い。五本七本、かなり腹がはった。ザボンも食った。砂糖の塊も食った。初めて椰子の汁を飲む。みんな旨い。

椰子の果肉に砂糖をつけて食う。ミルクのようだ。兵隊も皆、何か食っていた。現地製煙草を買って吸う。珍しい味だがカラい。

再び出発した。サルバルションに着く頃は薄暗くなっていた。部隊の集積所は倉庫のようなトタン葺《ぶ》きの家だった。ローソクをともし、○○中尉は下士官と話していた。豚汁と飯が用意してあった。みんなガチャガチャ飯盒の音をさせて忙しそうに動いた。六郎丸主計伍長から色々の話を聞き、夕食を食べた。みんなにタバコ「八紘」を二箱ずつ分配し、甘味品は一袋ずつ渡された。

中隊は食事を済ませるとタイマツをつけて出発した。今夜のうちにサグナイまで行進するのだそうだ。サグナイには部隊の連絡所があり、そこから山道で七、八キロ行くと、シバゴアンという三十戸位の漁村に部隊本部がいると言うことだ。

僕は残った。集積所は下士官以下六、七名いた。前の道路で銃剣術の稽古をやり、素振りをやった、後ゲリラ襲撃の状況を設けて防禦《ぼうぎょ》の訓練をした。皆、熱心だ。倉庫には米、味噌、正油、塩、油、日用品、被服類等がかなり集積してあった。兵員一千名の部隊にしてはかなり裕福だなと思った。六郎丸伍長の話では、ツビカンというところとサンシドロというところに、まだかなり集積していると言う。ちょっと聞いただけで、大体半年の食物は大丈夫だと直感した。

また雨が降って来た。柳川主計中尉がトラックで帰って来た。何か軍需品をドサリドサリと卸し、兵隊はせっせと倉庫の中に運んだ。内地に派遣されていた見習士官が教育終了して部隊に帰任するというので、そのトラックに便乗していた。柳川中尉は、「二、三日中に本部へ行くから、とりあえず本部で待機していてくれ。行ってから色々打ち合わせする」と言った。見習士官と一緒にサグナイに向かった。道路はかなり良い。チガオンの街には一八二大隊本部があって兵隊がいた。

サグナイに着いたのは十時を過ぎていたろう。○○中尉はもう到着していた。○○少尉に紹介され挨拶をした。四国訛《なま》りの少尉はヒゲをはやした四十過ぎの人だ。連絡所というのは、サグナイ町役場を利用しているらしい。椅子を並べて寝る。一晩中電話がなり響いて寝つかれない。ここは電話の中継所らしい。

夜が明けた。十月二十日、○○中尉等と出発した。いよいよ任地に向かう最終コースだ。サグナイの町とは名のみで、戸数百戸ないし百五十戸位の本当の田舎街だ。古ぼけた教会が街に似ぬ大きな建物として目立つ。市場もあった。

アバカ林を通り、サグナイ河の渡河点に来る。橋は増水で流失し、バンカー（丸木舟）を兵隊が動かして渡してくれた。河幅は五、六十メートルあり、水流はかなり強い。船頭の兵隊はロープをたよりに器用に舟を動かした。第一中隊が渡し場勤務をやっているのだそうだ。河を渡って山道にかかった。左の方は五、六百メートルの密林であり、その先は海だ。ラグノイ湾内のアラヤット湾と地図に出ている。砂糖キビやバナナ、アカバの畠や林があり、時々、清水が溢れ出ていた。

○○中尉は時々、休憩をした。そのたびに「本部はえらい奥に入ったもんだ」と何回も言った。五、六戸位の部落があり、兵隊がチラホラといた。皆、部隊の兵隊ばかりである。シベリアンにも何度か出会った。彼らはニコニコとして挨拶のつもりであろう、ペコンと不自然に頭を下げた。皆、バナナを棒で担いでいる。

山の道にしてはかなり広く、自動車も充分通過できる。上っては下り、右に左にとてもカーブが多い。涼しい風が吹いてはいたが、汗はダクダクと流れた。左に大きく廻ると、目下にアトラヤン湾が展《ひろ》がり、湾の中央にアトラヤン島が見えた。そこで腰を下ろして煙草を吸った。

○○中尉はニコニコとしていた。そして、「部隊長は黒宮中佐と言い、何かにつけてうるさいですよ」と言った。うるさい人は大抵熱心な人が多いと思った。いよいよ自分の赴任地に来たのだ。一生懸命の御奉公をせねばならぬと誓った。

シバゴアンの部隊は海岸にあった。三十戸位だろうと思ったが、空家が多く七十戸位あるらしい。住民は半数以上移動していて、どの家も兵隊ばかりいた。小学校には炊事場などがあり、たくさん兵隊がいた。家といっても吹けば飛ぶような竹造りで、ニッパ葺きの山屋だ。部隊長は村の真ん中頃のちょっと良い家にいた。申告のためにタルキの下まで行った。副官○○中尉が「しばらく待ってくれ」と言う。

部隊長は下士官から何やら細々とした報告を受けていた。恐い顔をして何もかも叱りつけるような口調であった。年寄りの少尉がまた報告をした。何か知らんがボロクソに言っているので、二人が哀れっぽく見えて仕方ない。自分の順番か来るのが恐いような気がする。申告をした。部隊長は愛想一つなく補佐道の何たるかを尋ねた。適当に弁解した。さらに明朝までに筆記して提出するように命ぜられ、副官に「本部将校の宿舎に入れるように」と命じた。

将校宿舎というのは、やっと雨露をしのぐ程度のニッパハウスで、六畳二間位のところに将校、当番を合わせて十人程度が起居していた。一人一人挨拶をした。夕食は御馳走だった。刺身、鶏、玉子焼、それに御飯はお寿司だった。本部の将校たちは皆、好い人たちばかりでニコニコとしながら、「愉快に楽しくやりましょう」と言った。皆、髭も伸び、服は破れていた。何とも言いようのない温かいもので胸が一杯になり、泣けて来そうで仕方なかった。

第二部

家に帰ってから書くつもりでいた二冊目も、とうとう収容所で書いてしまった。誰も彼も皆帰国し、ささやかながらも温かい気持ちで正月をしただろうに、取り残された約半数の中に入った僕らの正月は淋しく悲しい。カーゼで小さなお鏡餅を作ってせめてもの心の慰めとしたが、三度の食事はお粥《かゆ》であることに何の変わりはなかった。敗戦は悲しい。僕もいつの間にか三十一歳になった。みんな僕を三十七、八歳位かと言う。早く帰国したい。

七――黒宮部隊

部隊本部の人たちは皆やさしい朗らかな人の集まりであった。大東亜戦争の緒戦以来、フィリピン各地を歩き回り、幾度かの編成改正を経て今日に及んでいるのである。バターンの作戦では相当の手柄を挙げた歴戦の勇士揃いである。皆、口を揃えて内地の様子を尋ねた。僕は知っている範囲のことを話した。皆、ホウホウと大げさに感心して内地を恋しがった。

中條さんという四十五歳の少尉は涙さえ浮かべていた。

旅団司令部はイリガというところにあり、旅団長野口少将も部隊長と同じで実にやかましく、物凄く厳格な人だということである。夜でも旅団や師団から電報がドンドン来て、各種の情報を知らせてきた。命令も来た。電話は鳴り通しである。二、三メートル離れている事務室は、とても忙しそうであった。

満腹し、疲れも出てゴロリと横になるとすぐ眠くなった。「さそりがおりますよ」という話にビクビクとして安眠できない。明日から何を始めてよいかわからず、いろいろと寝ながら心配した。河野中尉（情報主任）は、何回も部隊長の呼び出しがあって出て行った。帰って来ると、「同じことを何回でもやり切れん」と言ってこぼしていたが、実にテキパキと仕事を片付けている様子だった。

朝は暗いうちに起こされ、下士官兵は銃剣術、将校は剣術をやった。部隊長は跣足だった。将校以下全員、ワラジをはいている。エイッヤッという声が椰子林にこだました。

「君も自分でワラジを作ってはけ」と、部隊長は怒るように言った。また「当分、様子のわかるまで俺が直接教育をする」と言った。

着任して二日目、部隊の将校教育があった。中隊附将校が二十人ほど弁当持ちで集まって来た。見習士官と二人で一同に挨拶をした。部隊長はそれが済むとすぐに、二人の挨拶の仕方、言葉等について講評をして、見習士官の方はひどくこき下ろされた。僕は乙の下位らしく、少しやられただけですんだ。

恩賜の煙草を分配した後、戦訓についての説明、水際撃滅戦闘、アメリカ戦車に対する戦闘法の教育が行われた。後でトラックを敵戦車に見立て、爆雷を抱いて真っ向から戦車の下へ飛び込んで行く捨て身の演練が河野中尉によって指導された。どの兵隊もこの兵隊も悲壮な顔で反復実施した。「成功」「不成功」と、一つ一つ河野中尉が判決を下した。僕もやった。野球の滑り込みのようにやった。部隊長は「ヨロシイ」と言った。

近くこのアトラヤン湾に、米軍が上陸するものと皆が信じていた。部隊の担任正面はかなり広かったが、歩兵や敵戦車の通過困難な個所が相当あるので、兵力は割合節約できるとの話である。

ある夜、旅団よりの命令で本部は急遽、四キロばかり移動した。そこには三十人位入れる洞窟が海岸の反対斜面につくってあった。竹を切り、椰子やバナナの葉を使って家を作った。兵隊は実に器用だと思って眺めた。部隊長は近くの民家に入ることになった。オジュガンという部落らしいが、家はアチコチにほんの二、三軒程度である。

各中隊は、陣地の構築や糧秣、弾薬の運搬や集積に多忙を極め、部隊長は三日に一度位の割合で各中隊を巡視した。そのつど、本部附将校は誰か彼か交代で随行を命ぜられた。ワラジばきで密林の中を歩くのは相当困難を極めた。皆、手に手にボロ（蕃刀）を持ってつるや灌木の枝をはらいのけては前進した。

兵隊は、いたる所で洞窟を掘り、機関銃座を作り、散兵壕や交通壕の構築に汗を流し、ダイナマイトによる発破音はここかしこで聞えた。重火器のためには、いくつもの隊備陣地が準備され、斜射、側射、背射の準備に徹底しているようであった。対戦車障碍《しょうがい》や水中の舟艇障碍物工事も相当気合いを入れていた。夜となく昼となく、兵隊も将校も工事に邁進し、僅かの時間的余裕がある時は、銃剣術や肉薄攻撃の演習に没頭した。

部隊長は、「あそこが悪い。ここが良くない」と言っては陣地の強化、改善に懸命の指導を怠らなかった。旅団長閣下も時々やって来ては、ジャングルや崖をよじ登り、一銃一門の位置や射方向を指導した。そして、その度に中隊長や小隊長はさんざん叱られ、そばにいても気の毒でならなかった。

僕は、糧秣の集積、管理について視察旅行し、各兵の軍服や靴の程度を見て歩き、特に給食状態に重点を置いた。各中隊共、生活力は極めて旺盛であり、豚や鶏を飼育し、芋畑を作り、給養の向上につとめていた。部隊長が行くと必ず鶏を殺し、魚の刺身を作り、豚カツやフライを作って接待した。僕もその度に御馳走になるのが常であった。

柳川主計中尉が帰って来てからも、別に業務は分担せず、二人協力して部隊の経理業務に邁進することになった。部隊長は暇をみては僕に部隊の歴史を教育し、経理事項の質問をし、宿題を出した。部隊将校教育は何回となく行われ、また、各将校はいろいろの研究事項を発表した。

現地入隊兵は百二十名位いて、ツビカンという所で教育中であった。教育終了の検閲には補佐官として一日がかりでツビカンに行った。山の真ん中にある麻工場に起居し、教官以下元気一杯にやっていた。軍医と主計下士官が一人ずついて、衛生、経理の業務をやっていた。現地入隊兵は皆、相当の年輩者ばかりであったが、二十二、三歳の初年兵と同じような気持ちで教育を受けていた。

検閲は内地や満洲のそれと異なり、さすがに実戦的であった。師団の○○参謀も来ていた。

ドシャ降りの中で、ドロンコになりながら肉薄対戦車攻撃をやるところなど、涙がこぼれた。

　僕は炊事場へ行き、何か兵隊への加給品を準備する必要があった。炊事下士官に命じ、うんとサツマ芋をふかせ、ぜんざいをどっさり作らせた。熱い熱い豚汁と飯も炊いた。また、乾いたシャツや軍服を検閲終了までに準備しておくように主計下士官に命じた。僕は、補助官として兵にいろいろな質問をする任務があった。「腹が空くか」という質問に対し、皆、充分だと答えた。「何に不自由しているか」の問いに対しては、皆、「タバコだ」と言った。調べてみると、タバコは半月位前に四十本程度渡ったきりであった。タバコの補給は事実困難であり、ここにも在庫は一人当たりあと二十本位しかなかった。さっそく、それを渡すことにした。

　これらの兵達は皆現地語は達者であり、近く各中隊や本部に配属されるとなれば、威大な戦力となるのである。

　夜は○○参謀、部隊長、その他三、四人の将校と共に会食をした。○○参謀は、作戦準備が円滑なる補給と現地自活にあることを何度も何度も強調し、とてもやり切れないほどの注文を発した。部隊長は成程といったように一つ一つうなずいていた。

　米の収買、芋の増産、製塩、製炭、漁獲、燃料の自活、靴の愛惜と代用品の研究等に枚挙にいとまない。軍医には各衛生材料の補給難に処するため、薬草の研究、利用、合理的衛生勤務等について細々とした要求があった。兵科将校には、戦訓等に基づく新戦闘方式の説明があった。敵戦艦の艦砲射撃を受ける時は、一艦で飛行機千五百機の空襲以上の威力を発するということだ。

蛸壷陣地の改善についても、いろいろ注意をしたうえ世間話に移り、鶏や玉子、豚の御馳走に舌つづみを打った。食後のバナナは特に旨かった。○○参謀は自動車で帰って行った。吾々も一泊の後、部隊本部に帰った。

毎日のように蛸壷陣地を作った。経理室はサグナイ河渡河点近くの空民家に移った。補給、調達の関係上、ここが便利だからである。柳川中尉と僕と主計下士官二名、兵三名である。部隊本部までは五百メートル以上あった。他の本部附将校は、「おやじと離れていていいなあ、うらやましい」と言っては時々立ち寄り、少しずつ油を売って行くのが常である。

毎日夕方、本部附将校は部隊長の家の前に集まり、お勅諭を奉唱し、今日一日の実行報告と明日の予定について打ち合わせ、命令を受領するのである。兵器係の○○老少尉は、どういうわけかいつもボロクソに叱られた。

中隊長会議が行われると、各中隊長は輸送力の不足を訴え、糧秣、弾薬の陣内集積のため、是非とも自動車を配車せられたい旨を強く要求した。本部側は自動車の不足、ガソリンの不足を詳しく説明し、可及的期待に副《そ》うよう、約するのであるが、このことはなかなか実現しないらしく会議の度ごとにもめた。

それでも各中隊は、三ヶ月分の糧秣を陣内集積していた。各中隊長は、自分の陣地を強化させることに腐心しているのである。実に頭の下がる想いがした。電池、電線は不足を極め、悩みの種らしかった。

会議の後は、いつも会食である。皆、持参の弁当を開け、お茶、果物等は本部で準備した。「お前のところは御馳走食っとるなあ」などと笑いながら飯を食うのである。当番兵の心尽くしであろう、どの中隊長も魚や肉や玉子などの御馳走を旨そうに食った。

本部でも、徹夜作業は一日置きくらいにやった。穴掘りである。海軍の一ヶ小隊が部隊に協力となり、大きな大砲の据え付けに毎日毎日汗だくで働いた。

陣地や兵力の配備はそれから後、幾度も変更され、せっかく作った陣地を捨てては新しい陣地を作る。動くたびに起居するための家を作る。集積軍需品を移動する。どれだけ働いても仕事は次から次へと増えるばかりで、将校以下、穴を掘り、鉄條網を張り、銃床を築き、家を建て、運搬をすることに明け暮れ、戦闘訓練はのべつまくなしに行われた。

小隊長も中隊長も受け持ちの区域を朝から晩まで、あるいは夜も歩き廻り、視察指導をした。兵団の作戦方針が変わるたびに部隊はゴッタ返した。師団長や旅団長が来るたびに、また多少の配備変更は必ず行われた。

如何にして少数兵力と僅少なる資材をもって米軍を邀撃《ようげき》するかということについて、軍でも兵団でも四六時中、研究をすすめ、少しでも有利なようにと改良すべきところは次々に変更されるのは、自然の帰結だと思いつつも、配備変更となると、部隊長以下、口には出さずとも眉の曇るのをどうすることもできなかった。決戦のためには情に引かれてはならない。各指揮官は涙をふるって部下を叱りつけては、毎日毎日同じことを繰り返した。

敵機の偵察は徐々に頻雑になり、部隊長は炊煙防止について気狂いのようにやかましく言った。部隊長の陣地はよく遮蔽され、上空よりの発見は困難であった。炊煙を出さぬために夜間炊事を励行した。

友軍機は毎日のように上空を通った。哨戒に行くのであろう、いつも二機、三機とまばらであった。本部がサグナイ河左岸の椰子林に移ってからも、毎日毎日同じことを繰り返しては陣地の強化に狂奔した。

サグナイでは兵器係が爆雷を作り、土工器具や兵器の修理に多忙を極めていた。各橋梁は爆破準備が進められ、道路の要所、要所には戦車障碍物が準備されていった。いつ上陸するともはかり知れぬ米軍邀撃に備え、物的準備と共に呑敵《どんてき》の気概、犠牲的精神の昂揚、攻撃精神の向上は、あらゆる機会をとらえて教育せられた。

名もなき南部ルソンの密林の中で、家を忘れ、妻子を忘れ、ボロ服をまとい、わらじ履きとなり、夜となく昼となく部隊が火の一丸となって明日の戦闘に邁進する様は、崇高というか壮絶というか言語に尽くせぬものがある。兵隊にはしっかり食わせねばならぬ。部隊附主計の任務はこれ以外にないと、幾度も幾度も銘肝したのである。

八——陣中経理勤務

経理室をサグナイ河渡河点附近においてからは、部隊の経理業務は割合円滑に行われていった。柳川中尉は、ピリ、サンシドロ、ツビカン、サルバルションにある各集積所の軍需品を早くまとめる一方、あちこちに分散せしめてある経理室の要員を早く一ヶ所に掌握するために、もっぱら輸送業務の処理に奔走し、僕は調達、補給、給養関係事項を受け持ち、傍ら、六郎丸伍長を指導して会計事務、決算の整理をやらせた。

鰻上りに高騰する物価は、こんな田舎でも部隊で一ヶ月二十円の軍資金を必要とした。サグナイ町を中心とする付近の物価は、各中隊の買い上げ物価のつり上げにより日一日と高騰するので、価格の指定を行う必要にせまられた。町長、部落長を集めて協力を要請し、芋やその他の野菜の増産、家畜類の培養等について細々と打ち合わせた。

通訳に当たった初年兵は、現地語をペラペラとうまくやってのけた。集まった者は三十人以上もいた。兵隊を督励し、飯を炊き、水牛のビフテキを作り、魚フライ、芋、野菜の天ぷら、果物等を御馳走してやった。食う段になると、どこからか女や子供も入って来て、五本指を器用に使い、ムシャムシャと食べた。行儀の悪いことおびただしいが、田舎者だけに素朴なところは充分見られた。

物資を買い上げ過ぎて住民の生活を脅威せぬよう、しかも部隊の要求を充足するためには、部隊自身の現地自活と住民をよく宣撫して供出をよろこんでするように仕向けることが何より大事なことであった。そのために、塩、マッチ、衣料のごとき住民の欲しがる物を裏付け物資として利用せねばならなかった。

パパイヤは漬物、お菜、汁の実として好適であり、熟せばこの上もない旨い果物で、この地方にはかなり豊富にあった。カモテカホイ（タガログ語で芋の木という意）はキャッサバまたはタピオカといい、単味な長い芋で現地人の常食である。

塩やマッチをやって人気をよびつつ物資の収買を始めた。持ち込んで来る者が逐次増加し、数日の後には部隊全般に円滑に補給できるようになった。パパイヤ、一キログラムを一・五ペソから二ペソで買った。芋は二・五ペソ位を払った。

持ってくるのは女、子供が多く、ドンゴロスに入れたり、籠に入れたり頭にのせたりしては三十キログラム、五十キログラムと持ち込んで来た。もう今日は買わぬ、また明日持って来るように言っても、ドンドン持って来て、処置に困るようなことも数回あった。母と娘が別々の袋で持って来るので、両方の分を合算して一緒に代金を払うと、「別々にしてくれ」と言う。

「変だなあ」と言うと、通訳の〇〇二等兵が「フィリピンはみんな、あの調子ですよ」と言う。親と子供は別会計なのである。バナナや魚を持って来た。椰子酒も持って来る。毎日毎日、分配計画を立てて各中隊に補給した。芋畑を廻っては住民と近づきになることに努めた。

イリガに派遣してある〇〇伍長からは、豚の塩漬、郷子油、トウモロコシ、砂糖などを送り届けて来たが、各中隊のせり合いで買い付けにはかなり苦労しているらしかった。幾度かナガの師団経理部に出張して、野戦倉庫から塩干魚、砂糖、石けん、ちり紙、鉛筆、用紙、マッチ、煙草等を受領して来ては各中隊に分配した。時々、日本酒、ビール、ラム酒を貰って来て分配すると、部隊全部が物凄く活気づいた。

味噌や醤油は少ないながらも補給できた。豚や鶏の数はだんだん少なくなっていくので、あまり買わぬよう、各中隊に連絡した。その代償としては、どうしても魚類を入手する必要にせまられ、師団より地引網を受領し漁獲を始めることにした。ナトという漁村は、約三キロメートルばかり離れたところにある、約七、八十戸の部落であった。住民の七割は移動していて小学校も休んでいた。敵のグラマン機が四、五機で空襲し、少数の犠牲者が出てから逐次移動したのである。椰子の木に十三ミリの機銃弾が数発命中していた。

部落長に出会い、通訳を介して村民が帰って来るように何回も何回も言ったが、帰って来るのは毎日ホンの一家族か二家族程度であった。漁民は十四、五名いたので、米や塩、その他の日用品を与え、漁獲高の一部を支配することとし、身分証明書を与えて部隊に協力するようにした。

バンカーは各部隊が借り上げてしまっているので、七、八隻よりなかった。網師に網の修理をさせたり、バンカーの修理をしたりしつつ、二十キロメートルほど離れた港町へ舟を買いに行った柳川中尉の帰りを待って、本格的に漁撈を開始することにした。柳川中尉は、十人位乗れる舟と小さなバンカーを二隻曳行して帰って来た。舟は緑色に塗ってあったので、故郷琵琶湖の遊覧船みどり丸にちなみ、「みどり丸」と名付けた。

僕は一日おきくらいにナトに出張し、別に中本主計伍長と兵二名を常駐させることにした。軍曹を長とする機関銃一ヶ分隊が、海岸の監視哨を兼ねてナトの警備に任んじていたので、何かと便利であった。みどり丸を見て、漁民たちは「ベリーグゥ、ベリーグゥ」と喜んだ。

ちょうど浜全般を見渡せるところに、ちょっと綺麗な家があった。日本語の少し判る三十五歳位の垢ぬけのした婦人が、妹と母と三人で住んでいた。ベランダ（といっても粗末なものである）には、籐椅子や粗末な机が置いてあった。愛想よくされるままに、ここを根城ときめ込んだ。ナトに行く時は必ず通訳の〇〇二等兵に銃を持たせて連れて行った。ここの婦人は村でも信望厚く、漁民たちは「奥様、奥様」と言って皆、一目置いているらしかった。服装はいつもサッパリとしていて清潔であった。「バターンで主人は戦死したのだ」と言い、また「主人は米比軍の大尉であり、自分はナガのハイスクール出身である」とも言った。「早く平和になる日を待ちかねる」と言った。お茶を出してくれたり、カモテカホイで作ったケーキなどを御馳走してくれた。

漁民たちはバンカーを漕ぎ、網を引き、うれしそうに働いた。中本伍長一人では忙しいので、小野経技伍長をここへ勤務させた。小野や中本や兵隊たちは忙しそうに立ち廻り、いろいろな指図をした。獲れる魚はアジが筆頭で、かつおやさよりのようなのや、蛸やイカも獲れた。部隊全部に毎日食わせるためにはまだまだ努力を必要としたが、新鮮な魚はどうにか毎日のように食膳に上がり、部隊長は刺身が何より好物らしくとても喜んだ。

僕には、毎日使っている漁民の性情や背景についてたえず気を配り、不覚をとらぬようにする任務があった。近くの山中にはゲリラが蠢動《しゅんどう》し、五、六名位の分哨が襲撃されることは二度や三度でなかったからである。住民の宣撫にはいろいろと気を遣わねばならなかったが、あまく見られることは絶対に禁物であった。ナトの住民は、僕のことを「キャプテン・ナス」と言っては、バナナやパパイヤやエビのフライなどを持って来てくれた。暑い時は、必ずヤシを割って水を飲ませてくれた。

遠くの親戚から米を運搬したいが、途中に兵隊がいて売れと言い、また、いろいろと詳しく調べるので、パスを書いてくれと言う者が何人もいた。通訳に聞かせて、あやしくないと判断できる者には、「この者は家族の食料を運搬中である。通行に関しては便宜を与えてくれ」という意味のことを紙片に書いて渡してやった。何度も何度もお礼を言って帰って行き、二、三日すると、「おかげで米を運んできた」とまたお礼を言いに来た。

天候の悪い時などは、ほとんど漁獲がなかった。ビセンテ、エピタシオという二人の漁師は、こんな時でも何とか少しでも獲ろうとして努力して実によく協力してくれた。たくさん獲れた時など、漁民たちは子供のようによろこび、腐らせぬために塩漬にする作業を手際よくやった。時々は皆で昼食を共にした。五本指で飯を食う様はちょっと異様である。

カモテカホイという芋は、実にいろいろの形態をもって彼らの食膳に上った。キントンのようにして食い、団子にして油で揚げ、まんじゅうにして砂糖味をつけ、ネジン棒の菓子となり、ロールパンのようなケーキになり、澱粉にしてメリケン粉の代用とし、全く数知れないほどの利用範囲である。カモテカホイはサツマ芋のような甘味がなく、連続常食として利用するのに適していた。微量の青酸を含有しているらしく聞いていたが、これという害はなかった。各中隊を歩いては米の節用とカモテカホイの活用をすすめた。いろいろの調整法も住民に聞いて来ては宣伝した。

サグナイ河左岸の椰子林に本部が移動してからは、経理室は前線にとり残された格好になった。柳川主計中尉は本部に行ってしまい、部隊長の側にいるように命ぜられ、結局、僕が踏み止まることになった。ナトの漁獲や生肉、生野菜、油等、その他軍需品調達のためには、どうしても経理室は現在地を動くわけにはいかないのである。警戒は厳重にする必要があった。電話はサグナイの連絡所まで二十分行かないとなかった。本部への連絡は、椰子林の中とアカバ林を縫って半日位歩かねばならず、何回歩いても迷ってしまい、方向を間違えてはとんでもないところに行き、遂にたどりつけずに引き返すようなことも何回かあったので、結局サグナイ河を遡《さかのぼ》るのが一番手っ取り早いということになった。

部隊長は、作業隊に命じてバンカー班を編成し、毎日一回の定期運航をやることに決めた。下士官以下六名が交代で毎日昼食後、出発し、夕方帰って来た。河の両岸は深いジャングルに蔽われていた。流れの緩やかなところや浅瀬やらで、航行には困難を極め、馴れないうちは遡るのに二時間もかかったのが、段々と馴れるに伴い二時間足らずで遡れるようになった。

バンカー班は褌一本になり、浅瀬に来るとバンカーから降りて、三百メートルの間をロープをつけてよいしょよいしょと引っぱった。うず巻きのようなところでは少しも前進せず、同じところを何回もグルグル回って脱出するのに大変な努力を要した。これを利用して、買い集めた野菜、芋などと共に魚も送り届けた。米や味噌、醤油などはサルバルションの集積所から水牛の背中に積んで送った。近い中隊は直接、経理室まで受領に来た。木炭は各中隊で製炭班を設けて少しずつ製造した。

経理室の裏山には砂糖キビの畠が続いていた。ゴットンゴットンという音をたよりに十分も歩くと、ニッパ小屋の小さな砂糖工場（といっても二、三人でやっているチッポケなものである）があった。サトウキビをしぼり、煮詰め、椰子椀に流し込む極めて原始的な製法である。土民はこの砂糖を「サンカガ」と言っている。製造能力は微々たるものであった。せいぜい数家族で食う程度のものだ。部隊で援助してくれれば、もっとたくさんできると言う。

少しずつでもよいから毎日、経理室に納めるように言うと気持ちよく引き受けた。一日置きくらいに出来立てのサンカガを納めに来た。一斤で二、三ペソ程度を払い、衣料やマッチなどを裏付け物資として渡してやった。師団よりの砂糖の補給はあまり豊富でなく、イリガに派遣してある○○伍長からもあまり送ってこなかった。各部隊が競争するので入手困難なのだという矢先、少しずつでも常続的に入ることは経理室としてうれしいことだった。

毎日の労働に兵の糖分を要求する度合は想像つかぬくらいである。物価の高騰に関係なく軍人の給料は依然として同じであったから、現品を支給してやることがどうしても必要であった。兵の一ヶ月分の給料などは、現地煙草を一袋と菓子の一回も買えば何も残らなかった。砂糖が補給されると、兵隊は真っ先に「芋ぜんざい」を作った。小豆が手に入らぬのでさつま芋を代用しているのであるが、この「芋ぜんざい」は意外と旨かった。

何から何まで経理室で一括調達して補給することは不便でもあり、軽易なものは各中隊の分任官が適宜調達して、経理室に報告するようになっていた。倹約する中隊もあり、乱暴な中隊もあったが、これの調節は人員に応じて一定の軍資金を交付し、特別の場合以外はその中で賄《まかな》うようにした。全く部落も何もないところにいる中隊には、どうしても経理室でよく面倒を見る必要があった。

兵隊は至るところで住民と心安くなり、バナナを買ったり、家に行って御馳走になったり、その代わりに煙草をやったりして、それほど不自由はしていなかった。椰子は至るところにあり、パパイヤはどこにでも実っていたので、決して味気ない生活ではなかったはずである。

兵団から調理指導員が二名派遣されて来た。僕も一緒になって各中隊を巡回指導することになり、五日がかりで廻った。補給の困難に伴う現地自活の必要は絶対的であり、一度敵が上陸したとすれば、ピリ、ナガ方面に通ずる自動車道路は破壊され、いくつもの橋梁が落とされることは必定である。現地の物資を如何に利用し、特に糧食の問題を如何にするかをもはや議論している時期ではない。

すでに米軍はレイテに上陸し、数個の機動部隊はルソン上陸を企図し、情報は刻々と急を告げている。耐久性食品を極度に愛惜し、その集積量を少しでも多くし給養をして、作戦行動をちょっとでも阻害するようなことがあっては大変である。給養して戦闘遂行を推進助長するのでなければならぬことは、常識であり一般論である。

部隊附主計将校の任務は決して軽々しいものではない。椰子を利用する味噌・醬油の製造、代用携帯口糧の製法、代用食・野草の利用等、指導員は熱心であった。また、実地に各種の調理をやって見せ、兵隊にもやらせた。味噌も醬油も半日でできた。パパイヤの幹はキンピラゴボウの代用となり、そこらに茂っている草はおひたしや煮付けにして実にうまく食べられた。皆、感心した。飯の炊き方についても、従来のやり方が時間的にも燃料の消費料から見ても、如何に無駄が多いかを説明し、現場でやって見せた。

兵たちの労働は、夜も昼もなく続けられ、シャツもズボンもゲートルもボロボロになって来たが、後方よりの追送はその二割程度より補充することはできなかった。糸も生地も入手は困難を極めた。幾度か中隊長からは被服の更新を要求して来、僕は中隊長に叱られた。どうしようかウロウロするほかはなかった。

師団の移動修理班に依頼し、あるいはミシン四台をもって工務兵を督励し、シャツやズボンやゲートルの修理に狂奔したけれど、破れたシャツを着た兵隊は、どの中隊に行ってもたくさんいた。そして裸でいる者も相当いた。師団の衣糧科に行き、被服の補給を幾度か要請し、そのたびに若干ずつは入手した。師団から廃品処分品や非正成品などを貰って来ては利用に努めた。それでも少しずつ被服の程度は向上して行った。

戦闘用として、ほとんど全部の兵隊が新しい一揃いを背嚢に仕舞い込んでいることは、何より心強かった。部隊長の命令で、軍靴は徹底的に大切にしたお陰で、皆、新品か新品に近いものを所持し、経理室でも幾割かの予備を持っていた。暇を見ては、工務兵に鉄鋲を打たせた。

サグナイ河渡河点に橋梁を加設するため、工兵一ヶ中隊が配属された。架橋材料の買い付けに柳川主計中尉は三日がかりで出て行った。どうして集めたのか角材や板材をトラック五車両分も買い集めて来た。五ヶ所も六ヶ所も廻ったそうである。当時、角材の入手は容易ではなかったのである。

ニッパで葺いた兵隊の居住施設は、降り続く雨で早急に改善する必要に迫られた。トタン板や材木の蒐集は焦眉の急となった。爆撃で壊れた家、倉庫、各部落か廃屋を見付けて歩いた。チガオンにいる華僑から破壊された倉庫の古トタンを買収した。上陸用舟艇阻止のための水中障碍物として、麻縄を購入せねばならなかった。これらの経費は数万円を要した。軍票の価値は日に日に下落し、どうなることかと心配になるくらいであった。

隣の一八二大隊では籾の買い付けを始めた。調弁区域は戦闘地境と一致している関係上、部落の少ない水田の無い密林とアカバ林や椰子林ばかりを持つ僕の部隊は、ひどく不利であった。物資の集散するような町は、部隊の担任区域内にはなかった。調弁区域の変更について師団に幾度か申請したが、隣接部隊は保有米が少なく、早急に収米せねばならぬ状況にあるため、五ヶ月分近く保有している貴隊は今しばらく辛抱するように、とのことであった。

師団経理部は、部員を総動員して米の収買に奔走し、洲当局と接衝、民需と日本軍引当量とを審査研究し、一括調達を計画、逐次、成果を上げている模様であり、経理部長は将来も米は可及的に補給する意志のあることをほのめかしたが、師団より来る書類は、部隊はすべて自活することを強調していた。要は、輸送である後方を、上空より、あるいは降下部隊により遮断された場合を考えるとき、現物を握っていないことは何より心細いことだ。しかし、他部隊の保有米の現況は、多い部隊で三ヶ月分だというので幾分、安堵をしたものである。

決算報告、経理概況報告、現地自活現況報告、保有糧秣調査、自営農園収穫予想高調書、家畜類飼育調査、自営農園収穫予想高調書、家畜類飼育調書、地区別物価調書等、師団に報告すべき事項は、次から次へと増えてきた。夜は、椰子油の灯の下でこれらの報告書類を調製するのが例であった。

協力の海軍部隊は経理機関を持っていず、軍資金も無く、三ヶ月分の糧秣を持って来ているだけで、肉や野菜を買うこともできない状態であったため、時々顔を出しては食物の心配をする必要があった。本隊はレガスピーにあるので全くの孤立状態です、とおとなしそうな兵曹長は語っていた。

僕が行くと、海軍の人はいつも「主計長」と言って僕を呼んだ。海軍式である。ちょっと変で、てれくさくもあったが、その主計長になっていろいろとお世話することに努めた。魚も砂糖も野菜も中隊と同じように分配した。海軍は毎日毎日、海岸砲の据え付け作業に多忙を極めていた。

サルバルションの集積所が問題になり、旅団長閣下から、部隊長も僕もボロクソに叱られた。柳川中尉は居会わせず、うまくのがれた。こんなところに糧秣を積んでは爆撃の大目標になり、一発やられたらどうする、馬鹿者、と言うのである。一刻も早く撤収せよとの厳命である。濡らしては何もならぬ。格納すべき洞窟はまだできていないので、椰子林の中に遮蔽して倉庫を作るよりほかない。陣地構築に兵は忙しく、兵力を借りることはできない。経理室の人間だけではとてもはかどらぬ。仕方がないので毎日少しずつ集積替えをすると言い、柳川中尉が懸命に努力した。

柳川中尉とは三日に一度くらい出会った。「オヤジのそばはやりきれん。毎日、巡視の随行ばかりだ。交代しようか」と言った。僕は「とんでもない」と言って断わった。経理室に来ると、いつも食事をし、横になって休んで行った。一人でブツブツと言いながら心配する人だったが、広島弁丸出しで気持ちのいい人であった。そして、「当部隊は主計将校の定員は一名だから、近くどこかへ転任するのだ」と口ぐせのように言った。もう当部隊にも長くいるので、本当に出たいらしかった。

軍医さんは中尉と少尉と二人いた。小林中尉は、「俺は近く病院附になって転任する。この間、師団の軍医部で頼んで来た。脈はある」と言い、柳川主計と一緒になるといつも転任の話をした。柳川中尉は幹候出身で二十六歳だったが、各中隊長との折り合いは実に旨く人気があった。ヤギヒゲを生やし、機嫌のよい時はいつも予科練の歌ばかり歌った。フィリピン娘に教わったのだという。少し節の変なところがあった。出納官吏を僕に引き継いでくれ、金の取り扱いはコリゴリだといつも言い、金櫃《かねびつ》のことをいつも心配していた。

三日おきくらいに金の勘定をしては千円合わぬ、二千円余る、おかしい、おかしいと言っては夜遅くまで計算するらしく、六郎丸伍長はいつもその助手で大騒動します、と言っていた。僕はまだ部隊の現状がわからぬというのを理由に、「もう少し、もう少し」と言っては、出納官吏の引き継ぎを断わった。事実、出納官吏をしていては思うように仕事ができず、金庫番と称して皆、嫌うのが常である。

もう内地からの追送品というものは零であった。すべてを現地に求めるほかはない。南方諸地域相互間の物資交流もすでに途絶えていた。五年でも十年でも自給自足し得る態勢を確立せよ、と上司からの指令は厳しかった。各部隊は歩一歩とこれからの計画を立てては少しずつ実行に移していった。

元来、生産素品を製品化する機構の極めて微力なフィリピンにおいて、数十万の日本軍が自活するためには、相当の努力をはらって生産拡充に邁進したとしても、なおかつ民需を圧迫していった。経済工作も鋭意実行しているのであろうが、その反応は全然見られないと言ってよかった。

米軍の進攻激化するに伴い、軍票の信用は日一日と下落の一途を辿り、加うるにこれの乱発は物価の昂騰をいやが上にも助長せしめていった。吾々経理官ならずとも、日本がすでに経済戦において敗北しつつあることを認めざるを得なかった。しかし、この大きな動きを小さな吾人の存在が如何に考え心配したところで、大海の一滴ほどの影響も与えないことは決まり切ったことであった。

師団、軍自身、低物価保持のため買い上げ価額のつり上げ防止に鳴り物入りの宣伝をしているすぐその裏で、物資取得のためには標準価格を無視している例も少なくなかった。部隊も極力、標準価格の保持に努力はしたものの、確《かた》いことを言っていては何も入手できなくなり、仕方なく高物を買い、師団から小言を言われた。

創意工夫品を奨励し、正式品の温存愛惜に部隊挙げて邁進した。椰子の皮で火縄を作り、マッチの節約をし、マングローブの皮を染料としてシャツを染め、竹で背い子を作り運搬具となし、カモテで携帯口糧を作り、野草の代用煙草を作るなど各部隊は鋭意努力した。

部隊附経理勤務の面白味は、何と言ってもやった仕事の成果が目の前に見られることである。別に堅苦しい仕事の計画などは立てずに、思いつきのまま走り廻るのが面白かった。部隊の様子がようやく判りだし、各中隊の幹部とも心安くなった頃、突如転任せねばならなくなったことは、何といっても残念でならなかった。

九――陣中閑話

経理室の○○兵長は、主計下士官候補者として僕の助手をしながら伍長任官の日を待っていた。その朗らかな気性と、何でもかでも器用にやってのける手際良さは、経理室になくてはならぬ存在であった。目まぐるしく走り歩き、どんな仕事も簡単に片付けた。じっとしているのが嫌なのかと思うと、そうでもないらしく、一日中顔を出さず、近くの民家で昼寝をしているようなこともあった。この兵長の努力で、いつの間にか娘が二人経理室によく尋ねて来て、皆の洗濯物を持って行き、綺麗にアイロンをかけて持ってきてくれたりし始めた。

○○兵長は、少し現地語を解した。十七と十八の二人の娘は、色は黒くても顔立ちは綺麗で可憐なところがあり、日本兵と交際することに興味を持っているらしかった。一日、○○兵長指揮の下に、これらの娘は経理室に朝から詰めかけ、フィリピン料理を御馳走するというので甲斐がいしく働いた。何でもかんでも椰子油を用いた。ジューンジューンと油の沸騰する音や椰子の果肉を削る音、カモテカホイをこねる音が忙しく聞こえた。

僕も何度か台所をのぞいて見た。○○兵長は何でもかんでもチョイと手でつまんで口に入れては、甘いとか辛いとか言って娘たちの仕事をまぜっ返した。娘たちは、うまくやるからかまわんでね、と言っては笑いこけた。

椰子の実とカモテカホイと椰子油とで何でも片付けるフィリピンの田舎料理は、案外、旨かった。肉も野菜も油でいためら、コショウや唐辛子を利かせ、味付けは塩ばかりである。ヤシミルクは実にうまいと思った。未熟なヤシの果肉を砂糖と混ぜてドロドロにした白い液である。熱く沸かして飲まされた時は、本当のミルクかと思うくらいであった。

彼女らも五本指で何かとつまみ食いをした。彼女たちは、ココナツのにおいを全身から発散させた。不断着の時も他所《よそ》行きの時も、彼女たちからココナツのにおいは消えなかった。染み込んでしまっているのである。他の女たちも現地人は例外なくココナツ臭かった。

この娘たちは、時々カモテ団子の油揚げを十位ずつ椰子の葉の芯に通し、月見団子のようにしては経理室に持って来た。一本十ペソで買わされるのである。五、六本買ってやると、必ず二、三本サービスだと言って置いて行った。化粧石鹸や歯磨粉をくれと言った。石鹸をやると、必ずバナナの房や伊勢エビの丸揚げなどを持って来てくれた。

サグナイ町には、色の白い日本語の判る娘が何人もいた。○○兵長は一緒に飯を食って来たと言っては得意になっていた。時々は花などを持って訪ねても来た。そんな時は経理室がパッと明るくなり、花が咲いたような感じである。○○兵長は、僕に気兼ねしながらコーヒーなどを接待した。照れくさそうな、はずかしそうな○○兵長の動作は、実にコッケイを極めた。

「かまわん、かまわん、うんとサービスしてやれよ」と言うと、○○兵長は頭をかいてニヤニヤ笑った。マカンダンダラガ（綺麗な娘の意）と言ってやると、彼女たちははにかんだ。そして「真白き富士の気高さを」や「雨のブルース」「別れのブルース」「愛国行進曲」などを、まるで流行歌手のような身振り手振りで、はずかし気もなく歌って聞かせた。

「貴女たちはミステーソでしょう」と言うと、「どうしてですか」と聞き返すので、「色が白く綺麗だから」と言うと、「サンキュー、サンキュー」と言った。そして、日本の娘は綺麗かと言い、東京には電車があるかと尋ね、日本人は歌が好きかとも言い、珍しい歌を教えてくれと言ってきかなかった。僕は、日本の娘が如何に綺麗でつつましく、ゆかしく、そして東京の繁華なこと、日本人も貴女たちと同じように歌や音楽を愛するということを教えた。

彼女たちは熱心に聞いていて、「スバラシイ、スバラシイ」といった。「日本に行きたい」とも言った。そして、町長の甥は東京の学校に行っていた、日本語は達者だ、ということなどを話した。比島人の音楽的才能は日本より優れているかと思われるくらいであり、その普遍化している点においては、日本の及ぶところではないと思った。

貧しそうなニッパ葺きの家にもピアノが備えてあり、夕方、町を歩くとどの家からもピアノの音が聞こえ、皆楽しそうに歌っているのは、どこに行っても体験した。哀調を帯びたもの、ジャズ、軽音楽が愛好せられ、古典的なものはあまり好まぬらしかった。

南部ルソンの昼は暑く、家の中にいる時は褌一本が常であった。真紅の仏桑花(ハイビスカス)の花が街にも道路の西側にも咲き乱れていた。夜は涼しく、月は青く、星は綺麗に瞬《また》いていた。比島螢は木に一ぱいたかって瓦斯《ガス》燈のようであった。椰子の葉がザワザワと風に揺れ、ホロホロという名も知らぬ鳥が一晩中鳴き、ミミイ、ジュウ、ジュウ、などと各種の虫が草むらですだき、トッケイ、トッケイとヤモリが鳴いた。椰子の葉から漏れる月の光は兵たちをシミジミとさせ、郷愁を起こさせた。

こんな時、いつも経理室の者二、三人でサグナイ河へ行き水浴した。満潮であろう、思いがけぬところまでヒタヒタと水が寄せてきた。チャプン、チャプンと時々、魚がはねた。

「明日、ここへダイナマイトをぶち込んで魚獲りをやりましょうか」と○○兵長が言った。

部隊本部の将校五、六人で一杯やろうというので、部隊長の家から百メートル位離れた家で一晩騒いだ。経理室でビールを準備した。副官○○中尉がラム酒をどこからか持ち込んで来た。珍しく蛸やイカの缶詰もあった。副官はガヤガヤと言いながらよく飲む。○○少尉はよほど酒が好きらしく、飲むたびにノドがキュウキュウと変に鳴った。柳川中尉も思ったよりよく飲み、小林軍医中尉だけがあまり飲めないらしかった。

椰子油の灯を二つも三つもともした。当番が次々に御馳走を出してくれた。豚や鶏である。副官は女の話ばかりし、その他のものもバキオやルセナにいた頃の面白かったことを口々に話し、今の環境はみじめだと言ってなげいた。身も心も酔った。こんないい気持ちはない。

歌を歌いたいがだれも歌わなかった。部隊に聞こえるといけないからである。

河野中尉は、もっとビールをもって来ると言って出かけて行き、十分位すると、また一ダースほど持って来た。皆、「いつの間に手に入れたのか」と言うと、河野中尉は、「そりゃ、心がけの良いものはいつでも非常用として確保している」と言って大げさに反《そ》り返った。皆よく飲んだ。そして窓から立ち小便をした。忙しい昼のことも、明日からの山積された仕事のことも何もかも忘れた。涼しい風が頬に心地よく、いつまでも話したり飲んだりした。

中條少尉は四十五歳で初めての召集であり、六月に来たばかりだと言う。中学に行っている次男やまだ七歳の娘の話をし、長男は高工在学中に病気で死んだのだと話した。出征のとき家内中で写した写真は、漂流の時もしっかり胸に抱いていたので、今でも持っている、少しぼけているが明日見せる、と言った。この人だけはニコニコしていたが、何か淋しそうなものがいつも顔にあふれていた。酒も好きらしいが、あまり朗らかになれぬらしかった。「今度帰国するときは、娘さんも大きくなっていますよ」となぐさめると、「いやあこう情勢が段々悪化しては、帰るなんてことはとても望めませんよ」と言った。新潟県出身というこの中條少尉も、アンチポロ附近で黒宮部隊が玉砕した時、皆と同じくラグナ湖畔の露と消えたはずである。

海軍連中は、時々、酒やサイダーをくれた。陸軍と違い、筍《たけのこ》やしいたけや玉子やパイナップル等、珍しい缶詰を持っていた。赤飯やいなり寿しの缶詰も持っていた。ドラム缶の風呂を立て、前の道を通ると、いつも「主計長、一風呂浴びて行かんですか」と言ってくれた。

町長の家はサグナイ町の中央附近にあった。東京の慈恵医大に遊学していたという町長の甥というのは、三十歳位の好感の持てる青年であった。日本語はかなり達者で、身なりはキチンとし、町の紳士であった。「ドクトル」で通っている彼の生活は派手で、多くの娘たちも出入りしていた。彼の部屋には、書棚、額、テーブル、椅子、ピアノ、ソファーなどが配列よく置かれて、窓の外には真紅な仏桑花が咲き乱れていた。

お祭り、誕生日等いろいろの名を借りて、町長の家では再々パーティーが催された。品の良い町長は静かな人で、よく部隊に協力した。町民の信望もあった。テーブルには真っ白のカバーをかけ、花を生け、皿やフォーク、ナイフ、スプーンが配列よく並べられ、料理人はいろいろの料理を運んだ。いつも女性は大切にされた。フィリピンの上流家庭は、その生活様式をアメリカのそれをそのまま採っていて、極めて社交的であった。

兵隊は食事の準備を何よりの楽しみにしていた。僅かな材料をもって驚くほど立派な料理を作った。各中隊には菓子屋の職人も料理人もいた。部隊長の当番はコックだったと言い、その手際に感心させられた。旅団長閣下の来る時は、いつもこの兵隊が腕によりをかけて御馳走を作った。何を材料にしたのか、ホットケーキやカステーラなどもちょっとの間に作った。

部隊長は人一倍、食事を楽しんだ。またよく食った。生魚には目がないといってよかった。誰も寄りつかずにいるので、せめて食うくらいが楽しみだろうと思って、鶏や玉子や珍しい魚や野菜が手に入ると、真っ先にこの当番兵に届けた。当番は自分のことのように喜んでは、その大きな魚を部隊長のところへ見せに行き、「主計殿が今持って来てくれた」と言うのを例とした。部隊長は、「すまんなあ、これは美味《おい》しそうだ。さっそく今夜は刺身と行くか」

と言った。当番は、「これで助かります。またお願いします。なかなか材料がありませんので」といつも言った。

各中隊は演芸大会をよくやった。見に来てくれという招きに幾度か行ってみると、兵たちは浪曲、歌謡曲、踊り等を芸人ではないかと思うほど上手にやった。加給品の菓子やマンジュウを食べながら、昼の疲れを忘れ果て深更まで続けた。今度の〇〇工事が終われば演芸会をやると言うと、兵はそれを楽しみに黙々として働いた。

「〇〇作業が終われば、皆で一杯飲むぞ」と、中隊長は幾度か兵隊に楽しい会食の夕を約束した。中隊は、またいくつもの小隊、分隊に分散しているので、小隊長、分隊長はまたそれぞれ兵隊を慰める手段を忘れなかった。椰子油は割合、容易に手に入ったので、兵たちは気の合った戦友同志で暇を見つけては飲み食い、そして歌い故郷を語り、一日の疲れを休めた。

サグナイの市場には小さな食堂があり、果物や菓子を売る店もあった。コーヒーを飲み、カモテカホイのケーキを食い、バナナや餅やフライを食べるのを楽しみに町へ伝令に行くことを、兵たちはいつも望んでいた。

突然、師団から命令が来て、那須主計少尉は河島兵団司令部へ赴任のため、ナガ師団司令部に出頭せよと言うのである。忙しくいろいろの仕事を引き継いだ。柳川主計中尉は、「すっかり那須君に先手を打たれた。まあ仕方がない」と言って口惜しがった。

本部の将校は皆、口々に「河島兵団は良いぞ。河島閣下は良い人だ。あそこの高級副官もまた実に良い。あんな空気の良い司令部はちょっとない」と言ってうらやましがった。そして「那須君は幸福だ」と言った。自分は何かそう嬉しくなれなかった。この人たちと別れることが淋しくてならなかった。

河島兵団はタヤバス州のルクバン町にあって、そこは山紫水明の地、美人多く実に綺麗な町で、気候は涼しく第二のバギオ、小バギオの称があるところだ。電燈もあるし、水道もあると言って皆、騒いだ。僕は皆に挨拶をした。椰子林の中のニッパハウスでヤシ油の灯を幾つもともし、僕のために部隊長と本部将校とで壮行会をやってくれた。さすがにしんみりとなった。ビールを部隊長が出してくれた。食膳は賑やかだった。

「那須少尉は短期間とはいえ、よく部隊の経理勤務に専心努力し、その成果はみるべきものがあった。当部隊は主計将校一名の定員であり、早晩どこかへ抜かれることは覚悟していた。今度は司令部勤務だから、さらに勉強するように」と過分の言葉に恐縮した。しかし、顧みれば最後までおっかないおやじではあった。

「ルクバンまで、青木上等兵を当番として送らせる。途中何かと不便だろうし、荷物もあるだろうから」という部隊長の好意を一応辞退したが、有難くお受けすることとし、ようやく馴れて来たワラジを靴にはき替え、青木上等兵に若干の荷物を持ってもらい、トラックでナガに向け出発したのは、十二月一日であった。

夕方、ナガの師団司令部に到着し申告をした。砂山経理部長は、「河島兵団は独立任務を有しながらも、司令部には主計将校がいない上に、最近は刻々に兵力増大しつつあり、地理的にも当師団から援助することができず困っている現況だ。一つ君に頼むから腕を振るってくれ」と言う。参謀長も同じことを言った。師団長閣下は出張中で、申告をはぶくことにした。

衣糧主任、主計科主任らから、河島兵団の経理状況を聞く。今までの仕事とは打ってかわりスケールが大きいだけに心配になるが、断わるわけにはいかず、始めれば案外やれると勝手にキメ込むことにした。衣糧主任の斎藤主計大尉は経理学校の僕より三期先輩である。「俺の宿舎に来い」というので、その夜、アテネ寮を訪れた。「汽車が出るまでに三日や四日はある。ゆっくりナガの町でも見学していくといい」と言う。「今夜はゆっくり飲もう」ということになり、斎藤大尉の同期もう一人と三人で比島上陸以来初めての風呂に入り、シャツとパンツ一枚になりテーブルを囲んだ。「今夜は遠慮せずに飲めよ。そのかわり河島兵団に行ったら忙しいぞ。経理部長も高級部員も衣糧科主任も、一人でやらにゃならんぞ。五十幾才のロートル主計准尉が一人いるきりだ」と言っておどかす。「なあに、平気ですよ」と言い、ビールを遠慮なしにグイグイ飲んだ。

斎藤大尉はビールも御馳走もふんだんに備えていた。足の下へビール箱を引っぱって来て勝手に飲み始めた。そして三人は経理勤務の遂行に関して意見を述べ、また経理学校当時の話をし、大いに飲み、そして食った。兵站ホテルに帰ったのは二十四時近くであった。青木上等兵は階下で僕の帰るのを待っていた。

マニラ方面の列車は、なかなか出そうにない。毎日一回ずつ停車場司令部に連絡したが、もう明日ぐらいは出るはずだと言いながら、三日も四日も待った。「汽車が出なけりゃ仕方がない。ゆっくり静養するさ」と青木上等兵に言うと、彼はニコニコ笑っていた。ホテルの主人もマダムも日本人のおばさんも、僕をよく覚えていた。マダムは、「アナタハイツカココニトマッタコトガアリマスネ、ナマエハナントイイマシタカ」と言った。

スペイン人というこの婦人は、相変わらず朗らかで美しかった。暇さえあれば辞書をひろげて日本語を勉強し、疑問の点があるとすぐに僕の部屋をノックして尋ねに来た。サロンでも食堂でもおかまいなかった。スリッパを日本語で「草履《ぞうり》」と教えられていた彼女は、鼻緒のついた草履を日本娘がはいている雑誌をつきつけ、「これは何というのか」と尋ねるので、「草履だ」と教えると、「それは違う。ゾウリとはスリッパのことではないか」と言うので、困ってしまい、「鼻緒草履だ」と苦しい言いのがれをすると、やっと合点がいったらしかった。

「お米を数えるのは何というのか」という問いに、「一俵、二俵」と教えた。すると彼女は、「一と六と十は『ピョウ』と言い、二、四、五、七、八、九は『ヒョウ』と言い、三だけを『ビョウ』と言うのはどういうわけか」と熱心に聞くので困り果て、「日本語はたいへん複雑であって、同じことでも時と場合で違うように発音するのだ」などと、無責任極まる解答をしてお茶をにごした。

このホテルは、部屋が五つ、六つあるきりで、毎晩のお客もせいぜい十人以下であった。ナマズとエビは、ナガの名物らしく二度、三度、食膳に上がった。素焼きの食器とべらぼうに長い箸で食っていると、食堂が地下のうす暗いところであったせいもあり、太古時代の穴居生活のような気がして、いつも食事を終えると大急ぎで上にあがった。

主人とマダムとの間には子供がないらしく、七歳位の可愛い女の子が養女に来ていた。「おかあさんが呼んでいます」と言うので、彼女の住居に行くと、綺麗さっぱりした部屋にはいろいろの調度が整えてあり、真ん中のテーブルにはミルクとケーキ、あるいはスペイン式の一品料理、ある時はモチ米のふかしたのにココナッツの果肉をふりかけ、砂糖で味付けしたようなものが準備してあって、「召しあがれ」と言った。僕は、「おいしい、おいしい」と言いながら御馳走になった。彼女は僕の食うのを楽しそうに眺めていた。主人とも時々、一緒に食べた。

青木上等兵には、勝手に町を見物して来ていいと言ったが、彼はいつもホテルの前の店で面白そうに話していた。ナガの町はかなり大きく、市場ではバクチがいつも開帳されていた。喫茶店が多く、生菓子、カステーラ、コーヒーを売っていた。コーヒー一杯とカステーラ一個は十五円（十五ペソ）であった。華僑が多く支那料理もあったが、目の飛び出るほど高くて寄りつけなかった。バナナ、パパイヤ、菓子、マンジュー、フライを売る店はよく繁昌し、豆板のような駄菓子がどこにでも売っていた。一枚五十銭（五十センタポス）である。映画もやっていた。

あるウィスキースタンドに入ると、二十五歳位のフィリピン婦人が盛んに飲みながら泣いていた。僕は知らぬふりで少し離れて腰を下ろすと、彼女はさっそくカップを差し、洋酒をすすめた。そして彼女の愛人は日本人であり、名は〇〇、会社は〇〇で三年近く愛の巣を営んで来たが、マニラに出張したきりもう一ヶ月になるのに帰って来ない、彼は私を捨てたのだ、二度と帰って来ない、悲しい、悲しい、どうしたらいいのか、と言うのである。えらい者にブッかったと思った。彼女は僕に無理矢理に洋酒をすすめた。

僕は「いろいろの都合で帰れぬのだろうが、その人は必ず貴女のところへ帰って来るでしょう。今は汽車の運行数が少なく、軍人の僕でさえ困っているのだ。もう少し待つが良い。泣いても仕方がない。酒など飲むのを止めて家に帰りなさい」ということを、日本語六分、英語二分、タガログ語二分位の混同で話した。どうにか通じるのである。彼女は、「もう泣くのは止める」と言った。そしてハンカチを出してふいた。

僕はこんな時どうすべきか途方にくれ、照れかくしにチビリチビリとジンを飲んだ。「止してくれ」と言うのにきかないで、ハンドバッグから数千円を鷲づかみにひっぱり出すと、百円札を数枚払ってサッサと出て行った。変な女だと思った。

スタンドのオヤジは、僕に盛んにお世辞を言っては酒をついでくれた。彼女はずいぶん飲んだが、僕の分まで払って行った。金は二百ペソ余計に貰っているから、その分を飲めと言うのである。カップ一杯は二十ペソから三十ペソである。何かしら気分がよいので、肴を注文するとゆっくりと腰をすえて飲んだ。

ホテルへ、マスバテ島に不時着した八紘飛行隊の伍長やダエト沖に不時着水した海軍航空隊の中島大尉と予科練出の若鷲二名とが宿泊した。皆、朗らかで、「早く原隊に帰り、飛行機を貰って再び飛びたい」と口々に言った。そして壮絶な空戦について話してくれた。「人数においては絶対にアメリカに押されるが、こちらが十機さえまとまっていれば、何十機来ても平気だが、どの戦隊も次々と消耗し、七機になり四機になり二機になり、最後は単機で出撃を命じられる時の淋しさは、何ものにもたとえられぬ」と言った。

レイテ島の戦況、台湾沖の戦闘などが軍報道部の前に掲示され、ホテルの主人は何度も見に行っては喜んで帰って来た。高砂空挺隊の投下した時など、「日本人は偉い」と感心していた。広島出身というおばさんは、十八歳の時に比島に来て、今は六十近くだと言う。現地語でもスペイン語でもスラスラと話す。兵隊の苦労を涙を流して感謝し、「早く戦勝の日が来るように、それまではどうあってもガンバルのだ」と言った。内地の様子を話すと、大きくうなずいては感心した。そして在比五十年の体験を、ポツリポツリと話してくれた。

日本人が最初比島に来た当時は、皆、売られて来た女たちであり、マニラでは日本人の遊廓が相当に繁昌し、振り袖姿でヤンヤともてはやされ、お客はたいてい西洋人であったこと、第二号のような存在として外人のおかこい者となり、ぜいたくな暮らしをするのを最高の目的としていた。そんなわけで日本人の女さえ見れば皆、玄人のように思われ、いやらしいことを言われ、馬鹿にされ、幾度憤慨したか知れない。

また、これらの女の人は直接比島に来ることは禁じられていたらしく、まず上海に渡り、南支に連れて行かれ、ジャバやボルネオに渡り、荷物のように梱包され、若干の食料を与えられて貨物船でマニラに送って来られたのであると言う。そして開梱した時、大部分のものは半死の状態で数割は死んでいたというような話をした。

何だか胸のせまる思いがした。これが日本人の比島における先駆者なのかと思うとなさけなかった。月は経ち年は流れ、日本人は逐次勢力を獲得し、農耕、漁業、商業に従事し、今では大商社も進出して経済界にも重きをなし、日比の貿易発展に寄与して来たのだと語った。

ホテルの近くに闘鶏場があった。ワイワイと人が集まり、皆、大切そうに軍鶏を抱き、愛撫していた。行司が中央で大声に何か喚き、馬券を買うように鶏の勝負をかけて公然のバクチが行われるのである。両方から買い主がケシかけて闘争心をあおり、最高潮に達した時、手離すのである。

趾《あし》に鋭利な刃物をつけた二羽の鶏は、お互いにニラミ合い、首の毛を逆立て頭を低くし、相手の心臓めがけてケリ上げるのである。悲壮とも凄惨とも形容のつかぬ風景である。全身血まみれとなり、死闘は続けられ、遂にドクドクと血を流して一方が斃《たお》れると、勝った方は高らかに凱歌を上げるのである。また斃れなくとも敵にちょっとでも後ろを見せたり、悲鳴を上げた方は負けとなるのである。

一勝負ごとに現金の取り引きをし、皆、数万円の札束を手づかみにして目の色を変えている。勝った鶏は愛撫され、餌を与えられ、凱旋将軍のように振舞うのであるが、負けた方は何のことはないズラリと並んでいる屋台店に売り飛ばされ、スープになって見物人の口に入るのである。

比島の男は皆、これに興味を持ち、女房の止めるのも聞かず、数里の道を遠しとせず、町の闘鶏場にやって来ては、スッテンテンになって帰るのである。また、儲かれば、その金のある間、遊び廻っては飲み食いすると言うのである。

十二月六日、ルセナ行きの列車が出ると言う。青木上等兵と二人で早くから駅に行き、ヤッとのことで便乗する。超満員で、屋根の上まで満載だ。僕らの入ったのは貨車であった。ルセナに着いたのは、八日の昼過ぎであった。途中では飯を炊かねばならず、難儀を極めた。ゲリラの襲撃はなかった。どの駅でも物売りは多かった。

ルセナ駅には、兵団司令部の綾中尉が迎えに来ていてくれた。トラックで二時間、坦々たるアスファルト道路をルクバンに向かった。タヤバス町を経てからは上り坂が多く、自動車はブルンブルンと言って不調であった。緑の中にまず教会の屋根が見え、ルクバンの町は綺麗な山々に囲まれて目の前にクローズアップされて来た。

十――ルクバンの思い出

昭和十九年十二月八日、今日は大詔奉戴日である。ルクバン町役場前の広場には、大勢の町民が集まっていた。ラウレル大統領の演説が放送せられ、皆これに聞き入っていた。司令部では兵器、経理の主任者会同を行っていた。隷下各部隊の主計将校が集まっていたので、当日僕が着任したことは有意義だった。野村主計准尉は忙しそうに走り歩いていた。

参謀は阿久津少佐である。初めてマニラに上陸した時お会いした際と同じく、実に気持ちよく快く迎えてくれた。

将校集会所になっていたリザールの銅像を見下ろす二階のホールで挨拶すると、「よおう、待っていたぞ。えらく遅れたな。もっとも汽車があまり運行していないからね」と言い、「当兵団は比島方面軍の直轄兵団として重要正面たるラモン湾の防禦に任じている関係上、兵力は逐次増大し、経理業務の統轄はさらに強化せねばならないのに、現在は主計准尉一名でやっていて、色々と支障があるので君に来て貰うことになったわけだ。できるだけ早く隷下全般の経理状況を把握し、兵団経理部の陣容を強化してくれ給え。今度配属になった独立機関銃第〇〇大隊附の主計将校戸沢主計中尉を経理部兼務として援助させる方針だ。しっかり頼むぞ」と言う。

その夜は、各部隊よりの派遣将校と司令部側との会食が行われ、僕もさっそく参加した。席上、兵団長、参謀は、「作戦準備の完整は補給の円滑なる実施に俟《ま》つこと極めて大である。各部隊の後方任務たる経理兵器勤務の任にある諸官は、いよいよその任の重大なるを肝銘し、兵団司令部の関係将校と密に連絡協調し、これが成果を期せられたい」という意のことをこもごも訓示し、皆で乾杯した。兵団長は実によく飲む人だと聞いていたが、その通りだった。

夜はルクバンホテルの一室で寝た。一晩中音楽が賑やかに聞こえた。ダンス会があるのだと言う。町役場の二階へ行ってみた。二百人近くの青年男女が着飾って踊っていた。いつまでもいつまでも飽くことを知らぬようであった。ホテルに帰ってからもバンドの音はおそくまで聞こえていた。

経理部にはルクバンホテルの向かい側の家を配当せられた。家はかなり大きく二階の広間を事務室にした。通信隊の藤原主計伍長、作業隊の浜崎主計軍曹、独立機関銃士隊の岩田主計曹長、その他に大井軍曹、佐藤伍長、兵三名と野村主計准尉を部下とし、業務の分担を定め、さっそく業務を開始した。隷下部隊は十三ヶ部隊もあり、兵力は一万を突破した。軍より補給せられた米、味噌、醬油、缶詰、携帯口糧、乾燥野菜等、約三百トンの軍需品をルセナ駅よりルクバンに輸送する業務が最も急を要した。

佐藤伍長をルセナに派遣し、毎日延べ数十車輌のトラックを以てルクバンに集積した。三菱の倉庫、町役場の倉庫、空家屋等を借り上げてここに格納した。出納官吏を野村主計准尉より引き継ぎ、会計事務は浜崎主計軍曹にやってもらうこととし、各部隊への軍需品補給業務は大井軍曹、藤原主計伍長はルセナに派遣して各部隊補給用魚菜の買い付けに任じ、岩田主計曹長は農耕現地自活、主食の調達業務、野村主計准尉は司令部内の経理全般を担当することとし、皆いっせいに活動を始めた。

兼務の戸沢主計中尉は、自隊の経理業務多忙のためタヤバス町にいて、ほとんど経理部には来なかった。兵団経理の責任者として大なる責任を痛感すると共に、どうしても主計少佐か何か偉い人に来て貰わねばとても任務の遂行は困難だったので、幾度か参謀にも意見を具申したが、主計将校の数は非常に少なく、主計将校の全然いない部隊すらある現況に鑑《かんが》み、この要求は無理であった。まあ力一ぱいやって、できないところは止むを得んと勝手にきめ込んだ。

シニロアンにある沖田部隊を除いて各部隊の糧秣保有量は、平均二ヶ月分ないし三ヶ月分であり、食料問題の見透しをつけることが焦眉の急であった。参謀と共にマニラの軍司令部に出張した。軍経理部の衣糧科長に兵団の糧秣、被服の現況を報告し、円滑なる補給について三拝九拝のお願いをした。

「なぜ現地自活をやらんのか。米やキャッサバ、トウモロコシの収買をやらんのか。軍としては補給する米など一粒もないぞ。今食っている米はどこの米だと思う。潜水艦でサイゴンから持って来たものだぞ。味噌も醤油も兵団や部隊で作るのだ。ヤシは何ぼでもあるじゃないか」と言って叱りつけ、剣もほろろの挨拶であった。

僕は少尉であることがうらめしかった。軍は相当の軍需品を作戦用として貯えていた。そしてそれを隷下兵団に補給する用意はあった。またそれが強力な機関を有している軍の任務でもあった。しかしながら、当時、もはや内地その他からの輸送は絶えていた。各兵団は軍に、各部隊は兵団にお世話にならぬよう努力せねばならぬことは百も承知していた。衣糧科長の言い分も無理からぬものがあった。

僕はさらに当兵団は最近配備につき目下陣地の構築に多忙を極め、加うるに隷下各部隊の経理統轄は今まで実施せられていず、今度初めて兵団で経理部業務をやることになり、主計将校は新品少尉の私一人であり、能力も極めて低く軍の援助を仰ぐや切なるものがあることを陳述したが、「弱音を吐くな。たとえ昨日、今日に着任したとしても、将校たるものは、その日より全責任を有するものだ」というようなことばかりを言って取りつく島がなかった。また、「河島兵団には先般三ヶ月分を補給したはずだ。あとは兵団でやれ。米買い付けのための裏付け物資は補給してやる。激戦展開中のレイテですら、もう本月から補給を停止している現状だ」と言った。もうそれ以上は頼むわけには行かなかった。

「近く正月を控えているので、正月用品だけ何とかしてくれ」と頼み込むと、数の子、するめは補給してやる。ヨーカン、酒、煙草もほんの少しくらいは何とかする」ということで、ヤレヤレと思った。モチ米は何とかなるアテがあったので、これで何とか兵隊も正月ができると思うと、ほんとうにうれしくてたまらなかった。

主計科長を訪ねた。軍資金を要求したが、使い方が従来多過ぎるというので、散々の小言である。「日一日と物価はハネ上がりつつあるので止むを得ない」ということを、何度も何度も繰り返して窮状を訴えた。

係の主計少尉は、「所要額の明細を聞きたい」と言って細かく調書の提出を要求した。二ヶ月分としてどうしても二百五十万を要すると主張した。事実、また兵団を賄うためにはそれだけを必要としたし、軍より補給がないとすればトラック一台の野菜が一万円もする今日、なおさらのことであった。結局、百五十万円に切り詰められ、絶対に高い物を買わぬようにという注意をされ、引き下がったのである。

ルセナの三菱支店を通じ、キャッサバ粉を毎日二トン近く納入させた。戸沢中尉はトウモロコシの買い付けに奔走してくれた。ラグナ湖の東北地区は、米の収穫はかなり多く、沖田部隊は一ヶ年近くの米を集めていたので、兵団は裏付け物資を交付して沖田部隊に米の委託調弁を要求した。各部隊は節米に努め、トウモロコシやキャッサバ粉、カモテカホイの代食利用を励行した。作戦用糧秣の陣内集積に、どの部隊も狂奔した。

マウバンの三菱出張所は多量のコプラを保有していたので、価格を協定して各部隊の燃料に充当した。伴野物産は保有トウモロコシを供給した。食料会社より豚百五十頭を買い入れ、住民に飼育させ、その増殖をはかった。仔豚は次々と生まれていったが、食う方が多く、何とか次の補充をせねばならなかった。水牛肉は高かったがどうにか少しずつ調達できたし、サヨテと言う瓜のような野菜はかなり豊富であった。食塩は各部隊とも割合に保有していたが、将来のことを考えては節用につとめた。

軍から現地自活指導班が配属せられ、各部隊の農耕指導に専心した。多忙な陣地構築の余暇を利用しては、各部隊ともカモテやカモテカホイの植え付けを急いだ。作付け面積は逐次増えて行き、ホノボノと食料の見透しがついてきた部隊もあった。

「主食のことは安心してくれ」「どうにか主食は確保する」「充分ではないが主食だけは何とかする。どうにもならぬ時は何とかたのむ」などという部隊が逐次増加し、沖田部隊へは食料現地自活の成績優秀というので、兵団長から賞詞が出た。陣地強化のためには兵の体力向上が何よりも必要であり、主食の給養定量を日量五百瓦《グラム》と定められた。

一日に何回となく参謀に呼び出されては色々の指示を受け、担任事項について報告せねばならなかった。兵団長閣下のところへ行くのはあまり好かなかったが、致し方なく時々は報告に行った。部隊長会議は再々行われ、そのたびに引っぱり出された。

ルクバンの町はたしかに美人が多く、景色が良かった。水は綺麗で道路は舗装せられていた。下駄屋が多いのは目を引いた。朝夕、教会に行く女が窓の下をひっきりなしに通り、ガランガランと教会の鐘が鳴った。何回も何回もダンス会が催され、若い男女は一晩中、踊っていた。町長はタバコサービスと言っては、僕に出会うたびに僕のポケットに手を入れ、数本の煙草をぬきとった。多感そうな青年紳士であった。いつ見ても白い麻の背広をキチンと着ていて行儀が良かった。

司令部の将校も兵隊も、それぞれ懇意な現地人の友達を持ち、誕生日、結婚式、その他何やかやと理由をつけては家に遊びに行き交際していた。知事や町長の招待で幾度か晩餐会に出て行った。兵団長は町民に信望が厚く、皆が「ゼネラルカワシマ」と言って敬愛した。石黒通訳はハワイ生まれで、日本にいたのは六ヶ月きりだと言っていたが、流暢な英語で通訳してはパーティーの席を楽しいものにしてくれた。

フィリピン人と将校が交互に腰かけ、親善をはかった。綺麗な娘がいつも五、六人参加した。皆、良家の子女ばかりで日本語を少しずつ解した。真っ白のテーブルカバーと青白きシャンデリアは、さわやかな気分を満喫させてくれた。終始、吾々はキチンとし上衣を脱したりボタンを外したりするような無作法はできなかった。煙草も勝手に吸うわけには行かなかった。

兵団長閣下は次々と話題を提供し、石黒通訳はうまく枝葉をつけて皆を笑わせた。赤や青の酒で何度も何度も乾盃した。「あなたの綺麗な奥さんのために」「可愛いあなたのお子様の幸福のために」「若い、そして綺麗なあなたの恋人のために」などと言っては乾盃をした。

フィリピン人は、何もかもアメリカの流儀をもって最上のものとしていた。吾々はまた、この国民性に逆行してはならず、融合同化して行くことがかえって皇軍に有利だったので、皆つとめて彼らの風習を尊重した。ボーイは次から次へと料理を運んで来た。名も知らぬ料理ばかりである。豚肉を何にでも用いている。もち米の入った料理も多い。支那料理と西洋料理の中間だ。

向かい側にいた会計主任の男が、「イシジゾウ」について質問してきた。石地蔵様のことである。村の辻に立っていて、人々はそこを通るたびに礼拝をするということを本で読んだが、それは神様か何かと言うのである。東京外語出の○○少尉が色々と説明した。また、さる資産家の令嬢は、「もとの木は生いや茂れる」という椰子の実の詩を愛好すると言った。そして「日本には偉大な詩人が多くいる」といって讃《たた》えた。

小山通訳は比島女を妻に持ち、日比子という可愛い女の子があった。彼の家は小ざっぱりとした洋館で、僕が行くと彼の妻君はタドタドしい日本語で色々と接待をした。そして四つの女の子にダンスを踊らせてみた。僕は拍手して大げさに感心してみせた。いつも餅のようなウイロウのようなお菓子を御馳走してくれた。

小山君は僕と同年で、和歌山県だと言い、戦勝の暁には家族連れで郷里に帰るのを楽しみにしているのだと言った。彼は妻に日本の生活様式を教え込むのにかなり努力しているらしく、歴史なども教えていた。座ること、味噌汁の味、家族制度の習慣、女の作法等、一通り吹き込んだと言った。ちょっと見たところ、妻君の顔形は日本人そっくりであった。

黒宮部隊から田舎臭い格好で赴任してきた僕は、この美しい町やさっぱりとした行儀よい人たちに接し、皇軍将校の威厳を保つためにも、また高等司令部勤務の地位からも、あまり貧弱な格好ではいられなかった。上衣もズボンも新しいのを作り、真っ白い開襟シャツを着、靴も綺麗にした。ハンカチはいつも白いものを持っていなければならぬような気がして、それも励行した。司令部のものはみなサッパリとした服装で町を歩き、そして仕事をした。

野村准尉はしょっちゅう酒を飲み、なくなると椰子酒を手に入れては炊事の渡辺軍曹と二人でワイワイ言いながら騒いだ。そして昼になると必ず軍医の所へ行き、脚気か何かの注射をしていた。五十を三つ四つ越したという彼はとても若く見えた。日用品も食料品も被服類も出しおしみをして、なかなか支給しない変なくせの持ち主で、兵たちは皆、嫌った。

大井軍曹はタガログ語がうまく、交際上手で、いつも歌を歌いながら楽しそうに仕事をした。佐藤伍長は、若い子供のような顔をしていながら、いつも作戦の見透しや米軍の情報を気にし、兵隊をつかまえては色々の教育をした。藤原伍長は服装を気にし、香水などをふりかけ、何人もの娘と交際していた。だれもかれも仕事は熱心であったし、都合の悪いものは一人もいなかった。僕は意見がましいことは全然言わないことにし、一緒になって騒ぐのが何よりの楽しみだった。

当番の久保一等兵は、一見、間の抜けたような男だったが、案外と思慮周密で、他のどの当番よりも忠実であった。三十五歳とは思えなかった。最初は二十二、三の初年兵かと思った。酢の物を僕が好きだと言うので、いつもいつも魚や野菜の酢の物をつくって食べさせてくれたし、どこからか肉や玉子を買って来ては御馳走を作った。大井軍曹や浜崎軍曹とはたいてい食事を共にした。

戸沢中尉の部隊本部がルクバンに移ってからも、彼はあまり経理部へ顔を出さず、しょっ中タヤバスやルセナなどへ小型自動車で出て行った。また、ボタ餅やエビの天麩羅などを作っては兵隊に届けさせてくれた。彼の部隊長が食い物ばかりに熱中するので、その方だけでも大変だと言っていた。部隊長というのは、五十幾歳の召集少佐であった。僕も二、三度出会ったが、目尻にしわをよせて食い物の話ばかりした。また、珍しい食物を差し上げると、そのよろこびようは尋常一様でなかった。

役場の横に、日の丸食堂というこぎたない食堂があった。夜など暇で淋しいときはブラリと入って行った。ニッパ酒は一合四十円もした。ヤキソバを食わせるのは意外に思った。水牛の肝臓や舌の料理に血を煮付めたようなものをかけた冷たい料理は気持ち悪くて、ちょっと食えなかった。目つきの薄気味悪い老婆がジッと見つめていて、てんで落ち着かず、もう行くのを止めようと思いつつまた出かけた。そこの主人は、「メリケン粉がなくて困る。もう商売をやめようかと思う」などと言った。

経理部の隣に工兵隊がいて、毎晩ドラム缶で風呂を沸かして僕たちに入りに来いと言うので、毎夜のように行った。やはり日本人は冷水シャワーより風呂の方がいい。ルクバンの夜は寒いくらいで、毛布は二枚を必要とした。どの家からもピアノの音が聞こえ、娘たちは腕を組み、歌を歌いながらそぞろ歩きをした。

クリスマスイブは賑やかだった。ダンス会は例によって華々しく行われ、吾々は町長の招きにより晩餐会に臨んだ。クリスマスの日は町の人びとは着飾り、青年男女は町をねり歩き、教会では礼拝式が行われ、家庭では御馳走を食べ、酒を飲み、「メリークリスマス、メリークリスマス」と言って喜び合った。

十九年の暮れもせまり、兵隊は向こう鉢巻きで餅つきをした。お鏡餅も作った。炊事では御馳走作りに忙しかった。昭和二十年の元旦は明けた。将校以下全員、司令部のものは兵団長宿舎の一階ホールに集まり、東北方に面し、新年の拝賀式を行い、聖寿の万才を三唱した。ミンドロ島に敵が上陸し、兵団は大きな兵力の配備変更を行う必要にせまられていた。いよいよ米軍のルソン島に対する攻勢が表現化されて来たのである。

参謀は、何回もマニラの軍司令部に出頭を命ぜられて行ったり来たりした。そのたびに兵団は必ず配備の変更をした。全く落ち着きのない正月であったが、わざとゆっくり振舞った。将校たちは皆、情勢の緊迫を問題にしていないように飲んだ。町民にも、兵隊にも司令部内の動揺を知らせたくなかったからである。今年は多難な年だぞと思った。

兵団長の宿舎には、大きな尾頭の魚が準備してあり、お正月の料理が一通り並べてあった。皆で祝盃をあげた。兵団長は酔っぱらった。参謀は中座してマニラの軍司令部に出発した。

何もかも今日一日は打ち忘れ、新春を祝いたい気持ちは兵団長以下同じであった。副官部からの招待で出かけて行く高級副官も次級副官も皆いた。

中村曹長が一人でやったという正月の御馳走はすばらしかった。比島に来てから油っこい比島料理ばかりに親しんで来たのに、魚の焼きもの、吸物、刺身、かんてん、天麩羅、玉子焼き、かずの子、煮豆、するめ等、内地を想わせる料理に皆すっかり喜び、飲み食い踊りした。内地にいるようだと皆、口々に言った。本当に内地でやっている正月と同じ気持ちになれた。

経理部のものは皆、僕の部屋に集まってお雑煮を食べ、久保一等兵の心づくしの手料理で飲み食い、新春を祝い、一層の奮闘を誓い合った。各部隊も多忙の中で餅をつき、豚や鶏を殺し、酒を分配して正月の気分を満喫した。

元旦の夜は、また、ルクバンホテルで晩餐会があり、いろいろと御馳走が出た。席上、兵団長は明日出発してルクバンを去ることを話し、長い間の協力を感謝した。町長は町民を代表して別れの挨拶をした。そして兵団長にプレゼントとして帽子を贈った。何だかシンミリとした雰囲気に、しばらくは誰も話さなかった。

比島ルソンにおけるわが軍の作戦方針は、最後の決定をみたらしく、河島兵団は遠くブラカン州のイポに転進を命ぜられた。各部隊はあらゆる運搬具を利用してイポへイポへと移動を始めた。

二日、兵団長も高級副官も出発した。三日、四日と司令部はほとんど出発してしまい、だいたい各部隊も出発してしまった。ルクバンの街はひっそり閑とし、町民たちは何が何だかわからぬというような顔をした。近くのバナハオ山はゲリラの巣であり、兵力少しと見れば、今までにも幾度か襲撃して来たとの話である。心細かった。夜もほとんど寝なかった。

イポは、ルクバンより自動車で走り続けて二日がかりだという。参謀の話では、イポは米一粒ない一面のススキ原である。マニラよりの糧秣補給は困難だと軍で言う。一万の兵力がすぐ飢える。各部隊でも行軍で移動するのだし、輸送力はなし、せいぜい半月分の米も持って行けぬ状態だというのである。

僕は、在ルクバンの集積糧秣並びにパグサンハン、パンギル等に分散集積してある数百トンの糧秣を一刻も早くイポに輸送せよ、という任務を貰った。引き返してくるはずのトラックは一台も帰って来なかった。ボロトラックが五、六台あるきりである。

輸送隊長として比名田少尉が残り、残務整理のため残った福岡中尉とを合わせ将校は三人きりである。兵力も二、三十名となった。ルセナに敵が上陸したとすれば、二時間の後にルクバンは敵戦車にふみにじられるのである。前の方はガラ空きで、兵力は皆、移動してしまって一人もいないと言っていいくらいだ。

輸送計画としては、まずルンバンまでは半日行程をトラックで運び、そこからラグナ湖を曳船でマニラのパシークに運び、さらにイポへトラックで送ろうと言うのである。ルンバンには岩田曹長、浜崎軍曹を派遣して中継させ、大井軍曹は僕と一緒にルクバンにふみ止まることにした。飛行機の飛来は頻繁となり、ルクバンも機銃射撃を受けたが、爆弾の投下はまだなかった。

ルンバンよりは、「早く送れ、早く送れ」と矢の如く督促して来たが、自動車の故障は続発し、一日に十トン送ることもできなかった。比名田少尉はほとんど仕事せず、自動車のことは兵隊にまかせ切っているので、能率はいよいよ上がらなかった。水牛もカルマタも利用しようにも一台もなかった。

福岡中尉も僕の任務が終わるまでは出発できなかったので、一緒になって地団駄を踏みイライラしたが、輸送は一向にはかどらなかった。司令部へ「トラックを廻送してくれ」と再三打電したが、何の反応もなかった。ルンバンでは三十トン位になると、舟でパシークに送った。パシークには兵団の連絡所が出ていたのである。

情報はいよいよ緊迫し、敵船団はスール海を経て次から次へ北上していた。敵がマニラ湾に上陸したとすれば、吾々は完全に司令部と連絡を断たれるのである。各部隊は何もかも是非必要だという物のほかは皆、捨てて行った。どうしても運べないのである。米だけは何としても運ばねばならぬと思った。自動車修理隊の通るのを拝み倒し、一車輛でも二車輛でも積んでもらった。司令部からは、「速やかに後方を処理し、主計将校を追及せしめられたい」と福岡中尉にも電報が何回も来た。

福岡中尉は、「どうしようか」と言った。情況はさらに急迫し、もうこれ以上止まることは許されなかった。せっかく買い集めたトウモロコシもキャッサバ粉も皆、置いて行くより仕方がなかった。数十万円もの裏付け物資（シャツ、服地、靴下、白キャラコ、模様木綿、等々）も捨てて行くより仕方ない。

大藪部隊というのがルクバンに入って来た。しばらくの間、ここにいるというのを幸いに、何もかも押しつけた。後始末のつらさをしみじみと感じた。そして、兵科将校なら体一つで歩けるのにと思うと涙がこぼれた。

これが主計将校の任務だと吾とわが心に言い聞かせ、不用品は役場にくれてやり、家を借りたり色々のお世話になった御礼だから、残っているものは皆、利用してくれと町長に言いふくめた。豚はまだ十数頭残っていたので町民にくれてやり、現地自活用の鍬もカマも何もかもそのままにした。百トン近いトウモロコシやキャッサバは、何と言っても惜しくて仕方がなかった。

司令部からはまた、「新任務があるから主計将校は早く追及せよ」と言って来た。何一つ手伝ってもくれず、ルクバンの町が淋しくなると自分たちの食料だけを積んで、小型自動車で「よろしくたのむよ」と簡単に出発してしまった戸沢主計中尉は一体、何をしているんだろう。彼が先発している以上、新任務は彼がやるべきだと思うと、腹が立って仕方なかった。最後の荷物と共に金櫃《かねびつ》を積み、大井軍曹と久保一等兵を連れ、忙しくあわただしく、そして淋しく退却のようにルクバンを去ったのは一月の十二、三日の頃と記憶している。ふり返ると、教会の塔が霧の中にかすんで見えた。

十一――イポ陣地、転進

ルンバンに到着するや、岩田曹長、浜崎軍曹に最後の舟艇で軍需品と共にラグナ湖を渡って来るよう、また非常の場合は臨機応変の処置をとることを命じた。暗くなってから到着したので、ルンバンの町がどちらを向いているのか見当がつかなかった。

夕食を食べていなかったので、浜崎軍曹がさっそく準備してくれた。ゲリラが蠢動《しゅんどう》を始め、ここかしこで銃声が聞こえた。次々とトラックが故障を起こし、起動しないのが何車輛も出る。運転手は車の下にもぐり込み、螢電灯で修理に懸命だ。福岡中尉と村井少尉と三人で乗用車に乗り、トラック二台と共にルンバンを発ったのは夜中の三時を過ぎていた。運転手はコンスタブラリー（憲兵）の軍曹で人一倍、車輛を大切にした。

シニロアンの沖田部隊に着いたのは未明だった。朝食を御馳走になる。○○主計はアヒルを三羽くれた。ラグナ湖を左に見て急坂の多い道を終日走った。ピリリヤではマニラを爆撃して帰途につく敵機の大編隊に出会い、皆、車から降りて分散した。村井少尉はリスのように敏速だった。アンチポロには勤兵団司令部があり、中食を貰って食う。

マニラに入った。この前出張した時とは丸っきり様子が変わっていた。いたるところ、バリケードが築かれ、橋は通行止めになり、道行く者は大部分が軍人であった。各橋梁は着々と爆破の準備がすすめられていた。各飛行場附近の藪かげには、無惨にも破壊された友軍機がここにもかしこにも散らばっていた。圧倒的優勢を誇る敵の空軍にやられたのである。なるべく見ないようにしたが、日の丸の赤いのがどうしても目につく。

飛行場は畠のようになり、附近の軍需施設はフッ飛ばされていた。マニラからクラークに向かい、北上を続ける友軍の車輛や徒歩部隊で道は溢れていた。食料、弾薬を一梱でも多くマニラから北へ送る必要があった。竹槍を持った台湾義勇軍や海軍部隊も、北へ北へと行進していた。

サンタマリア附近では戦車部隊、自動車部隊が入り乱れ、大混乱を呈し、交通整理もくそもなかった。皆、我勝ちに先を競った。百輌近い兵站自動車隊の尻にくっついて三時間も遅れたりした。サンタマリアを出てサンホセの方に向かうようになってからは、本通りを外した関係か交通はあまり混雑しなかった。

圧縮口糧とサケの缶詰で夕食をした。部落の入口には必ず歩哨がいて、「ライトを消せ、ライトを消せ」と叫んでいた。星明かりをたよりに走るのだから速度が出ない。前車の尾燈が赤くともるたびにビクッとした。サンホセの近くで中村准尉の車がとうとうエンコしてしまい、どうしても動かなくなった。続いてもう一台の車輌もエンコした。僕たちの乗用車も動かなくなってしまい、処置なしである。警戒を厳密にして、皆、車の中で寝た。

夜が明けるや敵戦闘機はブンブンと飛び出し、一歩も動けない車を偽装して一生懸命、修理に狂奔した。自動車といわず部隊といわず、グラマンとP38がやって来てバリバリと射った。いたる所でガソリンが、トラックが、集積弾薬・糧秣が炎上した。兵隊も戦死し、負傷者が続出した。修理が終わった車から一台ずつ前進した。飛行機の目標にならぬためである。

イポの近くに行くにつれ、逐次、兵隊や車が多くなり、爆音！　爆音！　とお互いに敵機を警戒した。糧秣も弾薬も道傍《みちばた》に放り出されていた。次々と到着する部隊でイポ附近はゴッタ返していた。陣地の最前線と思われる附近から六軒ばかり走ると、イポに着いた。赤や青の屋根の家が自動車道路にそって二十軒程度並んでいた。

阿久津参謀は、僕の来るのを待ちかねていた。いろいろな報告をすませ、早速、新しい仕事に邁進せねばならなかった。体中汗だくである。参謀部、副官部、軍医部、兵器部、電報班部等、皆、宿舎を配当されて仕事を始めていた。先に来たはずの戸沢主計中尉は、経理部の宿舎も準備せず、軍需品の陣内集積も何もやらず、十四方面軍（ここには河島兵団が来るまでは一時軍司令部がいたのである）から引き続いた接待用品の始末ばかりしていたらしく、仕事を始める場所もなかった。腹が立ってしかたない。もう空屋はなかった。

最後までルクバンに残って糧秣輸送に任じていた経理部のために、何一つ準備してないという法があるものか。今一番忙しいのは経理部と兵器部だ。その他はただ飯を炊いて食う以外これという用事はない。副官部へねじ込んだ。なんぼ少尉でも黙っておれなかった。米の心配は誰がする。こんなススキ原と密林の中で、糧食の心配もせずに経理部の来るのを待っている法があるかと思った。

「スマン、スマン」と言って、さっそく、家を一軒空けて「入ってくれ」と言った。そして「米も毎日少しずつは運搬している。兵器部も弾薬を後廻しにして米の運搬に出て行った」とも言った。

実績を聞くと、五十トンも入っていない。十日間も何していたんだ。宿舎に帰ってからもガリガリと僕が言うので、大井軍曹は、「まあ、ちょっと休んでからにされたら」と言って宿舎の中を整理し、机や椅子を準備し、僕の寝台もどこからか運んでくれた。久保一等兵は、食器やコップやバケツをどこからか集めて来たり、薪を集めたりして、僕がイライラし、プンプン言いながら各部を廻り、状況を見ている間にせっせと働いた。

再び宿舎へ帰ったら、もう大井軍曹が経理部と表札をかかげ、家は綺麗に掃除され、事務室には色々と運んで来た書類が整頓されて、置時計もカチカチと動き、キチンとしてあった。

勝手場の方は、久保一等兵がもう夕食の準備のため火を焚いて何か煮ていた。「ご苦労さん、少し休めよ」と言うと、「主計殿こそ、ちょっと休んで下さい」と言って、大井軍曹は久保一等兵に命じてお茶を出してくれた。ココアは甘くこの上もなくうまかった。立て続けに三杯も飲んだ。家というのは二間きりで竹で作ってあったが、小綺麗な家だった。他の部はだいたい集結していたが、経理部は岩田、浜崎の二名がまだ来ぬのでひっそりとしていた。

野村准尉、佐藤、藤原伍長は、管理部の要員として隣の家に起居し、司令部内の経理業務をやっていた。僕にはその方の責任もあり、イライラクシャクシャした。何と言っても糧秣、弾薬を陣内に運ぶことが先決問題であった。兵団配属の貨物廠出張所長として同期の黒沢が来ているというので、さっそく出会った。

「ヤア、貴様か」と言い合い、協力して命のあるかぎりがんばろうと誓った。黒沢は五百メートル位離れたトタン葺きの家に部下二十人と一緒にいた。集積の計画実施について何度も何度も協議した。

兵站自動車隊は、毎晩延べ五十～七十車輛の軍需品を運んで来た。これを夜のうちに分散遮蔽するのである。とても二十名の人間ではできない。僕は参謀に何度かかけ合っては兵力を二十名、三十名と貰った。米、塩、ミソ、醤油、乾パン、乾燥野菜、マッチ、ローソク、油、用紙、靴、地下足袋。また次の日は、落花生、砂糖、甘味品、かつをぶし、するめ、煙草、シャツ、ゲートル、帽子。また次の日には、缶詰、ランプ、カンテラ、シャベル、十字鍬、野菜種子、という調子に、必需品を数車輛ずつ組み合わせて運んだ。

トラックを運転している兵も、これを指揮する将校も、イポに到着すると、投げ卸すように道傍に卸してマニラに引き返して行った。夜が明ければ敵機の襲撃があるため、それまでに帰る必要があるからである。軍需諸品の分散、集積は容易の業ではなかった。黒沢は傍らで見る目も気の毒なほど走り廻った。僕もやった。

毎日毎日、兵団長宿舎で会報が行われた。その時いろいろの情報を交換し、意見や希望を述べることになっていた。リンガエン湾に米軍は上陸し、盟旭両兵団は寡兵よく奮戦して、敵の南下を阻止するにつとめた。橋梁を落としても、道路を爆破しても世界に誇る敵の土木技術を以てしては、大なる障碍《しょうがい》にならなかった。

リンガエンに向かう戦爆の大編隊は毎日毎日、イポ上空を通過した。敵はクラークに迫った。夜となく昼となく陣地構築に邁進する一方、兵器、弾薬、糧秣の集積に各部隊とも懸命であった。至るところに洞窟を掘った。将校も兵も洞窟を掘ることが身を護り、物を護る唯一の手段であることをよく知っていた。ようやく背が立つくらいの高さで、幅二メートル位の横穴は十メートル、十五メートルと奥に進み、右に左に曲がり、他の穴と連絡をとって貫通させた。

椰子油をともし、カッチン、カッチンと掘り続ける努力は尋常一様のものではない。堅い層にでもぶつかれば、一日がかりで五十センチメートルも進まないことは度々であった。覆土は十五メートル以上を必要とした。人間の入る穴は逐次出来ていったが、物を入れる穴はなかなか出来なかった。野積みを敵機にねらわれたら、一瞬にして灰燼に帰するのである。

工兵隊の協力や他部隊の兵力を配属してもらい、貨物廠の集積品格納の洞窟を掘るためには、幾度も幾度も参謀にお願いし、そのたびに兵力差し出しの困難なる理由を聞かねばならなかった。甘味品を一千梱、道路両側に卸したときは、一晩のうちに三百梱盗まれてしまった。どうせ兵隊が食うたのなら戦力になるから、構わないと思った。

海軍部隊が最初イポに入るという計画で、米一千俵近くを附近に野積みしたまま、他に転進してしまった。この米を他に集積し、空襲よりのがれるためには輜重《しちょう》一個中隊が三晩四晩もかかった。敵が南下するに伴い、マニラ〜イポ間の輸送はいよいよ困難となった。

道路は飛行機により破壊され、毎日数十台のトラックや乗用車が、人や物と一緒に炎上した。各部隊もせっせと糧食を集め、その数量を毎日会報時、報告するようになっていた。各部隊は兵団よりの補給を胸算することなく、自給自足、現地自活に徹底せよという命令は、時と文句を変えては再々発せられた。配備の変更や新しい部署が次から次へと命令せられ、そのたびに大混乱した。

敵機はいよいよイポ陣地に攻撃を加え出した。今日は一回、明日は二回、ついで三回、五回と一日の来襲回数は増加し、敵機も三機、六機、十二機、二十機と増加し、機銃掃射から小型爆弾となり、戦闘機ばかりだったのが双発、四発が来襲し、戦爆連合で襲撃した。

イポの家は次々とふっ飛び、草は焼け、山は禿げ焼けただれた。皆、逐次、穴住まいに移行して行った。山は変形して行き、電話線は何度も何度も断線となり、司令部と部隊の連絡は、最小限を確保するだけでも大変な苦労を伴った。昼の間は一歩も外へ出られないくらいに敵機が飛んで来た。友軍の高射砲や高射機関銃は応戦したが、大なる戦果はなかった。撃墜したのは、転進の時までに七機か八機だったと思う。

絶対に煙を上げることはできなかった。飯は、夜、穴の中で炊くほかはない。こんな時でも兵団長、参謀は各部隊の陣地を視察指導し、各部隊長始め各級指揮官も陣地の強化に専念した。僕もまた、各部隊の経理、特に給養状況を見て廻る任務をもっていた。林から林へ穴から穴へ躍進しつつ歩いた。草原や道路でかくれるところのない時など敵機が来た時は、ペタリと伏せるよりほか、途がなかった。敵戦闘機は、一兵でも見つけると徹底的に機銃で射って来た。

イポの陣前には、ようやくゲリラが蠢動を始め、敵の攻撃近きにあると思わせた。クラークの友軍はふみにじられ、けちらされ、敵機甲部隊はマニラに雪崩《なだれ》をうって侵入した。軍需品輸送のためマニラに行っていた連中は、命からがらモンタルバンに逃げ込み、半月以上もして山越しにイポへ帰って来た。岩田も浜崎も帰って来てくれたのは何よりうれしかった。

兵団は東海岸に向かい兵站路を設定し始めた。ジャングルを切り開き、ようやく一人通れる道である。自活隊を編成し、トウモロコシ、イモを植えた。イポの家は皆フッ飛び、赤土ばかりとなった。毎日毎日、誰か彼か爆死した。洞窟の中にいても爆風はものすごく、穴の五十メートル位近くへ落ちた時などは、一間もフッ飛ばされた。十メートル位のところへ落ちた時は、穴の入口から五メートル以上も崩れてしまった。入口を遮断するのに下士官も兵も色々と研究した。

兵団一万二千の兵員は皆、穴住まいを始めた。患者は続出し、死傷者は毎日毎日増加するばかりであった。こんな中でも新聞は発行された。ガリ版刷りではあったが、元大毎ロンドン特派員南條氏以下、同盟の人も合わして十人ばかりで一生懸命であった。硫黄島の戦況も沖縄の戦況も逐一報ぜられ、陣中新聞として皆、これを唯一の慰安とした。紙を集積しておいてよかったと思った。

敵は逐次砲撃を開始し、日増しに熾烈化し、もう夜も昼ものべつまくなしに射ち込んで来た。監測機はブルブルと四六時中、陣地の上空を去らなかった。一人でも兵隊が走ったりしようものなら、一分もせぬうちに有効弾が数発飛んで来た。また道路の要点や洞窟地帯には、間断なく砲弾が飛んで来た。

毎日毎日死んだ。ちょっと小便のため穴から出た瞬間に、あるいは水を汲みに出た帰りに幾人も幾人もやられた。そうかと言って、穴の中ばかりにいては任務は遂行できず、砲撃の最中でも監測機が飛んでいても、出歩かねばならぬ時は、ただ生も死も考えず仕事のことのみ考えた。

バシッと音がして、二十メートル位近くに弾着することはしょっちゅうであった。ぶっ続けに百発以上も飛んで来て、せっかく大きくなったトウモロコシの畠がフッ飛んでしまった。爆撃は砲撃と比例して段々激化した。何十人という人が〇〇でも〇〇でも生き埋めになった。

兵団長も穴住まいをしていた。そして夜は酒を飲み、詩を吟じていた。部下を呼びつけては叱りつけた。どうすることもできない苦悶の色が、兵団長の眉間にただよっていた。野砲隊と第一線歩兵部隊との密接な協力は、イポ陣前の敵を幾度か撃退し、各部隊より毎夜毎夜、挺身斬込隊が出撃しては、敵のキャンプ、兵器、弾薬、糧秣の集積所などを爆破した。

軍との連絡は、山越しに徒歩で四日ばかりを要した。参謀部では各種の情報を蒐集し、兵力の配備替えを審議し、四六時中テンテコ舞いであった。兵団長はイポ陣地を神州要塞と名付け、幾度か部下を叱咤激励した。現地自活隊は、毎夜の如く砲弾の下を潜って陣前に芋苗を取りに行き、一の谷、三の谷の畠に植えた。

山下少佐は後方部隊とガナップ党員を連れて十三の谷へ行き、主食の栽培を始めたが、種子や農具・労力の問題は、兵団一万二千の兵を養うための十分の一の生産すら心細かった。各部隊でも危険をおかして陣前へ籾の蒐集に出た。そのたびに幾割かの戦死者を出した。

一日中で明るい間は、必ず敵機が在空していたといっても過言ではない。それに加うるに、間断なき砲撃である。モグラ住まいで皆、青白くなり、青物を食べぬため脚気患者が続出した。軍医部の金光博士はテンテコ舞いだった。食うものも弾丸も、もはや陣内に入れたもののみを消費して行くばかりとなった。消費の規正は切実な問題となり、主食の定量を四百グラム、二百グラム、百グラムと切り下げられた。それですら、今年の十月には危機が到来する計算になるのに、降雨による糧食の変廃や砲爆撃による損害はまた決して少なくなかった。

軍の経理部には、兵団の経理概況について便のあるたびに報告したが、何の指示も援助もなく、時々、糧秣、被服の現況を報告せよという要求が来るだけであった。マッチは皆、節約した。軍主力は、すでに敵の地上攻撃を受け、芳しからぬニュースが続々と入って来た。

突然、「河島兵団は〇〇トンの米、塩、乾パンを軍に提供すべし」という命令を受けた。あれほど困難と犠牲を出して集積した糧秣である。どうあっても提供するのは嫌だ。兵団の将来を思うと絶対にだせない。参謀にも兵団長にも何とか断わる法はないかと申し出たが、兵団長は静かに「命令とあれば致しかたない。よろこんで差し上げよう」と言った。

三十キロずつを背負った輸送隊は、毎日毎日、山坂を越えて糧秣を運搬した。兵団の予備糧秣は毎日、目に見えて減っていった。各部隊集積の予備糧秣は、出来るだけ後方に集積するよう指示されたが、各部隊長は、「部隊全員、陣地と運命を共にする以上、糧秣は後方に下げることはできない」と言って聞かなかった。無理からぬことであった。

敵の大部隊がようやく陣前に現われたらしく、砲撃は一層激化した。そして毎日のように我が第一線に攻撃を加えて来た。我が軍は勇敢に反撃してはそのつど撃退し、戦果は逐一、陣中新聞に掲載され、兵の意気は揚がった。「もう友軍の飛行機が来るぞ」という噂が毎日のように飛び、我が新鋭師団が北部ルソンに上陸したとも伝えられた。

自動車の残骸をはじめ、あらゆる金属を回収して手榴弾の製造を始めたが、生産数は微々たるものであった。三千梱の薬品が爆撃で炎上し、衛生状態は日一日と悪化し、野戦病院に収容されたものは毎日毎日、バタバタと死んでいった。青物を摂取すべく、兵隊は敵機の間断を利用しては、赤禿になった土の中から青い草の根を求めた。

軍馬は次々と爆撃砲撃でやられて減っていった。昨日出会ったばかりの将校は、今日は戦死し、今朝話したばかりの下士官は、兵は夕方、すでに屍《しかばね》となってしまった。皆の神経はずぶとくなり、死ということについて何にも感じないようになり、日が過ぐるにつれてこの山の中で玉砕することに覚悟を決めた。友軍機や新鋭師団の話をするものはいなくなり、限りある食料についてもさほど問題にしなくなった。皆、今日一日に生きた。軍主力方面の戦況は日一日と悪化していき、通信も途絶《とだ》えがちとなり始めた。

こんな緊迫した情勢の中にも、兵たちは生活の潤いを求めた。洞窟の入口に車座となり、月光の下で娯楽会を開き、郷土の民謡や踊りを面白そうに楽しんだ。また、限られた食品をもって色々の食べ物を工夫した。兵団長の家では時々、マンジュウや菓子を作って司令部の皆に分配した。

日名田少尉は、経理部や貨物廠に来ては食料品を要求した。兵団長を笠に着て、毎日のように酒類、甘味料、その他の接待用品を要求してくるので、使用計画や在庫量の関係を説明して断わったりすると、すぐ尻をまくり、文句を並べたてた上、勝手に盗み出すので困ると、黒沢少尉から苦状が出たことは、一回や二回ではなかった。

兵団長の家では、日名田少尉以下三十名で毎日のようにマンジュウを作り、ウドンを作り、天ぷらやすきやきをして食うことに専念しているらしかった。司令部の中でも他の者は皆、節米に懸命となり、二百グラムの定量にトケイ草やバナナの芯を煮込んだ雑炊で我慢した。

缶詰も米も、兵団長の洞窟へは相当量集積してあったので、日名田少尉はいいように振舞った。少しでも意見を出し、他との均衡もあり遠慮せられたく意向を述べようものなら、「兵団長に食わせるのに何が悪い。兵団長は戦力の源泉だ」とハネつけた。一応もっともなことである。

日名田は自分の部下や利害関係のあるものを、神州荘の要員として引っぱり込んだ。(兵団長側近の者ばかりと共に一グループとなって起居し、兵団長はこれを神州荘と言っていた)。そして、丸々と皆、太った。兵団長は作戦に忙しく、日名田をただ酒を飲ませてくれて御馳走を食べさせ、チヤホヤとする気の利いた専属副官として絶対的なものと思い込んでいる以外に何も知らず、神州荘の切り廻しを一任していた。参謀以下、煙草に不自由をし始めても、神州荘の者は平気で煙草を吸った。

物が欠乏するに伴い、兵は食糧品の泥棒を始めた。監視を立てていても糧秣倉庫から米をかつぎ出し、するめの箱や乾パンの箱を毎晩のように盗んだ。一部の将校はまた、往時の矜持とやらはどこへやら、皆、食料の不足を並べ、御馳走の食えないことについて明けても暮れても不平を言い、煙草のないことをブツブツ言い、まるでこれらの窮屈な状態になったことについて、自分には何の責任もなく、すべて経理部や貨物廠の責任の如き口を利いた。

黒沢と二人で幾度か憤慨した。大切な集積時期にポカンと他所事のように眺め、何一つ協力してくれず、黒沢と二人で泣いて憤慨し、気狂いのように一ヶ月の間、寝ないで飛び歩いた当時を想い、ただ無闇と泣けて来て仕方がなかった。

阿久津参謀は何一つ不平も言わず、大切な集積時期において努力や輸送力の不足に掣肘《せいちゅう》されて、思うように軍需品を確保できなかったことは仕方ない、現在のものをできるだけ節約する一方、一粒のトウモロコシでも早く作ることが必要だと言い、色々と心配しては僕に相談した。この人こそ高潔の士だと感心した。

僕のところでも、久保一等兵は一生懸命に節米し、二百グラムの配給量の中から毎週、靴下二本の米を捻出して保存した。阿久津参謀は二食で通した。各部隊も皆、芋の葉やトケイ草、カンコン、水草をきざみ込んだ塩味の雑炊を常食とし、時々、水牛や豚を殺して食ったり、大切な缶詰や乾燥野菜を少しずつ食べ、陣前から命がけで採って来た芋をふかして食った。○○部隊では毎日毎日、食う米がなく、籾を一生懸命で搗《つ》いても食うだけ搗けず、定量が百グラム以下になったりした。

マニラは落ち、海軍の落ち武者が続々として入って来た。兵器一つ持たず何の戦力にもならないが、食わせぬわけにはいかず、各部隊は給養担任することを拒絶するし、食わせる米の出るところがなくて困りはてた。軍主力方面の食糧事情は、さらに窮屈だったらしく、河島兵団を一番の物持ちと見ていて、風ある機会をとらえては食料を引き上げた。

また、特務機関、邦人など戦闘のできない連中を、米も持たせずドンドンとイポに送って来た。桜井副官は将来の食料の見通しについて心から心配してくれ、「各部隊は部隊自身で自活するとしても、司令部六百人の食うものだけは何とかせねばならぬ。管理部長の責任だ」と言っては、砲弾の中を僕の洞窟まで毎晩のようにやって来た。

僕も幾度も幾度も彼の洞窟を訪れた。福岡中尉を長とし、一の谷で芋やトウモロコシを栽培し、鳥や魚を採って補給し、豚を飼育させることに話がまとまった。色々の隘路《あいろ》に遭遇しながらも、少しずつ成果は上がって行った。

爆撃が熾烈を極め、爆風で洞窟の中のランプは何十回となく消え、昼飯が砂ぼこりで食えなくなることは毎日のようであった。一番立派だと言っていた兵器部の洞窟は、五百キロ爆弾一発でペシャンコになり、三名は生き埋めとなり、その他の者は必死の発掘作業で、ようやく一命を取り止めた。

敵機は、洞窟の入口めがけて曳光弾をバリバリ射ち込み始めた。爆風のたびに洞窟は少しずつ崩れ、皿は割れ、飯盒は穴が開き、箸もスプーンもフッ飛び、椅子は壊れ、段々物がなくなっていった。雨漏りがしたり、水が流れ込んだりして洞窟の中は多湿となり、患者が続出した。

大井軍曹は壊される後から後から洞窟を修理し、入口を偽装した。そして暇をみつけては洞窟を拡張した。久保は炊事当番を引き受けていた。水は三百メートルも下まで行かねばならぬのに、案外、落ち着いて少々のことがあっても走ったりしない。久保が水汲みに行って、少しでも帰りが遅いと気が気でならなかった。

水は貴重なものであった。みんな顔を洗わなくなった。貨物廠の集積軍需品中、各部隊より補給の要求があるものは逐次補給し、特に被服類は靴もズボンもゲートルも、兵団の半数に新品を補給して、近く開始されるべき雌雄を決する戦闘に備えて、かつをぶしも各人二本位は補給することができた。配給貨物廠が軍の直轄になったり、また兵団に配属になったりするたびに集積軍需品の運用が不能になったりして、業務上の支障は一通りではなかった。

軍は兵団で集積した物資を相当に過大視しているらしく、色々とうるさく言って来た。「一時補給を停止せよ」とも言って来た。軍へ供出を命ぜられた糧秣は、輸出隊によってせっせと運ばれたが、五十パーセントは途中で消耗した。大井軍曹を連れて最前戦部隊の給養状況視察に出かけた。日中は絶対行動できず、朝暗くから出かけた。第一線までは七キロメートル近くあった。

○○部隊本部は鍾乳洞の中に起居していた。大きな岩山である。部隊は「何トンの爆弾が落ちても、何百度爆弾が来ても、ビクともしませんよ」と言って笑った。敵方からは完全に遮断され、上空よりも発見困難ないい場所であった。鍾乳洞の中は水もあり、大小の部屋が幾つも幾つもあり、通路があちこちに通じ、湿気はなく、明りも処々から射し込むので、とてもうらやましい環境だと思った。

部隊長は、「住まいだけは兵団長以上です」と言い、隊附主計将校は洞内に集積してある糧秣の現場、籾すり場などを見せて歩き、野草の利用に努力し、極力、芋を採り、節米に邁進しているが、各中隊とも「よくがんばるので、向こう半年やそこらは充分食って行く」と言った。

岩陰に隠れつつ展望台に登ると、ブラカン平野が目の前に見え、敵の砲兵陣地や第一線陣地のある森や丘がよく見えた。飛行機は低空で頭の上を何機も何機も旋回したが、見つからなかった。第一線の小隊や分隊は、後方に比べて生活力は旺盛であった。司令部や後方部隊の弱々しい兵隊ばかり見てきた僕は、第一線兵の元気で朗らかなのにびっくりした。「腹が空くか」と尋ねても、皆「何やかや腹一杯食っている。煙草と甘い物だけ不自由だ」と言った。

鍾乳洞の中は涼しく、とてもいい気持ちである。芋のテンプラで飯を御馳走になり、色々の話を聞き、夕方暗くなって帰った。部隊長は、「兵団長閣下によろしく」と言い、本道まで主計将校と一緒に見送ってくれた。砲弾が何度も飛んで来た。

翌日も翌日も各部隊を巡視した。野砲聯隊長の〇〇大佐は、丸野台という山の頂上の洞窟でがんばっていた。「呑敵洞」と書いた額が上げてある。部隊長の部屋は二間四方位の大きさで、真ん中に机があり、ランプが置いてあった。覆土は三メートルそこそこで、「直撃弾を喰ったら一ぺんに飛んでしまう」と〇〇主計が話した。ここは砲兵の主要観測所で、毎日毎日の砲爆撃で山が変形していた。友軍の十五センチ砲がドカーン、ドカーンと砲撃するたびに射弾を観測し、電話で忙しく指揮し、ゴッタ返していた。

聯隊長は部隊全員から親しまれ、皆、オヤジ、オヤジと言っていた。部隊長は当番に命じて熱いココアを御馳走してくれ、物柔らかに部隊の経理状況を話し、「食塩をかなり集積しているのが何よりの強味です。主食は何としてでも充足してみせるから、兵団長に安心せられるよう伝えてくれ」と言った。陣頭指揮をモットーに、奥の洞窟にはなかなか入らず、いつもいつもこの部屋でがんばっていたこの聯隊長は、それから半月位して遂に壮烈な爆死をされた。

○○砲兵は聯隊の名にかけて終始奮闘し、イポ陣地の最精鋭部隊と言われた。雪崩の如き敵の攻撃を受け、第一線歩兵が転進してからも、最後の一門に至るまで、砲身の焼きただれるまで射ち続けたのもこの聯隊であった。

次々と各部隊を廻ったが、どの部隊もこの部隊も皆、大同小異であったが、志気は盛んであり、明日の命など考える者は一人もなく、今日一日の任務に邁進していた。酒の好きな○○部隊の主計は、「酒がなくなって困る困る」と言い、「少し何とかならんか」と言った。「今は兵団長の酒も事欠く状態でどうもできない」と断わるほかなかった。この部隊は対戦車砲部隊で、バナナ林に遮断され、十数門の速射砲が道路に射向かれていた。

「今夜は陣前に出撃して、籾をうんと持って帰る」と、○○主計は勢い込んでいた。歩兵○○聯隊附で活躍していた同期の渡辺主計少尉は、カロカンの飛行場に大隊と共に出撃したきり帰って来なかった。内地出発の時、たった一週間の間に結婚とお伊勢参りを済ませて来た彼は、もう生きていないのだ。黒沢を入れてたった三人よりいない同期生が一人欠けたことは、何より淋しいことであった。

黒沢はマラリアで寝てしまった。胸も少し悪いらしく、僕は砲弾や爆撃の合間を見ては彼の洞窟を訪れ、病状を見舞った。うす暗いヤシのランプの光の下で、青い顔をしていつも寝ていた。天井の土がポロポロと落ち、日光の入らぬ穴の中に寝ている彼が可哀想でならなかった。

貨物廠の仕事は一段落着いていたけれど、一ノ谷、三ノ谷にはまだまだ林の中に野積みしてある軍需品がたくさんあったので、色々と気を揉み、部下を呼びつけては何かと指示していた。

「俺がやってやるから安心しとれ」と言うと、「有難う、有難う」と言った。飯は全然食えないらしく、お粥を少しずつ食べていた。頭もひげも伸びて、陣地に来た当時のおもかげはなかった。爆撃がひどくて、彼の洞窟から帰れぬ時などは、彼と一緒に寝ころび、経理学校当時のことを話し合い、「どうせこの山の中で死ぬと決めても未練ではないが、内地の話はいいなあ」と言って笑い合った。そして、「お互いに結婚しないでよかった」と言い合った。

陣中新聞は「神州毎日」と名付けて、毎日発行された。航空無線が健在だったので、転進の直前まで発行を続けていたお陰で、内地のニュースも少しずつは知ることができ、兵隊は何より新聞の来るのを待ちかねた。爆風のため幾度も幾度も謄写版がふっ飛び、せっかく印刷した新聞がフイになったことは何度もあった。南條氏以下、皆はりきっていたが、いつも半数くらいは病気で寝ていた。

〇〇の参謀長であった〇〇大佐は、クラーク地区の後方諸部隊を引き連れ、八百名近くでイポの陣地に雪崩込んで来た。みんな二十名か三十名、大きくて七、八十名の部隊ばかりで、戦闘力は皆無といっていいくらいであった。半島人の慰安婦なども十五名混じっていた。これらの各部隊の持ち込んだ食料は一ヶ月分もなかったので、兵団の食料はいよいよ緊迫した。〇〇大佐は物凄く気合いのかかった人で、作戦についても後方勤務についても兵団を引っかき廻し、中尉でも大尉でもビシビシとぶんなぐった。無茶苦茶と言っても過言ではなく、誰でもウジ虫のように取り扱う彼の気性に、多くの将校たちはブツブツと言った。僕も、叩かれはしなかったが、砲爆撃の中を一日に十数回呼びつけられ、とても出来そうにない仕事を次から次へと命じられた。頭はカミソリのように鋭く、どんなことでも知っていた。

神州荘で夜、兵団長と二人で飲んでいる時、行ったことがある。「那須少尉は少尉だけれど兵団の経理部長だ。仲々、俺の言うことを聞いてよくやる。感謝するぞ」と言って、兵団長とかわるがわるに僕の頭をなで廻し、「飲め、飲め」と言った。何だかうれしい気もしたが、からかわれているようで、ちょっととシャクにさわった。

陣前のサンタマリア附近で籾を集めていた〇〇少尉が敵戦車に襲撃され、何も持たず部下もバラバラになって逃げ帰って来たというので呼びつけられ、ボロクソに言われていた。「鼻の下のヒゲをそれ、バカヤロウ」と言われ、〇〇少尉は不動の姿勢で立っていた。僕は腰かけて飲んでいるのがきまり悪く、立ったりかけたりした。そして、「用事があるから失礼します」と言って帰って来た。

こんな時、日名田はヘラヘラとおべんちゃらを使いながら給仕していた。そして下士官か兵隊にガミガミと言い、酒のカンが熱いのぬるいのと騒ぎ、「閣下、閣下」と言って盛んにお世辞を使い、この山の中でこれだけの御馳走を作り、酒を蓄えておくことは私でなければ出来ない業だ、ということを臆面もなくしゃべり立て、聞いていてもむしずが走るようであった。こんな男の言うことを、「そうか、そうか」と言って喜んでいる兵団長もどうかと思った。

第一線の〇〇部隊長が敵戦車の攻撃近しと判断し、道路を爆破したのが過早であるとして、〇〇大佐は部隊に飛んで行き、部隊長を二つも三つもブンなぐったことがある。〇〇部隊長は口惜しさのあまり軍刀を抜き、松の廊下の二の舞いをやったという話を、戸沢主計中尉から聞いたのは転進してからであった。

朝鮮ピイ（慰安婦）は司令部で遊んでいたが、遊んで食うのはいかんというので、半数ほど神州荘で働き、他は交替で司令部の各部に出張サービスをし、洗い物や「籾より」をさせ、夕方になると帰って行くことになった。経理部では断然、断わった。

これらの女たちも、〇〇大佐以下五百名がジャングルを越え、東海岸に食料を求めて決死行をするという組に入って行ってしまった。三人だけは神州荘に残った。一の谷や三の谷の貨物廠軍需品の野積みは、焼夷弾で少しずつやられて行った。草原も林も真っ黒に焦げてしまった。

管理部の山浦少尉は、官練出の秀才で二十四歳だった。洞窟続きに起居していたので、夜は遅くまで話した。大切にしておいたブランデーやウィスキーを出してはチビチビと飲み、落花生を食べながら戦争について話した。吾らはこの山で玉砕するとしても、何とか早く停戦にならぬものかと語った。日本に勝ち目があるとは考えられないという点で、いつも意見が一致した。

硫黄島も沖縄も芳しくないことは、将兵の気持ちをひどく曇らせたが、吾らの天地はこのイポだけであり、ここで戦い、ここで死ぬだけだ。もはや外部との連絡があるわけでなし、日本がどうなろうとも吾人が全員死ぬということには何の影響もない。ただ食料のある限り生命のある限り、任務に邁進するだけで、遠からずみんな死ぬ運命にあるのだ。小さな世界だ。遠からず滅亡する世界だ。それでも祖国だけは、北部ルソンにいる比島軍の主力だけは、何とかうまく行くように祈るだけであった。

司令部の近くの洞窟に、○○歩兵聯隊の軍旗が奉安してあった。旗手として佐々木少尉が来ていた。牡丹江当時の懐かしい思い出話を一夜、彼の洞窟で語りあった。どこで都合して来たのか酒を準備していて、かつおの缶詰などを開けて御馳走してくれた。各部隊の命令責任者は、せまい洞窟に雑然として入っていた。

兵団長のところでは時々、お風呂が沸いて、三、四回入りに行った。いつ砲弾が飛んで来ぬとも限らぬ浴槽にひたっている心地は、何とも言えぬいいものである。月が山の端に出てそよ風が吹き、近くの河原にドカンドカーンと砲弾が落下した。この風呂も、僕が入ってから三日目か四日目にフッ飛んでしまった。その時、近くの豚小屋にいた二頭の豚は、影も形もなくどこかへ飛んでしまい、二十メートル位離れたところの浴場の板っ切れに、にぎりこぶしくらいの豚肉がくっついていただけであった。

野村准尉は、相変わらず洞窟の中でサントリーウィスキーをチビチビと飲んでいた。藤原伍長は、砲爆撃のため極度の神経過敏となり、洞窟の奥から一歩も出なかった。管理部にいた○○軍曹は、P38の来襲のとき逃げおくれ、運悪く爆撃され、僕の洞窟の入口までフッ飛ばされて黒焦げになり、ちょうどニワトリの丸焼きのようになって死んだ。

そんなことがあるたびに久保一等兵を呼んでは、退避を早くするように動作を速くするように注意した。彼は少し耳が遠いらしく、いつもかもスローモーションで、決してあわてないのにはホトホト困った。しかしまた、感心にケガ一つしなかった。

浜崎軍曹は十三ノ谷の現地自活隊本部に行ってしまい、経理部は淋しくなった。僕が不在の時など、各部隊から来る経理上の連絡者に対しては、みんな大井軍曹が僕に代わって処置してくれたので大助かりであった。作命により種芋を各部隊より供出して貰い、現地自活隊に送り、トウモロコシの種子も送った。

軍との中間地区にいた○○部隊は、連絡不便のため一度も行けず残念だったが、糧食はかなり集積しているらしく割合に安心していた。その点、参謀もあまり心配していなかった。その○○部隊が軍主力方面に転用され、軍と兵団との重要なる間隙閉鎖の任務に、内田隊というのが残った。

近くにいる部隊同様に、甘味品や煙草などを補給したかったが、道路の険しいのと、連日の砲爆撃で山は赤い肌を全部暴露してしまい、とても望めないことであった。内田隊から七人ばかりの連絡者が司令部へ来た時、若干の甘味品を渡し、菓子を食わせて帰すことができたのは、せめてもの気休めとなった。

司令部後方、一の谷イポ河畔に神州斬り込み道場というのを設け、高級副官が教官となり、各部隊より参集する斬り込み隊員の教育に任じていた。敵機は陣内の各所に伝単をバラまいた。また、落下傘ニュースを撒布した。内容は皆、意味なき戦いにかり立てられている軍人はこの上もなく不幸であり、どうせ勝ち目のない戦いを指導する国家首脳者を非難したものばかりであった。

四月二十九日の天長節には、神州荘でお酒と肴が出て、司令部の将校はここへ集まった。月の出を待って余興会が開催された。皆、歌い、詩を吟じ、最後に聖寿の万才を三唱した。金光軍医や通信隊長その他酒ずきの連中は、ベロベロになるまで洞窟内の食堂で飲んでいたそうである。僕はサッサと引き上げた。

またある夜、この洞窟で各部隊経理主任者を会同し、食料問題その他について会談討議した。○○部隊の田辺主計中尉は、いろいろと意見を述べた。彼の部隊は、経理状態において他の部隊より優れていた。

兵団長は席上、イポ陣地は吾人の死守せねばならぬ要塞であることを強く強く述べ、「二度と祖国の土を踏むことを考えない」と言った。みんな当然のこととして聞いてはいたが、何かしら引き締まるものを感じた。左地区正面に対する敵の攻勢がようやく表面化し、兵団は兵力の運用に大童《おおわらわ》を極めた。敵は中地区、右地区に対しても攻撃を加えてきたが、重点を左地区に指向していることはもはや確定的であった。

砲撃と飛行機による爆撃は、今までになく熾烈さを極め、夜は幾千条のサーチライトを我が軍の頭上に照らしつけて近接し、一挙にイポ陣地を覆滅せんとした。アンガット河の右岸地区には、敵の優勢なる山岳聯隊が来冠し、夜も昼も銃砲声が絶えなかった。我が方の兵力は手薄で、友軍砲兵の支援射撃も奏効はしたものの、物量を誇る敵に適《かな》うすべもなく、敵は横すべりにグングンと我が陣地の後方に迫った。譽山を目指しているらしく、司令部にも砲弾はドンドン落下した。ダグラス機が赤や青のパラシュートで糧食・弾薬を投下するのがはっきりと望見出来た。

敵の砲爆撃に阻止せられて、我が軍の重点方面への兵力結集は困難を極め、至るところで手違いを生じた。また、兵力移動に伴う糧食・弾薬の追随はほとんど不可能に近かった。南北将軍山は、〇〇部隊の必死の守備も空しく、幾多の忠勇なる屍と共に敵手に入った。青山は我が〇〇部隊の出撃した留守中に敵手に入った。友軍は繰り返し巻き返し、夜襲を決行し、屍は山を蔽い、山頂をはさんで三日三晩も敵と対峙したが、雨あられと飛び来る迫撃砲弾と機銃掃射に、指揮官も兵もバタバタ死に、陣地は至るところで中断され孤立した。

敵は複廓陣地・神州山に迫った。参謀は神州山戦闘司令所に上り、続いて兵団長も上って行った。司令部には〇〇大尉が残った。右、中、第一線の消息は不明となり、連絡は絶えた。譽山を取られた場合、司令部は目下になる。作命により譽山へ一ヶ中隊が増援されることになったが、中隊はなかなか到着しなかった。譽山は僅か二十名で守備していた。山頂は砲弾の落下で変形した。

司令部の裏山に敵が進出しつつありとの報告があり、〇〇副官が中隊を編成し、主計下士官も衛生下士官も銃を執り、分隊長になって、通信兵、当番兵、炊事兵ら何もかもかき集めて配置についた。高射砲も高射機関銃も、対空射撃をするのを止めて水平射撃を始めた。司令部附近は、豆イリアミの中のように四方八方から砲弾小銃弾が降るように注がれ、ちょっとうごきも出来なくなったが、皆、鉄帽をかぶって走った。僕は参謀部に詰め切って、経理部は大井軍曹を残した。

戦闘司令部では飯が炊けず、乾パンをかじっていたので、手の空いているものはハンゴウ、馬穴、空缶など何でもかでも使ってご飯を炊き、握り飯を作ってドンドンと前送した。もう煙の出る心配も糞もない。大ぴらでドンドン炊かせた。何百も何百も握り飯を作り、兵隊の手はフヤけてしまった。

久保一等兵は凄く能率を上げた。大井軍曹は握り飯に抱き合わせて味噌や缶詰を送り、その状況を僕に通信紙で報告して来た。後の山の敵はいったん退いたが、また新手を加えて攻撃して来た。誰も彼も戦死し、そして負傷した。○○軍曹も○○伍長もかけ降りて来ては握り飯を食い、持てるだけ持って、また上って行った。

譽山との通信は絶えたが、山頂をはさんで手榴弾戦闘をやっているのがよく見えた。援護の中隊はまだ到着しなかった。連絡・通報で参謀部の洞窟内はゴッタがえした。洞の入口へ砲弾がパッパッパッと落下して、そのたびに爆風で洞内の何やかやがひっくり返り散乱した。貨物廠に保管してあった若干の酒とチョコレートを、第一線と神州山戦闘司令所に送った。するめも少々送った。

阿久津参謀より来た通信紙の尻の方に、「酒くみて敵を呑みけり神州山」と書いてあった。参謀の胸中も察せられ、何故か淋しく熱いものが胸にこみ上げて来た。

伝令はバタバタと斃《たお》れて、半数も帰って来なかった。譽山よ、もう二時間頑張ってくれと祈った。援兵は来なかった。司令部の兵を寄せ集めた佐藤伍長が指揮して譽山に向かうことになった。僅か五人である。「那須少尉殿、行って来ます」と言う佐藤伍長の目はランランと輝き、円匙《えんぴ》を腰に差し、手榴弾を幾つも幾つもブラ下げていた。

「もうこうなっては経理部も兵科もない。君の任務たる糧秣の後送処理は俺一人で結構だ。

シッカリ頑張ってくれ。よく部下を掌握しろ。着いたらすぐ穴を掘って損害を防止するんだぞ」と言った。不甲斐なくも僕の声はふるえていた。彼は真っ暗い砲煙弾雨の中へ飛び出して行った。

裏山の敵は歩一歩とにじり寄り、火器の少ない我が軍はどうすることもできなかった。皆、司令部の非戦闘員ばかりである。暗号書、重要書類の焼却準備をせよとの命令あり。通信機器も破壊した。もう司令部に敵が雪崩れ込むのを待つばかりである。各洞窟ごとに歩哨を立てその中で死ぬのだ。手榴弾の安全栓を抜いて、いつでも来いと準備した。いよいよ全員戦死の時が来たぞと思うと、ふと気がウンと楽になった。

参謀から〇〇大尉あて親書が来た。将校は参謀部の洞窟内に集まった。ランプの灯の下で〇〇大尉は参謀からの指示を説明した。兵団長は次期作戦指導のため、一応〇〇に後退すると言うのである。随行するものは副官、〇〇大尉、兵器部・経理部・軍医部の各主任将校、通信一ヶ分隊、護衛兵一ヶ小隊と言うのである。神州山の戦闘は参謀が指導する。転進時刻は本夜二十二時と言う。

全く青天の霹靂《へきれき》だ。ここで全員戦死と覚悟していた皆は、全く意外なことにポカンとして口も利けなかった。今から転進してどうしようというのか。後退したところで千古の密林、一片の食料があるわけでなし、もはや輸送どころか人間が後退出来るかどうかそれすら問題だ。敵砲兵の射程は延伸され、ドンドン後方をタタいている。

各主任将校は右転進に伴い、機宜の処置を講じられたしとあるので、将校以下全員、米最少限九キロ、食塩一キロ以上を個々に装備するよう、集積糧食は過早に燼滅《じんめつ》せざるよう、携帯口糧・マッチはできるだけ持つよう、腹一杯食うようなど指示した。

黒沢少尉はまだ体が完全に回復していなかったが、貨物廠の全員、各補給廠の人員、ガナップ党員、邦人らを使用して、米・塩をできるだけ多く後送し、とりあえず三の谷に積むことにした。「できるだけ輸送力を貰うようにするから頼むぞ」と言うと、彼は「ヨシッ」と元気よく、病気も一ぺんにふっ飛んだように出て行った。

もうこうなっては一の谷に集積してある貨物廠の米・塩・その他若干と自動車廠の自隊糧秣が兵団の命の綱だ。ドサクサまぎれに、これらの糧秣がウヤムヤになっては大変だ。一刻も早く統制する必要がある。イライラするばかりだ。

僕の意見や方針は皆、参謀に同意を求めたが、「よかろう。その通りやってくれ」と言った。拙速が大切だ。相当思い切ったことをやる必要がある。一つ一つ伺いを立てている時でないと思い、それからは大ていのことは独断でやることにした。

その夜、兵団長は日名田を始め神州荘の一行を連れ、神州山から降りて来た。大川大尉も一緒だった。もう各洞窟は焼却の準備を終わり、煙の出ているものもあった。三日ほどの間に兵団長の目は落ち込み、凄くやつれていた。彼は一言も話さず参謀部の洞窟に入って来た。

日名田はそれ御飯、それお飲物、それお茶とさわぎ立てたが、そんな準備の出来ているはずはなかった。御飯は冷たかったが缶詰を熱くし、熱いお茶と共に当番が出すのをウマイと言って食った。冷めしだと言って日名田がブツブツ言うのを、「何、言っとる。いいじゃないか」と初めて叱った。

僕は大井軍曹と久保との二人を連れて、兵団長に随行するつもりだったので、三日ぶりに経理部の洞窟へ帰った。五百メートルの間を帰るのに二十回以上も伏せた。山の上からネライ射ちをする。有田見習士官に色々と指示をして、あとのことを頼んだ。

一時間で服装を整え、飯を食った。残っていた二本のブランデーを、僕と大井軍曹の水筒に詰めた。もうおそらくこの洞窟に帰って来ることはなかろうと思うと、寝台も椅子も、飯を食っていたお膳も、机もランプも懐かしくてならない。「米と塩とマッチのほかは何もいらんぞ」と言うのに、大井も久保も色々と背嚢に詰めているらしかった。

奥山少佐を先頭に十二時頃、司令部を出発した。小雨が降っていた。僕は夜盲症にかかっていて全然歩けず、大井軍曹が手を引いてくれた。山坂道はツルツルとすべり、何十回となく転び、体中泥だるまになった。ふり返れば、神州山はサーチライト数十条に照らされ、夜空にクッキリと浮かび上がっていた。久保は荷物を持ち過ぎたのか、フウフウと言って歩いた。

竹藪の中は砲撃で倒れた竹が縦横十文字に交錯し、十メートル行くのに半時間もかかった。ツルンツルンとすべっては転び、半数くらいのものは四つんばいになって歩いた。兵団長も皆と同じことをくり返した。

どこまで行くのかよく判らなかったが、奥山少佐が先導していたので、彼の本部のある一の谷へひとまず落ち着くのだろうと思った。思った通り自動車廠本部に、一応落ち着くと言うので、中間にある経理室の洞窟に休憩することとなり、僕は先行した。

手塚主計中尉は、状況の急変に対処するため十三の谷から帰っていた。自動車廠の経理室には、米が二十トン位積んであった。手塚中尉に、「間もなく兵団長が来るからお茶をたのむ」と言うと、彼は兵にミルクとココアを沸かすように命じた。そして彼は僕に話す暇を与えず、兵団が今日の状態になると予測し、ここへ米を積んだことは俺の見通しが当たっていたのだ。この附近の洞窟の配置はどうなっている。集積軍需品の種類数量はどれだけ、自動車廠自身で食う分はどれだけ、十三ノ谷に集積してあるものはこれこれと、口から泡を飛ばして話した。

僕は「自動車廠自身のための最少限度の糧秣を控置して、その他を兵団に一任せられる」旨を申し出ると、彼は「大局より判断して当然そうすべきだ。兵団のアテになる糧秣は、ウチの分と一ノ谷の貨物廠の分だけだ。俺の一存でも困る。奥山少佐と話してみる。彼も承知するよ」と言う。

兵団長は到着した。洗面器に水を準備するよう、日名田が例によってえらそうに言った。ここは水の不自由なところだということを、彼は知らんのである。手塚中尉は、「水はありませんよ」とあっさり言った。そしてお茶を出した。兵団長は、「情況は急転直下でしたのう」と初めて口を利き、うまいうまいと言ってココアを飲んだ。

手塚中尉は何やかや忙しそうに兵団長に話しかけた。手塚中尉という人はすこぶる短気で、誰とでもケンカをし、またすぐ仲直りをし、仕事は気狂いほどの熱心で、誰にでも仕事のことにかけては絶対に遠慮せず一歩も引かぬ人であったので、僕も幾度か口論したが、いつも仲がよかった。

自動車廠では、手塚中尉の努力で、この附近十数ヶ所の洞窟に思ったより多くの糧食品や被服品等を集積していた。これらを皆、兵団で運用してくれということになって、一行は一の谷の沢に一時、腰を下ろすことになった。ここはちょっとした森林で、二十ヶ所ほど洞窟が掘ってあった。小さな洞窟に大勢が入り込んだので、とても息苦しかった。

この森が発見されたら、十分の間に裸にされてしまうことは必定だ。絶対に企図を秘匿せねばならない。観測機がひっきりなしに飛び、時々、砲弾が落下した。神州山はついに落ちた。参謀以下、司令部のものは後退して来た。○○部隊や○○部隊は後退してイポ河の右岸に陣取った。兵団の主力とは完全に縁が切れてしまった。

神州山にも礬山にも敵のテントが幾つも幾つも建てられ、多数の迫撃砲をすえて間断なく射ち始めた。でかいスピーカーで、「○○部隊、○○部隊の将校に告ぐ。もはや戦うことは無駄だ。今から二時間の間に投降して来い」と繰り返し繰り返し放送した。

イポ河の渡河点まで引っぱって来て、射ち続けた野砲も沈黙し、全砲兵は数十門の大砲を破壊して転進し、あるいは砲と共に玉砕した。各部隊の歩兵砲も、できるだけ後方に引っぱっては来たが、弾薬が伴わずそこら附近にブン投げた。機関銃はできるだけかついで後退したようであったが、半数以上は敵砲弾にヤラれてしまった。

将兵は皆、動揺し、部下を連れ、あるいは単独で三の谷、七の谷、ひどい奴になると十三ノ谷附近まで逃げた将校もいた。下士官や兵でドサクサまぎれに指揮官の下を離れ、後方へ後方へと落ちのびて行くものはザラにあった。参謀部は部附の将校を派遣してこれらのものを狩り集め、第一線へと引き戻し、炎山や一ノ谷の最前戦につぎ込んだ。○○中尉は命なく○○陣地を撤退した。○○少尉は命令を実行せず、三十名の部下と共に山の中へ逃げ込んだ。

第一線も後方も建制は乱れ、指揮は混乱した。一の谷の貨物廠集積所は危険で近寄れなくなったが、第一線部隊は極力ここの糧食を運び出し、かつこれを食うように指示した。兵隊は米や塩を後廻しにし、煙草や甘味品を運び出すことに専念した。

「これから後方には米一粒、塩一握りないぞ。自分たちで持って行かねば、誰も持って行ってくれんぞ」と叫び歩き、経理部に増加された者や岩田や池田、有田らにも、兵隊をつかまえては「米を持て、塩を持て」と言わせた。一の谷より後方に転進する部隊にも、兵隊にも皆、米を持つように監視を立て、持っていない者はあと戻りをさせた。

各所に集積してある糧食を、洞窟ごとに各部隊に配当し、係下士官をそれぞれ配置した。有田見習士官と岩田主計曹長は、最前線の集積所（最初、兵団長の休憩した手塚中尉の洞窟）に派遣した。もうこの附近は、敵味方入り乱れているといってもいいほど混雑し、わずか一ヶ中隊で支えていた。二人は気狂いのようになって、ここの糧秣を運び出すことに努めた。各部隊も決死で受け取りに行った。

岩田曹長は状況を逐一、知らせて来た。思ったより能率が上がった。司令部附近の洞窟に集積してあった五十打《ダース》に近いビールも、数十函の牛缶も皆、兵隊に飲ませた。そして食わせた。携帯口糧も砂糖も道端に放り出して、勝手に持って行かせた。

敵は追撃の手を緩めず、ジリジリと攻め立てた。当時、兵団長の握っている兵力は最初の十分の一もなかった。火器・弾薬はなく、戦力は皆無に近かった。敵歩兵の近接して来るのがよく見え、パパパパパーン、パパーンと、自動小銃の音がひっきりなしに聞こえた。

ダグラスが超低空で頭の上を何機も何機も旋回した。搭乗員がドアを開けて下を見、腕を曲げてイバって見せた。シャクにさわるが仕方ない。目の前にパッパッパッと赤や青のパラシュートが二十も三十も投下された。弾薬、キャンディー、ビスケット等を落としているのだ。敵歩兵は悠々と拾っては前進した。

参謀は兵力を取り締まるのに大童だった。後方部隊は七の谷へ、七の谷へと糧秣の後送に任じた。黒沢少尉に七の谷へ行って集積をやって貰うことになり、僕は殿《しんが》りで発送をやることにした。

発送したものはその二十分の一も届かなかった。持ち逃げが出た。半数の者は爆撃で斃れた。後方へさえ逃げれば、食うことは何とかしてくれると思っているのか、身軽になってドンドンと後退した。荷物を持っているものは、必ず砲撃でやられたからである。

兵団長は三の谷に後退した。司令部のものも逐次、三ノ谷に後退した。僕は出来るだけ一の谷の軍需品を活《い》かしたかったのでふみ止まった。体の悪いものは皆、死んだ。靴や軍服の新しいのが五百近くあった。通る者に皆、着替えさせ、はき替えさせた。

僕らのいた森は敵砲兵の集中射撃を受け始め、何十人となく死んだ。夜も昼もないので皆の目は充血し、目やにが一杯だった。幾つも幾つもの死体をどうすることもできなかった。有田も岩田もくそ落ち着きに落ち着いていた。鼻歌で仕事をした。僕もとても愉快な気持ちで、何だかうきうきした。どんなに砲弾の来るときでも平気で歩いた。

司令部のものは皆、三の谷に転進してしまい、〇〇部隊も〇〇部隊も三の宮台の方向より三の谷に転進して、僕らは第一線の前方に残った格好になった。前方には一ヶ小隊の兵力もいなかった。僕らの森にもあまり兵隊がいなくなり淋しくなった。それでも十人、二十人と糧秣の運搬に引き返して来るものが飯を食い、休んで行った。

三の谷に行く途中が一番危険だと言い、屍の山だとも言った。三の谷に行くには、どうしても三十分ほど原っぱを通らねばならない。ここが一番あぶない。そうかと言って、川沿いの林を通ったら例外なく戦死だとも言った。「気をつけて行けよ」と一人一人に言った。皆、死ぬことくらい気にしていないらしく平然としていた。

岩田曹長が日本酒一升、チーズ、ハム等を届けてくれた。この敗戦のさ中に平気で飲んだ。木の間漏る月明かりに飲む冷酒の味、チーズのうまさ、体中泥まみれだったが、一風呂浴びたときのように心地よい。「経理部などはいつも後方に決まっているのに、第一線のまだ前にいるとは、退却でなきゃ味わえんぞ」と言って笑い、酒を飲まぬ兵隊には菓子を食わせた。豚も殺して食わせた。目の前に敵が現われたら、ナグリ込むだけだと思った。

有田、岩田の洞窟には、ココア、ミルク、チョコレート、酒、チーズ、バター、ハム、ブドー酒、カニ缶、みかん缶、砂糖などうまいものが三トン近くあるがどうしようかというので、「まず米、塩、大豆、トウモロコシ、マッチなどを交付し、余裕があれば渡すように。これも出来るだけ各部隊公平になるように。しかし何と言っても米だ、大豆だ、トウモロコシだ。そして塩だ。その他のものは残ったって大したことない。皆、死に土産に、現場にいるものや運搬に来た者で食ってしまえ」と言ってやった。これが運搬の能率をいちじるしく助成した。

アチコチを歩き廻り、前や後に砲弾が落下したが、おもしろいほど当たらない。山浦少尉は迫撃砲で頭をやられ、頭中包帯を巻いていた。一の谷の貨物廠の米、塩、マッチ、携帯口糧、甘味品も決死で運び出したが、洞窟の入口を迫撃砲でタタかれ、埋まってしまった洞窟が続出して処置なしとなった。

　砲撃と空襲でもう一の谷に居れなくなり、司令部から追及して来いとの命令もあり、三の谷へ後退することにした。五月の二十日頃と記憶している。例によって大井軍曹と久保一等兵を連れていくことにした。

　三の谷へ行くには皆、夜間を利用したが、敵砲兵はそこら一面に基点を標定してあって、夜も昼もブッ通しで差別なく射ち込んで来るのだから、どうせやられるなら昼の方が方向を間違えなくていいだろうと、午後出発することにした。

「積んである糧食を食うのは、これが最後だぞ。これから先は自分の背負っている米以外に何もないのだ。うんと食え」と言った。皆、「そんなに食えません」と言い、「食いだめが出来たらなあ」と言った。

第三部

十二――飢餓行㈠

一の谷から三の谷に行く連中は、他にも二十人ほどいた。兵隊ばかりである。銃砲火の損害を最小限度にくい止めるため、みんな分散して前進することを申し合わせ、僕は大井軍曹と久保一等兵を伴って出発した。大体、方向の見当はついていたが、原と丘と森との連続で何一つ目標になるものはなかった。ただ磁石一つを頼りに、真っ直ぐに突破するより外ない。繁みの中から草原に這い上がって状況を偵察したが、若干の起伏があるだけで、遮蔽は極めて困難である。やはり夜にすればよかったと思ったが、思い切って前進した。

草むらから草むらへ躍進する。大井も久保も十メートル位ずつ間を置いてついて来た。嚳山の東方斜面とアンガット河の右岸の敵陣地から丸見えである。案の定、バリバリバリと機関銃掃射の雨だ。ピタリと伏せた。目の前にパッパッパッと土煙が上がる。また起き上がっては走る。そのたびにバリバリバリ、パパパパパーンと、機銃や自動小銃のねらい射ちを喰う。弾は前後左右に土煙を上げる。

ふり返ると、大井軍曹が久保一等兵を叱りつけている。姿勢が高いからだ。他の兵隊たち

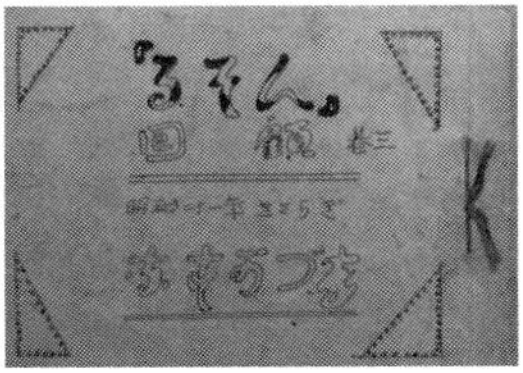

も四人、五人と分かれて、同じように走ったり伏せたりしている。プルンプルンプルンと観測機が飛んで来たと思う間もなく、ドカンドカンドカンとぶっ続けに砲弾が飛んで来た。走る先へ先へ着弾しては炸裂する。無我夢中だ。走りながら「大井軍曹！　久保！」と呼んだ。後の方で「オーイ、オーイ」と返事する。息苦しい。

ちょっとした繁みに入ると、兵隊はフウフウ言いながら尻を下ろし、水筒の水を飲んでいる。「馬鹿野郎、こんなところで休憩するな。砲弾が来るぞ」と言いながらかけ抜けた。とたんに、ドカーンドカーンと五、六発の迫撃砲弾がこの繁みに炸裂した。パッと伏せた。三、四人やられたらしい。ウームウームとうなる声がする。

繁みの出口附近には、何十人もの兵隊や将校が斃《たお》れていた。軍馬もいた。蝿がブンブンたかっている。その傍《そば》を死に物狂いで走った。そこから小川に沿って細長い繁みが三の谷の方に続いている。その繁みに沿って、ゴロゴロといくつもの死体が転がっている。ドカーンドカーンバリバリバリと、間断なき銃砲火の雨だ。繁みは目標になっている。原っぱを一挙突破する方がまだいい。

砲弾の落ちた穴へ入って、大井と久保を待っているとすぐ来た。「大丈夫か」と言うと二人とも「大丈夫です」と言う。皆フウフウ言いながら、砲弾の死角に入って水を飲んだ。ここまでに十人近くやられたらしい。僕は、「穴以外のところでは決して止まったらいかんぞ」と言った。汗がタラタラと流れ、目がしみる。

「よし、もう一息だ。右前方の山に入ろう。あの山の向こうが確か三の谷に違いない。山の谷地を通れば砲弾の死角になる」。三人は飛び出した。またバリバリと来たが当たらない。

当たるもんかと思った。走り伏せ、そして転び、ダルマのようになってつっ切った。

山の入口に大きなくぼみがあって、上空からも見えないように木が繁っていた。転がり込んだ。兵隊が十人ほどいた。「よく来られましたね」と言う。ここは大丈夫だ。小川が流れていた。ガブガブと水を飲み汗をふいた。銃砲声は激しくなるばかりである。ゲートルを巻き直し服装を整えた。煙草を出して吸った。うまい。何とも言えぬうまさだ。

谷に沿って山を登った。ドカンドカンと砲弾が落下し、ヒュルヒュルと迫撃砲弾の飛行音が連続して頭上を通った。ヒューン、ブスウッ、ヒュルヒュルヒュルーン、ブスウッと砲弾の破片が飛散した。そのたびにペタリと伏せた。

木の根やつるが交錯して前進できない。カバンや軍刀がひっかかってどうにもならぬ。急坂というよりも九十度に近い崖を、木の根につかまって登る。ゴロゴロと石が落ちて、下にいるものは危険千万だ。ザーッとスコールが通り過ぎる。気持ちよい。近くにまた砲弾が落下した。盲射ちだ。観測機からは見えないはずだのに。

バシッ！ ヤラれたかと思った。破片で木がブッ倒れる。腰が痛い。ブンナグラレタようだ。「雑嚢に当たったたらしいです」と言って、久保が雑嚢の中を調べている。中にあった飯盒を破片が貫通して、ペシャンコになっている。僕の上衣のすそも少しフッ飛んでいる。「あぶなかったなあ。もうちょっと高い姿勢をしていたら、今ごろパタイ（タガログ語で死ぬという意）だぞ」と言って笑い合った。

山の頂上までほんの短い距離を、二時間以上もかかった。人の通った跡がある。これを行けば、三の谷の司令部へ行けるに違いないと思うと元気が出た。頂上を過ぎれば反対面だから、まず大丈夫だ。

物凄い急坂を下るのは、上る以上に困難を極めた。うす暗くなる頃、司令部に着いた。竹で作った小さなバハイ（家）が七、八軒あり、それぞれ分宿していた。参謀部に行って報告や打ち合わせをした。経理部のものは、管理部のいる「バハイ」へ行ってくれと言う。

十メートル幅位の川を越して林の中を二百メートルほど行くと、骨組みだけの「バハイ」に、天幕を屋根にはって山浦少尉以下がいた。「よく来られたですね、よく来られたですね」と皆、口々に言った。靴を脱いで上がった。ここは今のところ砲撃もなく、敵サンはまだ知らんらしい。もう三日やそこらは安全だと言う話にホッとする。

飯が間に合わず圧搾口糧をかじった。大井軍曹の持って来たハムを二切れ三切れ食う。山浦少尉が栄養食という碁石のような菓子をくれた。一の谷から持って来たのだ。

それから皆、米は何キロ持っている、携帯口糧は何食分持っている、マッチ、塩はどれだけある、缶詰は幾つ持っているなどを調べ、「お前は少ない。お前は幾日分より持たんじゃないか。いくら腹が減っても、勝手に食ったらいかんぞ」などと言いながら、背嚢や背負袋を広げ、中味を調べた。

夜が明けたら、すぐ近くに現地自活隊の集積してあった籾が二石ほどと臼と杵があった。「ヨシッ、ここにいる間はこの籾を搗《つ》いて食おう。どうせまた二、三日で移動だ。腹一杯食っていい」と言うと、皆、気合いを入れて搗いた。少々籾が混じっていたが、うまい米だった。兵団はここでできるだけ兵力を掌握することに努力した。それでもボツボツと部隊は集まって来た。ただ左地区隊だった○○部隊と中地区隊の○○部隊がどうなっているのか不明だった。

兵団は中央部の方針に基づきあくまで生き抜き、転進の後、次期作戦に対処するのだという。○○部隊長は脚を負傷し、担荷に乗って後退して来た。兵団長は翌日、大川大尉と日名田以下を連れ、七の谷に後退した。三の谷には糧秣後送の中継所を設け、池田主計曹長に責任を持たせた。手墳中尉と黒沢少尉は、七の谷で集積業務に邁進していた。三の谷の野戦病院とは名のみで、息も絶え絶えの負傷者が露天にゴロゴロとしていた。

ノースアメリカンP51とロッキードP38が五、六十機で上空を旋回し、バリバリと掃射し爆弾を落としたが、幸いどれもこれも一キロ以上離れていた。観測機は梢すれすれに日本軍を捜し始めた。三の谷附近には農耕や兵器の現地自活隊がいたし、炎山の東方山麓には輜重隊がいたので、若干の食い物があちこちの洞窟に少しずつ残っていた。

だれもかれも一歩ここまで来れば何一つ食い物もなく、皆、自分の背負っているものを食うほかはないことを痛切に体験し、それぞれ食料獲得を始めた。そこらの洞窟の食い物は皆、戦力化された。「一の谷へ行けば品物のある限り交付する。みんなできるだけ糧食を取りに行くように」と言い歩いた。各部隊も危険を冒して取りに行った。そして三の谷に持ち込んだ。三の谷にも砲爆撃は加えられ、大急ぎで蛸つぼを掘った。

兵団で後送している糧秣の七の谷における集積量は、まだわずかに四トンに達しないくらいであった。第一線は五の谷附近に後退し、司令部は七の谷にさがった。道路というのはホンの名ばかりで、皆の歩いた跡があるだけである。右に左に廻りくねり、上り下りの路は糧秣を背負った吾々をヘトヘトにした。百メートル置きくらいに休憩をした。深いジャングルだ。

スコールが沛然として降る。皆、米を濡らさないように携帯天幕で覆った。七の谷は三の谷に比べてだいぶ標高も高く、繁みも深かった。アンガット河の支流が流れていて水は綺麗であった。渡河点を五百メートルほど遡ったところに位置することになり、皆、荷物を下ろし、木や竹を切って家を作った。夕方からジャアジャアと雨が降り続け、体中びしょ濡れになった。寒くてブルブル震えた。夕食は握り飯一個を、雨に濡れながら食った。腹はふくれなかった。

手塚中尉と黒沢少尉は、そこから四キロ位のところにいた。丸木小屋が上空に遮蔽して作ってあった。二人とも口を揃えて、一の谷から発送したという糧秣の量とここへ到着する量とは物凄い開きがあると言ってこぼした。参謀の意見もあり、さらにこの僅かの、しかも唯一の予備的存在たる糧食品を十の谷に送ることとし、さっそく開始した。

案ぜられていた○○部隊は、約半数に減少しながらもラコタン山方向より敵中を突破し、飲まず食わずで追及して来た。○○主計大尉も元気でやって来た。途中は砲撃でタタカレタタカレ、何もかもブン投げてやって来たと言い、現在の兵力は約千五百だと言う。また、米は半月分（三百グラム定量として）位より持っていないと言った。

途中では丸二日、敵さんの空中投下糧秣で給養して来た。珍しいので一つだけ持って来たと言って、ペシャンコになった缶詰を一個くれた。肉と豆の煮たものであった。また○○隊の洞窟で馬糧のコプラ（椰子の実）を取り、食って来たとも言った。そして、これから先の米を何とか心配してくれと言った。

僕は兵団もこういう状勢のときは、車輌が運行出来るわけでなし、何を頼まれても力になれない。しかし、ほんの少量は集積してあるので、各部隊の糧食保有量とニラミ合わせて善処することを答えた。各部隊（といっても隊長を失ったもの半分、行方不明のものなどでまとまりはつかなかったが）に早急に糧食の保有量を調整するため、主任将校に集まって貰った。

みんなサバをよんでいるらしく、多い部隊で一ヶ月分、少ない部隊で半月分の米よりないと言った。それだけの米がなくなったから、餓死するというわけには行かぬ。さらに努力して食糧を集積して貰いたい。一の谷附近には危険を冒して行けば、まだ十数トンに近い大豆、トウモロコシがある、味噌はたくさんある。一の谷の貨物廠は洞窟がつぶれているが、掘れば食塩も携帯口糧もまだ十トン以上ある。甘味品や乾物も五、六トンはあることを話した。皆、少しずつでも取りに行くと言った。

大井軍曹は何か取って来ると言って、一の谷へ出かけて行った。皆、嫌がって行こうとせぬのに、また僕たち三人は人一倍かついで来ているのに見上げた男だと思った。早朝から出発した彼は、大きな荷物を背負って暗くなってから帰って来た。米はもうないと言って、大豆やマッチを持って来た。五キロもあるハムを二本も持って来たのは意外だった。

岩田曹長から那須少尉へと言って、別の兵隊にブドー酒二本を届けてくれた。池田曹長は、三の谷から一キロもある丸いチーズを二個ことづけてくれた。部下の好意に泣けてきた。岩田曹長と池田曹長を指揮し、有田見習士官は最前線部隊の撤退と同時に後退してくるよう命じた。翌々日、皆、帰って来た。

七の谷に敵砲兵の集中射撃が開始され、飛行機が退路遮断爆撃を始めた。炊事をしていた管理部の〇〇上等兵は砲撃でやられ、五分間で死んだ。「天皇陛下万歳」とハッキリ叫んで死んで行った。〇〇隊長もやられた。渡河点では幾人も幾人も爆死した。蛸ツボは掘ったが入る気持ちはせず、どれだけ砲弾が来ても外にいた。死んだって構うことない、死んだ方がましだと思った。

司令部は十の谷に後退した。イヌマン山である。路は前よりも悪く、皆這うようにして歩いた。十メートル置きに休んでは汗をふき、また歩いた。マラリア患者、下痢患者は道端に幾人も斃れていた。ほとんど百メートル置きに撃たれていた。銃がブン投げてあり、弾薬が散乱していた。

「水をくれ、水をくれ」と言いながら、最後の呼吸の下から通るものを見上げる者が何人も何人もいた。皆、少しずつ水筒の水を飲ませた。どうしてやることもできない。何か食いたいと言い、煙草が吸いたいと言う者もいた。そのたびに僅かの乾パンを与え、煙草を吸わせた。

どうしても十三の谷の野戦病院まで行くと言い、四つん這いになって歩いて行く下士官もいた。病気のため手榴弾で爆死を遂げている将校もいた。僕は空腹で足がフラフラしたが、割合元気で歩いた。大井も久保も岩田も皆、黙って歯をくいしばって歩いた。十の谷には兵団長も到着していた。皆、丸木小屋や竹で作った小屋へ入って雨露をしのいだ。

兵団の兵力は最初の約四割に減少し、大体四千五百名が七の谷から十三の谷一帯にかけて集結していた。兵団は軍の方針に基づきアンガット河右岸地区に渡り北上、平地方面に食を求めると共に遊撃戦闘を行う。各部隊はそれぞれ独立して行動せよという命令が出た。司令部も各部隊同様に二百名ほどで行動し、自活することになった。ちりぢりばらばらの前兆だ。各部隊の糧食保有量を再検討し、結局、遅れて転進した部隊や実行力の無い十三の谷の野戦病院等に厚く、その他はそれぞれの実情に即して僅かに四トン足らずの米を分配した。非常用として約半トンの米と十梱の携帯口糧を残した。各部隊は思い思いに行動を開始した。手塚中尉は十三の谷に行って現地自活し、黒沢は部下をまとめて北上した。図上で幾つもの連絡場所が定められた。もう飯を炊くのを止め、薄い薄いお粥をすることにした。蛇木を切り倒して芯を食った。舌ざわりは山芋のようであるが、味は拙《まず》くてとても食えたものではなかった。

大井軍曹は先発隊として、僕の指揮を離れて出発した。十三の谷にいた浜崎軍曹はどうしても僕と一緒に行動させてくれと言って聞かなかったので、副官の承認を得て十の谷へ呼んだ。兵団長も司令部のその他の連中も北上した。僕は米の分配に残った。奥山少佐と行動を共にすることになり、色々と打ち合わせた。奥山少佐から粉ミルク少量と缶詰五個を貰った時は、鬼の首を取ったほどうれしかった。その夜は飯を炊いて缶詰を食った。皆、「うまい、うまい」と言って食った。

非常糧食の輸送は、〇〇輸送小隊がやることになり、六月六日、有田、岩田、浜崎が残り、僕と久保は命により司令部に追及した。糧食は二人で米十八キロ、塩三キロ、大豆一キロ、缶詰三個であった。その他にマッチを十五個と煙草を二百本持ったきりである。鉄帽は籾つきのことを予想して持った。これが全資産だ。これがなくなったら、それこそ次の補給は敵中に斬り込んで得るより他ない。久保が元気だったことは何よりもうれしかった。

路は今までとはうって変わって険しくなった。背中の荷物がくい込んで痛い。奥山少佐は十数名を連れて色々の荷物を持っていた。福岡中尉に出会った。彼は炎山の苦戦を語り、煙草を吸って、あれからの行動をお互いに話した。幾度かスコールに濡れ、第一地点に着くまでの苦労は言語に絶した。つるが切れて三メートルも落ちたり、岩かどを何十メートルも這ったりした。第一地点には兵団長と金光軍医が残っていた。司令部の主力は第二地点に向かって出発したあとだった。雨に濡れながら携帯天幕を張って寝た。

兵団長は翌日出発し、有田見習士官は非常糧食と一緒に追及して来た。ハゼやエビを獲って食べた。有田から味噌を貰って食べた。ひからびた味噌がこんなに旨いものとは思わなかった。色々と輸送について打ち合わせ、翌日、奥山少佐と出発した。川沿いにドンドン下った。両方は深いジャングルだ。石の上ばかり歩くので足の裏が痛い。

マドリッド河（アンガット河の支流）の本流に出たのは昼過ぎだった。途中、幾人もの落伍兵がいた。「早く追及せんと道がわからなくなるぞ」と言いながら、第二地点に到着した頃は夕方になった。携帯テント一枚で雨に濡れて久保と二人で寝た。あちこちに四、五人ずつ司令部に追及する連中がテントを張っていた。

「今日は行軍したし、明日も行軍だ。飯を炊こう」と言って、カニを副食に固い飯を食ったせいか、その夜はあまり寒くなかった。焚火をして被服を乾かした。遠くで砲声が聞こえたが、もうここまでは飛んでこなかった。分散してこの大ジャングルの中に入られたのでは、敵もどこを射っていいのか見当がつかないのだろう。

マドリッド河は増水していたので、ほとんど一日中、腰まで水に漬かって歩いた。河の両岸はゴツゴツとした岩石でとても歩けず、ジャングルを通るには一時間かかって十メートルも進まないので、仕方なく河の中を歩くのである。ところどころ草原があって助かることもあった。河をあちらへ渡り、こちらへ渡りして歩き易いところを選んだ。三時間もかかって木を倒し、橋をかけて通らねばならぬところもあった。あちこちの河原に焚火をした跡があり、僕らもそこで休んでは煙草を吸い、被服を乾かした。

第三地点に到着した時も皆、出発した後だった。兵団長や日名田以下がいた。金光軍医もいたので、その近くの河原にテントを張った。神州荘の荷物だと言って、工兵隊の兵隊がたくさんの荷物を運んでいた。彼らは「ビールや甘味品も煙草も大豆も相当あるのに、何もくれん」と言ってコボした。「日名田少尉はいばりちらして、虫けらのようにコキ使う。米は少ないのにヤリ切れたもんじゃない」とも言った。久保はエビをとるのが実に上手で、栂指《おやゆび》位のエビを飯盒に一杯煮て食べた。塩味だけだが何とも言えぬうまさだ。竹の子もあったが苦かった。

Ｐ51が二十機ばかりで上空を旋回し、観測機は執拗に上空を去らなかった。マドリッド河沿いに下る兵隊を一人でも見つけると爆撃した。アンガット河の合流点が近いので、敵機の目標になっているらしい。引き返して来た人の話では、アンガット河の合流点附近は屍で一杯だ、とても通れない、砲弾は間断なく飛んで来ると言う。僕たちのいる附近をＰ51が爆撃し始めた。何を見つけたのか何回も何回も爆撃する。ドカン、ドカンと百メートル位の近くに落ちる。金光軍医などと一緒にペタリと伏せた。

洞窟も穴もないところで爆撃に会ってはどうにもならぬ。ビューン、ビューンと破片が飛んで来て、近くの木に土にブスゥ、ブスゥと突きささる。河の中に落ちて水が飛散し、ザーッと雨のように降って来る。キーンと金属性音がするのは急降下だ。気味の悪いったらない。三十発近く投弾した。林が焼け、木が裂け、山が変形した。敵機は去った。もはやここに滞在することは出来ぬ。明日はまた必ず爆撃されるに違いない。明日は早く出発しようと久保と二人で話した。

爆弾の破片でテントに穴が開いた。ドシャ降りの雨が三時間以上もブッ続けに降り、河は真黄な水が渦巻いてゴオゴオと音を立てた。兵団長はその日のうちに次の爆撃を避けるため、アグノ河という支流を三キロも遡った。マドリッド河の本流を下るのは危険千万であり、目的地（アンガット河とマドリッド河合流点の東北約十キロ）に直行するという兵団長の意図だ。ここからアグノ河を遡り、ジャングルを突破し、西北に針路をとることに変更するというのである。

ジャングルの通過に相当の困難を伴うとしても、アンガット河に出るのと比較すれば、こちらは三角形の一辺を行くこととなり、砲爆撃の危険は遥かに少ないので、誰しも考えそうなことである。

金光軍医は、「随行するから、君も当番と二人きりなら一緒に行こう」と言うので、兵団長らと同じコースを採ることにし、明早朝出発と決めた。S大尉が部下十名ばかりを連れて、兵団長の随行を承るということだ。兵団長が進路を変更するということは伝令により参謀に知らされた。その夜はまたエビを腹一杯食べ、明日は出発だというので御飯も炊いた。久保と色々のことを話し、ルクバンやイポ当時のことを懐かしがった。

久保が本籍は徳島で、大阪の工場で若いときから働き、また両親に早く死なれて伯父の世話になったこと、彼の真面目なのにほれこみ、下宿のおっさんが娘を嫁にくれたこと、女の子が一人あって今年は五歳になっていること、彼の妻君が芸者のようなタイプで料理屋にちょっと働いていたこともあり、久保の妻君に似合わぬ粋なところがあることなどを話し、子供と三人で撮った写真は漂流したとき濡れてハゲてしまっているが、今でも持っていると言って見せてくれた。ボヤけてしまって何が何だか判らないが、ボンヤリと人間が三人写っていた。

また、絵画展覧会で出征軍人の家族の似顔を書いてくれたという手紙と共に、女の子の前垂れをかけた似顔の入っている封筒も大切に持っていて見せてくれた。それに、彼が大の酒好きであること、独身時代に大阪のおでん屋を飲み歩いたことなどを話し、内地は懐かしいと語り合った。もう生きて帰ることは絶対にないだろうが絶望はしないこと、糧食を大切にすること、特に食塩やマッチを倹約することなどを話した。

翌日は暗いうちから起き、キャンプをたたんで金光軍医一行（衛生曹長と軍医の当番を入れて三人）とアグノ河を遡った。増水している河を腰まで水に漬かりながら、右岸に渡り左岸に渡りして歩き続けた。河はクネクネと曲がり、東に向かったり西に向かったりしつつも北へ北へと向かった。両側は深いジャングルで蔽われ、時々、猿の群れに出会った。河の中にはハゼやカニがたくさんいた。

河岸には柳がたくさん生え、竹藪が茂り、ところどころ河原になってすすきが生えていた。そんなところには必ず一人か二人が雨露をしのぐ程度の小屋が作ってあり、半年以上も経過したのか、焚火をした焼け残りの木が雨露にさらされ白くなっていた。米軍が上陸するまでゲリラが通行し、一晩か二晩泊まった跡だろうと話し合った。

繁みの間から帯のように空が見え、白い雲が幾つも幾つも浮いていた。ガオガオと大きな鳥が梢で鳴いた。靴の中も褌もズブ濡れで、何回も日に乾かした。御飯に塩をふりかけ中食をする。金光軍医の一行はお粥を食っていた。半分ほど米を濡らしてしまい、どうしても固い御飯にならないというのである。早く食わないと腐るから、今夜から僕らもその米を食べようと約した。

竹藪の中に二間四方位の小屋を建て、兵団長の一行はすでに設営していた。僕たちもさっそく竹を切り、骨組を作ってテントを張った。三十分もかからない。枯木を拾い、石ころで竈《かまど》を作り、カニを獲り、エビを獲りして夕飯の支度をした。裸になって被服を乾かす。床は竹を二つ割りにして並べたので、背中が痛いが我慢した。久保が伊勢エビくらい大きなエビを獲って来たので、兵団長に差し上げた。また雨が降り、被服が濡れ、焚火がくすぶった。

兵団長の一行は二組に分かれ、一組が一日早く出発して進路を偵察して、宿営地に小屋を建て、兵団長の来るのを待つ。次に第二組は兵団長と共に行動し、荷物を二往復して輸送する。二組が到着すると、一組は出発するということにしているらしい。金光軍医と僕らは第二組の後から行くことにした。小屋も小さなものなら三十分で出来るから、そう早くから行く必要もなかろうと言うのである。

兵団長の一行は、S大尉の組を除いて二十人近くいた。次の日も同じようなことを繰り返した。淵や滝にぶつかり、両側は崖でどうしても通れず、つるを岩にくくりつけ、一人ひとり綱渡り芸当をやったりするので、そこだけで四時間位かかった。

日名田は僕や金光軍医に、「糧食も寝るのも一緒にしよう。どうせ同じところへ行くのだから」と言う。もっともな話である。虫の好かぬ野郎だが、こんな境遇になれば我を殺し、お互いに協力せねばならぬので承諾した。

次の日は日名田と一緒に一組で出発した。日名田は、「那須少尉殿、那須少尉殿」と、変に機嫌の良いことを言いチヤホヤした。到着するとボロを振って木を切り、つるでしばって小屋を建てた。みんな手分けしてカニを獲ったり、枯木を拾ったりした。みんな元気良くやった。歌も歌った。別に日名田といがみ合う必要もないので、調子を合わせることにした。

一日で遡りきってしまうだろうと図上で判断されていたアグノ河は、三日遡っても、まだ河幅は十メートル近くあった。目的地まで五日か一週間と予定していたのに、この分では十日かかるかも知れんと話し合った。

一日中、水漬かりでいるので、マラリヤで発熱するものも二、三名いたが、大部のものはハリキッていた。とにかく二百グラムか三百グラムの定量ではあるが米の飯を食っているし、転進前の栄養が体内に蓄積されているので今のうちはいいが、逐次、米はなくなるし、脂肪や蛋白質の摂取が出来なくなるし、将来が思いやられた。

日名田は最悪の場合でも半月あれば目的地に着くと胸算《むなざん》し、大体その程度の糧食を準備し、他はアンガット河のコースを目的地に運搬したと言っていた。兵団長のためにと称し、日本酒二升、ビール一打《ダース》ほどと甘味品三百個、煙草一千本近く、その他の砂糖、味噌、醬油を若干準備していた。これらは閣下専用と称して、その出納はすこぶる厳正で、日名田が荷物の到着するたびに数量を点検した。「どんな困難な状態になっても、閣下に御不自由はかけません」と日名田は口ぐせのように言った。

地図と実際とは相当の喰い違いがあり、前進は思うようにはかどらず、一日がかりで二キロ位より進まぬ日もあった。アグノ河の上流では深い山にぶつかった。磁石一つを頼りに西北に進むことにしたが、至るところで崖や絶壁にはばまれ、ある時は東に、時には正反対の南へ向かって進まねばどうしても前進出来ず、同じ山を二回も三回もぐるぐる廻った。一つ山を越すとまた山があり、次から次へと波のように続いていた。すぐ目の前の山の頂へ行くのに丸二日もかかった。

つると灌木と茨とは身動きが出来ないほど茂り、ボロや軍刀で切り開いて進む労力は一通りではなかった。地はじめじめとし、ひるが何百匹となく靴やゲートルにくっつき、休憩のたびに靴を脱ぐと、靴下の上から血を腹一杯吸って団子のようになったのが何十匹となくころがり落ちて、「首筋」も「もも」も「ほほ」もひるがくっついて離れず、到るところから血が流れた。

山の中では一滴の水も得られず、どうしても宿営は谷まで降りる必要があった。一間先を歩く者の姿も見えないくらいの深いジャングルの連続だ。オーイ、オーイと呼び合っては進んだ。進路を後から来るものに知らせるため、ボロや軍刀で木の皮を削って進んだ。人跡未踏の地とは全くこのことである。磁石の指す西北へ向かってはいるものの、全く通れないところを避けるため、東や南に向かい一日も二日も進んだりせねばならず、現在地が図上のどの附近に当たるのか見当がつかない。

S大尉の部下は追及するはずが来なくなり、わずか三名である。S大尉は現役将校でありながら、地形判断は全くの素人で丸っきり元気なく、みんなの後からついてくるというだけで何の役にも立たなかった。日名田は幾度か上官であるS大尉に、その無能をなじり、気の毒なほどやっつけた。S大尉は御無理、御もっともで何一つ言葉を返さず、側で見ていても不甲斐ない限りであった。金光軍医は兵団長といつも一緒に第二組でやって来たし、結局、日名田と僕が進路開拓をするほかなかった。

十三――飢餓行㈡

ジャングルの中を歩いていたのでは、これで目的地につくかどうか不安でならなかった。どうしても山の峯を歩く方が、地形や方向を判断するのに良いというので山の峯に登った。一日も二日もかかった。山の峯に登っても、同じような山の連続で何一つ目標にならず、図上に現われている河がどれやらサッパリ判らない。

夜は兵団長と一緒に地図を展《ひろ》げて相談した。兵団長もサッパリ見当がつかぬらしく、日名田に一任するというのが常であった。そして、やはりアグノ河を遡らず、既定のコースを進んだ方が賢明だったとみんな後悔した。下士官や兵隊も不安らしかった。すでに十日以上を経過した。真っ先に困るものは食料である。日名田は、僕と久保の持っている食料を全部出してくれと言った。どうせ一緒にやって行くのに、誰の米から食っても同じだ。久保と二人で節米して行けば、あと三十日は充分ある。塩も二ヶ月以上はあったが、キレイサッパリと出してやった。

S大尉以下四名は、もはや一粒の米も持っていなかった。金光軍医の糧食も全部、さらけ出して供出した。兵団長一行二十名の糧食は初めから準備していなかったので、あと五日は無理であった。

日名田は若干あわて始めた。兵団長には米の話をしないよう皆に口止めした。○○見習士官が日名田の米の使用が適切でなく、もっと節米すべきであったと言ったというので、ひどい口論を始め仲裁に骨が折れた。蛇木を切り倒すのに、空腹では一時間以上を要した。蛇木は大てい断崖のようなところにあって命がけであった。蛇木をすって飯に入れて量を増やしたが、すぐ腹がすいた。兵たちは段々弱って行き、前進の速度は半減した。日名田はガミガミと下士官や兵をどなり散らし、モサモサしとると言ってはぶん殴った。

それでも、時々、煙草を出してはみんなに一服ずつ吸わせ、碁石のような菓子を二粒三粒ずつ配ってくれた。皆はこれが何よりの楽しみであり、三つ貰った時は必ず一つを残して、後の楽しみにポケットにしまった。日名田は毎日、十二粒入っているこの菓子を二箱ずつ兵団長に渡した。自分はいつもかも○○見習士官と二人でムシャムシャこの菓子を食い、煙草を吸った。下士官も兵も、「俺たちにはくれず自分たちばかり食っていて、そのうえ無茶苦茶にコキ使うひどい奴だ」と言っては陰口を利いた。

兵団長は毎食、将校飯盒に一杯ずつ飯を食い、吾々は蛇木と水草と米の少し入った雑炊を食べた。皆、腹が空いて段々元気を失って行ったが、ジャングルはいよいよ深くなって山は険しくなり、雨は降り、靴は破れ、服は裂けた。みんな持ち物を一つ一つ捨てた。それでも、兵団長が元気であることは何よりだった。彼も軍刀を腰に差し、天照皇大神のお札を背に負ってドンドン歩いた。もう一組・二組に分かれず一緒に歩いた。

毎晩、小屋を建てるのが僕たちにも兵たちにも一番つらいことであった。日名田や○○見習士官は、二人もの当番を使い、自分の靴を洗わせ、被服を乾かさせ、装具や荷物まで持たせたりし、小屋が出来るとすぐ上にあがって休み、煙草を吸った。そんな時でも、金光軍医や僕は薪集めや蛇木取りや「かに」取りをするように言われ、休むことが出来なかった。

日名田は段々、金光軍医や僕の一行を居候扱いし始め、糧食を提供してもらったことなど忘れてしまったように振舞い、○○見習士官までが一緒になって上官である僕に仕事を言いつけた。もう「那須少尉殿」とは言わず、「那須少尉、那須少尉」と呼びつけた。久保や金光の当番が僕たちの身の廻りの世話などすることを全然認めずコキ使った。

久保は夜、僕の傍へ来て、「日名田少尉殿や○○見習士官殿の被服は乾いていて心地いいだろうが、那須少尉殿の被服を乾かしてあげることが出来ず申し訳ありません」と言った。僕は、「いいよ、いいよ」と言って二人で焚火の側で乾かし、昼もらった菓子を一粒出して半分ずつ食った。久保は時々、この菓子を貰っていなかった。兵団長から直接もらった一本の煙草を半分残しておき、久保にやると、彼は両手で押し戴くようにした。

毎日毎日、ジャブジャブジャブと河の中を歩く日がまた続いた。宿営地についても明るいうちに被服を乾かすようなことは、兵団長、日名田、○○見習士官のもの以外は許されなかった。

「そんな暇にカニの一匹も、蛇木の一本も取って来なければ、明日食うものがないぞ」と言って日名田が叱りつけた。「将校も何も同じだ。働かざるものは食うべからず」と僕と金光に言った。当然である。御自分もそれを履行してはどうだと言いたかったが、言う気力も体力もなく黙っているほかなかった。

僕たちや下士官、兵は濡れた被服のまま幾夜も寝た。日名田は真夜中に起きて一人で煙草を吸い、何かを食った。皆、腹が空いて寝られず、腹がギュウギュウと鳴った。久保は足が赤むけにむけ出した。薬をもらって一生懸命に毎晩すり込んだが、仲々良くならず、歩くのにかなり痛いらしかった。

米は段々なくなり、もう吾々の口には入らなくなった。蛇木も血まなこで探さなければ見つからず、岩に生えている水草のようなものを炊いて食い、河のカニを焼いて食った。みんな腹をこわし下痢をした。二人、三人と落伍した。落伍する者はどうすることも出来ない。置いて行くより仕方ない。糧食を残してやることは出来ない。落伍することは死ぬことである。だれの靴も皆、口を開き、布切れでしばって歩いた。みんなひょろひょろとして体の重心を失った。

兵団長は量こそ少ないが飯を食っていた。○○見習士官は閣下の料理係と称して、自分で飯を炊き、副食を作った。そのたびに飯を少し食い、味噌をなめ、砂糖をなめた。兵隊は皆、うらやましそうに眺めた。僕たちも見ないでおこうと努めたが、どうしても目についた。浅間しいと思い、我が心を叱りつけた。餓えほど人間の理性を失わせるものはない。まだビールは四本ほどあった。小屋はいつも兵団長だけ別に建ててあった。彼は夕食の時、一本のビールを飲み、詩を吟じた。

この敗戦のさ中に兵団からもはぐれてしまい、大ジャングルの中をさまよい歩き、すでに食なく明日はどちらに向かい出発すべきかすらはかりしれぬ時、兵団長はどう思っているのだろうか。時々、大声で当番を呼びつけ叱りつけていた。

空缶に入れてあった味噌が失くなったとき、缶の内壁についている味噌を流い落とし、飯盒五杯の水に薄めて沸かし、みんなに飲ませてくれた。少しばかり味噌の香がした。この上もない御馳走だった。「うまいだろう、うまいだろう。俺は何でも食うことは平等にするのだ」と、日名田は凄く恩に着せた。僕は金光君と二人で、「これでも零コンマ幾つかの味噌が各人の腹に入ったわけだ。若干の栄養が摂取出来た」と言って話し合った。

目的地にはいつ着くことやら見当がつかなくなった。山の頂で地図を展《ひろ》げて、右すべきか左すべきかを論議したことは幾度かわからない。もう二十日も経過したのに、何の光明も見出すことは出来ず、雲をつかむようであった。

峯づたいに歩くことは割合、楽であった。マッチも段々少なくなって来た。久保は五個だけをしっかり油紙に包み、「これだけは那須少尉と二人きりになったとき使うため、絶対に出さん」と言って大切にしていた。その他のものは皆、日名田に引き上げられた。久保と話していると、日名田が文句を言うので、一日のうちに二、三回より話せなかった。

金光は三十七歳で、召集まで東北○○県の郷里で開業していたと言い、一日に何十回となくグチをこぼし、「米を出すんじゃなかった」と幾回となく言った。「俺たちだけで始末して食えば、まだ半月以上はあるはずだ。塩だってまだある」と言い、泣いた。僕はなだめるのに往生した。また彼は、「俺はいいが部下が可哀想だ」と言った。夜は二人並んで寝た。背中が痛いので木の葉を敷いた。金光は「餅が食いたい。すしが食いたい」といつもかも言った。こんなにぐちをこぼす男はまれだ。

僕も食い物の話をした。そして「あれは旨かった。これは旨い」と話しては現実の生活を想い、涙がこぼれた。何か澱粉質の物が食いたい。水草ばかりで、食う楽しみというものは全然ない。今までは丸い碁石の菓子を三日置きくらいに二粒、三粒くれたのが、もう一週間もくれない。鉛筆の短くなったほどにかつおぶしを割って、一人に一つずつ分配してくれた。塩はそら豆一粒ほど貰った。日名田は何か分配するたびに恩に着せ、自分のものを分けてやるようなことを言った。塩！　そら豆くらいの塩！　これを貰う時のうれしさは何にもまさった。少しなめては大切にしまい込み、水草にかけて食うのを待ち兼ねた。

猿や鳥は時々いるにはいたが、とてもとれなかった。みんなゲッソリとやせてしまい、アバラ骨が飛び出し、尻の骨が痛くて腰を下ろすのも苦しくなった。フラフラと酔っぱらいのようになって歩いた。小さなつるにも足を取られてすぐ倒れた。糞は兎の糞のように豆位の大きさのものがポロポロと出た。臭くも何ともない。

寝るとすぐ食う夢を見、腹は一日中ゴロゴロと鳴って空腹を訴えた。どれだけ腹が空こうと、足がふらついて歩けなくなろうとも、食べられるものは何一つない。河に出てもカニやエビがいるとは限っていないし、山の中は茨とつると灌木ばかりであった。そうかと言って、一日でも休むことは許されない。一刻も早く目的地に到着せねば、死ぬよりほかに途のないことは明らかである。

兵隊は二人、三人と落伍した。歩けないのである。百尺もある高い瀧が二つ重なり、下の方は霞がかかっている所にぶつかり、ここを降りるのに丸二日かかった。岩ばかりの断壁をよじ登ったり、下ったりする時は命がけである。手がかりや足がかりは、ほんのこぶしくらいの岩である。

下を見ると目が廻った。足がフラフラした。全身から冷汗が出た。ロッククライミングのように一本のつるに命を託し、二時間も三時間も緊張し続け、やっと安全なところに足が着いた時は、ホッとして蘇生した感じである。大きな瀧壷にゴウゴウと水が渦巻き、シブキが雨のように飛散し、見上げれば数百尺の屛風岩が今にも頭上に倒れかかってくるかの如くそびえていた。大ジャングルは音一つなく、水の音のみが大工場の騒音のように騒ぎ立てた。しばらくは今の苦境を忘れ、大自然の雄大さにうっとりとした。

下痢患者が増え、誰も彼も体中の湿疹に悩まされた。兵団長も見る影のないほどやつれた。行軍中も誰一人話すものなく、何の希望もない前途に向かい、ただ生きたいという一念で歩き続けた。大きな河に出た。待望のアンガット河かと思いみんな喜んだが、色々の判断で別の河だろうということになると、又みんながっかりした。河の両岸は大ジャングルで蔽われていた。河にはカニがいた。もう米というものは、兵団長の分二日分と籾が一升ほどあるきりである。それでも塩はまだ半月分位はあった。

河原に天幕を張り、薪を集め、カニを採った。これから先どちらに向かうべきか、もうみんなヤケクソのようになっていた。兵団長は、「河にカニがいるのが何よりの天の助け、ここで二、三日体を休め、少しでも元気を恢復して、次の決心をしよう」と言い出した。歯をくいしばって毎日歩いて来たので、誰も彼もほっとした。何よりも体を休めたい気持ちで一杯だったので、張りつめていた気持ちが一ぺんに緩み、ゴロリと横になったまま動けなくなった兵隊が三人もいた。

カニを焼いて食った。焚火を囲んで色々の話をした。日名田は応召前、内地の物資が相当緊迫した時でも、何一つ不自由はしなかった、人間は腕次第だ、米や砂糖や酒に不自由したことは今までにない、内地にいた時も、比島に来てルセナにいた時も、魚はふんだんに食った、一匹五百円から千円のイカを毎日のように食った、などと話した。皆、食い物の話には生つばをのみ込んだ。そして、ボタ餅のうまさ、握りずしの味、大福餅や牛肉のすき焼きを思い出しては話し合った。

川柳の枯葉を巻いて吸った。バットやチェリーの味を話し、今の悲境を嘆いた。負け戦のみじめさをひしひしと感じた。兵隊も車座になって食い物の話をし、「米の飯が食いたい」と言った。「さつまいものふかしたのを腹一杯食わせてくれたら、すぐ死んでも良い」と言った。僕たちも同感だった。

金光君と二人で横になっていると、〇〇上等兵が、「今、一尺ほどのトカゲを獲って料理して来た。日名田と見習士官と二人で焼いて食っている。俺たちにはくれないが、二人で行ってみなさい。一切れくらいはくれるだろう」と言うので行ってみたが、一切れもくれなかった。金光が口惜しがって泣いた。我慢しよう、我慢しようと言って引き返して寝た。帯のようにジャングルの間から見える夜空に星がまたたいていた。夜中にザアザアと雨が降り、背中がビショビショに濡れた。

夜が明けた。日名田が「鉄砲、鉄砲」と呼んだ。大きな鹿が対岸に水を飲みに来ているのだ。銃は錆びついていたし、弾丸が装顚してなかったので、鹿は逃げてしまった。○○上等兵以下、三人で川を渡って探したが、もう見当たらなかった。みんながっかりした。そして、あの鹿を射止めたら、今時分は腹一杯食って一ぺんに元気を取り戻しているのに、と言って口惜しがった。

蛇木を倒して来てカニと一緒に飯盒で炊き、みな褌一本のままで河原の石に腰を下ろして食った。「バシッ!」と音がして、頭を金槌でブン殴られたと思うと、僕は石の上から転がり落ちた。パンパン、パンパン、パンパン、パンパン、銃声だ。瞬間、ゲリラの襲撃だと直感した。俺はヤラレタのだと思った。

気は確かだ。バラバラと兵隊は、ジャングルにかけ込んだ。日名田もどこかやられたらしく、ヨロヨロとよろめきながら、兵団長の幕舎の方へ走った。対岸から射撃されているのだ。僕は夢のように頭がボーッとして来たが、このままでは危険だと、這うようにしてジャングルに入った。ピストルや軍刀の置いてあるところに行かねばならぬと思った。

目が見えなくなって来た。血、血だ。後頭部から噴き出すように血が流れ出てくる。両手で押さえたが止まらない。手も胸も足も真紅だ。力一杯押さえても、血は噴き出した。頭は熟し柿を五つ六つぶっつけたようにグシャグシャになっている。このままでは死ぬと思った。褌を外してしばりつけて、その上から力一杯に押さえつけた。

ポトポトと血が落ちた。茶椀に二、三杯も出血したろうか。意識が遠くなり、眠くなってくる。兵団長の方に行こうとあせったが、跣足の丸裸の上に、両手は頭を押さえているので、茨やつるのジャングルは一歩も前進できない。パンパンパンパンと、また銃声がした。日名田が兵隊を呼んでいる声が夢のように聞こえて来る。早く武器を取って応戦せねばならぬと思うと、気があせるが体が動かぬ。茨にひっかかり、苔にすべりしつつ、血だるまになってみんなのいる方に進んだ。

こちらは僕と日名田のほかは誰も負傷していないらしく、二、三発応戦したらしい銃声がした。呼吸が苦しい。俺もとうとうこの名もない山中で、しかも丸裸のまま醜い斃れ方をするのかと思うと、どうしてもあきらめがつかない。がんばって進んだ。

三十メートルも行くと、日名田がピストルを握って横になっている。見習士官が俺に真剣な顔をしてピストルを向けた。僕は「俺だ、俺だ」と叫んだ。顔中血まみれになっているので、ゲリラと間違えたらしい。日名田は尻をやられ、相当出血して弱っていた。他の者は異常ないらしい。彼は「俺はここで死ぬ。見習士官は閣下と共に後退してくれ」と言い、「眠い、眠い」と言った。僕もそこに尻を下ろしたまま動けなかった。

兵団長はそこから百メートル位離れたところに退避しているらしく、全員速やかに服装を整えて移動するというのである。敵は大したものではないらしいことが判った。河を渡って来る様子はなかった。僕の血はどうにか止まったが、金光軍医は、「頭だから心配だ」と盛んに言う。三角巾で包帯をして貰った。全身から力が抜け、首から上はむやみに熱くズキン、ズキン、ズキンと疼いた。皆、這って行って、服や靴や荷物を一つずつ繁みの中に持ち込み、服装を整えた。

河沿いに歩くと、またやられる。このジャングルを突破しようということになり出発した。

日名田は、「動けない、ここに残る」と言って兵団長を困らせた。S大尉は衰弱してしまって、丸二日行程遅れていたので、兵団長としては頼るものがないわけである。日名田を無闇にいたわり、俺には何とも言ってくれぬので、少々シャクにさわった。

負傷者二名を加えた一行は、十メートル行っては休み、二十メートル行っては茨のため前進不能となり、泣くにも泣けない行軍をした。僕は我慢して元気を出したが、日名田はすぐに尻を下ろした。残り十本よりないビタカンファーの注射を二回打った。そして、僕には軽傷だから打つ必要ない、注射は閣下と俺以外に打ったらいかんと、金光軍医に言いつけた。金光軍医は僕に、「貴方の方が心配でならん。大丈夫か、大丈夫か」と聞いてくれ、「僕が内地から大切に持って来たいい薬を少し持っているから」と言って飲ませてくれた。だいぶ楽になった。

ジャングルの中で日はトップリと暮れた。もう前進出来ない。兵団長は小屋を作るように僕に命じた。丸太を切って骨組を作り、テントを張った。兵たちもひどい衰弱で、顔は土色になり、眼光は全然なく、下痢をしていたが、黙って働いた。水は一滴もないので、みんなの水筒の残りを集めて、ビンロー樹の芯を煮た。飯盒の蓋に一杯ずつ分配を受け、フウフウふきながら食べた。ビンロー樹はサクサクと筍《たけのこ》を食うようである。

残っていた一本の鰹節を十二人に分け、「これで終わりだ」と言って、碁石の菓子を一粒ずつ分配してくれた。塩も小匙《こさじ》に一杯ずつ貰った。物凄い特配だ。何から食べようか迷った。兵団長は、「みんな明日からもっと元気を出してくれ」と言った。

ゲリラの襲撃を配慮して、夜は二時間交代で不寝番についた。兵団長の分として残してあった最後の籾一升を、鉄帽でコツンコツンと搗いた。一晩中、頭がズキンズキンして寝られなかった。コンコンコンコン、コーンコンコンコンコンと犬か鹿か鳥か判らないが、遠くの方で夜通し鳴いていた。何も考えて居らぬのに、何故か涙が溢れ出て何度も何度もすすり上げた。金光軍医も寝られぬらしく、時々「痛みますか」と尋ねてくれた。体中の力がすっかり抜けてしまって、もう明日の行軍には全然自信がなくなった。

うとうととすると、自分がこの山中で白骨になり、眼窩《がんか》から草が生えている夢を見た。おそろしくも悲しくも何ともない。もはや楽に成仏させて戴きたいと思った。死んだ父のことを思い浮かべた。郷里の家を思い出し、本堂の阿弥陀如来の姿を想像した。コッソリ起き出して自決しようと思った。ピストルを持って起き上がって見たが、まだ死ぬのは早い、もう少し辛抱した方がいいと思い直した。小便をした。熱い、熱い。尿道がやけるようだ。

のどが渇いて仕方ないが、一滴の水もない。ただ日名田のために、一本の水筒に半分ほど残してあるだけだ。仕方なく、また横になった。山蛭が無数にいて顔を脚を遠慮なく吸い、兵たちは一晩中、安眠出来なかった。兵団長は夢にうなされているのか時々、苦しげにうめいた。

夜が明けた。薄暗いジャングルに木の間を洩れて射す日光がまばゆい。岩間に生えている草を煮て出発だ。吾らの前途は何故こんなに難路なのだろう。崖と茨と急坂と蛭とに前進を阻止され、遅々として進まない。アンガット河、アンガット河！ それのみが吾ら一行の至高の目標だ。

軍医部の○○上等兵は、「もう歩けない」と言って、五メートル十メートルと遅れた。金光軍医と○○衛生曹長が涙を流して、「もう少し我慢してくれ、もうひとふんばりがんばってくれ」と拝むように言っては、二人で引きずるようにして連れて歩いた。金光軍医は、日名田に判らぬように何か注射をしてやったが、○○上等兵は「ここに残してくれ」と言って聞かぬので、どうすることも出来ない。残ることは死ぬことであるがどうすることも出来ない。「後続の者と一緒に来るように」と言って泣いている金光軍医の姿に、自分も流れ出る涙を禁じ得なかった。

比較的高い山の頂上に出た。幾つも幾つもの山の峯が果てしなく連なっている。地図を出してアンガット河の方向を判断した。兵団長は、目の前に見える山の向こう側の谷間がアンガット河の上流に違いないと言うし、僕らも同意見だった。それから半日近く急坂を下った。兵たちは何十回となく、つるに足をとられて転んだ。三十回くらい休憩した。下り切ったところは、河の上流で水がチョロチョロと流れていた。みんなヒョロヒョロしながら木を切り、蛇木を探し、ビンロー樹を見つけるために手分けして動いた。

兵団長は将校(日名田、僕、金光軍医、T見習士官)を集めて、これからの行動について厳粛な面持ちで話した。「食はすでになく、体力は極度に衰え、毎日毎日一人、二人と斃れ行く現状は諸官承知の通りである。もはや尋常の行動では、全員ただ死ぬより外に途はない。本夜はここで休み、明日よりは一切の荷物をここに集積して軽装になり、最後の勇を振ってアンガット河に向かい強行軍を決定する」と言うのである。大切に持って来た一本のビールをみんなで分けて飲み、前途に幸あれかしと祈った。

米軍のダグラス機が二機、三機と北の方へ飛んで行く。米軍は今頃もはや戦闘も終わって掃蕩《そうとう》戦に一部を当て、大部分の部隊はマニラや他の大きな町に集結しているだろう。そして彼らは、豊富な食料をどっさり集結しているだろう。あのダグラス機も、北部ルソンの部隊へ故郷からの手紙や慰問品を輸送しているのだろうと思った。そして自分らはこれから先どうなるのだろうと思うと、骨が抜けたように立つ気力もなくなる。

みんな体につけていた荷物を一個所へ集めた。飯盒と水筒だけを体につけて準備が終わると、川へ沿って下った。一歩一歩、次に足を下ろす石を決めてから歩を運ぶので、速度といったらまるで止まっていないという程度であったし、瀧(瀧はたくさんあった)に出くわすたびに遠廻りをしたり、藤ヅルを見つけて来て木の根に結びつけ、一人ずつぶら下がって一丈も二丈もあるところを降りるのである。

最初、勇敢で元気な〇〇兵長が瀧壷に飛び込み、岸の岩にたどりついて、次から降りてくるものに一人一人、手を貸してくれるのである。ツルが切れるかも知れんということについて心配し、あれこれと捜して手頃なのを切って来るというような気には誰もならなかったし、またその体力もなかった。ブッリと切れて瀧壷に落ち込みアップアップと溺れた。

川幅はにわかに広くなって、段々歩き易くなって来た。昼はセリのような葉を煮て食った。何かしら腹に入れると、少しは元気が出る。本流に出た。水流は緩やかで水深は浅かった。川幅は二十メートルもない。アンガット河にしては小さすぎる。第一左が上流で右が下流になっているのは、アンガット河でない証拠だ。

みなガッカリして座り込んでしまった。兵団長や日名田や僕も金光もT見習士官も集まって、この川が何か、吾らの目的地への方向を示唆してくれる資料にならんかと相談した。結局、アンガット河の一支流であろうということに決まった。そうなれば川を下る一手である。

兵たちは何も判断しようともせず、死んだようにしている。そして、行く先も知れぬところを引っぱり廻されることに対しては、不平も不安も持っている様子はなく、どうでもなれと思っているらしかった。この考えはみんなに共通していた。ただじっとしてはいられない。歩いてさえいれば、いくらかずつでも目的地に向かっていることになると思っていた。そして、将校たちも今向かって行く方向が、目的地へのコースでないかも知れないと思っている時でも、ただ歩いた。頭の中で方向や今まで歩いて来た累積が今、吾らを地図の上のどの位置に連れて来ているのか、それならばどちらに向かうべきかなどについては、考えをまとめる気力も体力も失せていた。

そして、右か左かと言うような場所へ来ると、初めて他人事のように方向を相談した。そして、自分の考えていることが他の者の考えと一致しようものなら、もはや目的地に着いたようにうれしく思った。また、違っていてもそれは当然と思ったし、議論など誰もしなくなった。そして、足の向かう方に向かって歩いた。とにかく、その川をアンガットの支流ということにして丸一日歩き続けた。二百メートルに一回は休んで、また歩いた。

兵団長と日名田と見習士官に四、五人の兵隊を交えたグループと、金光軍医と衛生曹長と三、四人のグループ、私は前にも記したように岩田曹長も浜崎軍曹も先発させていたし、久保一等兵は遅れてしまって、いまだに追及して来ていなかったから、適当に前を行く者の足もとを見ながら一歩一歩と歩み続けた。河の両側に生えているススキの中を、ある時は飛石伝いに水の中をジャブジャブと前進した。歩いているときはみんな怒ったように一言も口を利かず、足を引きずるようにしてのそりのそりと進んだ。

アンガット河の支流と決めこんで下へ下へと歩いた甲斐があった。遂に右から左へ（東から西へ）流れている本流に出た。これがアンガット河の本流であることに間違いはないという皆の意見は一致した。ダラギオ河（アンガット河の支流）の合流点から二日行程の上流右岸に拠点を置いて、その後の対策をするため先発している司令部の位置にたどりつくのが吾々一行の目的であった。その地点というのは、今、吾々が到着した地点より上流に当たるか下流に当たるかは判断する何の資料もなかった。ボロボロの地図を展《ひろ》げてみんな鳩首相談した結果、今までの行動はどうも西北へ西北へと針路を採って来たように考えられるので、おそらく兵団司令部の主力を連れて阿久津参謀が先発して拠点とするという約束の地点は、現在地より上流に当たるような気がするという考えが大半を占めた。

そうだとすれば、その地点から下流へ向かって兵隊の往来があるはずである。米やイモを求めて平地方面に出て行ったり帰ったりするはずである。この判断は実にすばらしいと思った。こんな平凡な判断が、なぜこんなにすばらしいのか。もはや吾々は千古のジャングルから脱出をして、再び北部ルソンにいる山下軍の主力と手を握るチャンスを得た。

顴骨《かんこつ》が飛び出し、ケイケイと輝く目玉に誰も彼も歓喜と蘇生の色が見えた。小屋を作ってここで一週間ほど休むという兵団長の意見は、体力恢復のためにも通るであろう。司令部の兵隊に出会い、新しい情報を得て、その後の行動を決するためにも当然の措置であった。

食糧は蛇木の芯とビンロー樹の芯と川ガニであった。アンガット河の河面に煙るように雨が降った。服も靴もグッショリと濡れて、誰も彼も体一面の湿疹がかゆく膿《うみ》が出た。頭のキズはいつまでたっても治らず、小さなうじが湧いて仕方がない。翌日になっても翌々日になっても、誰一人、河を下って行く者はなかった。もはや拠点は前進してしまって、すっかり情況は変わってしまっているのではないかという予感がした。

十四——飢餓行㈢

兵団長に呼び出されて、私は「兵三人を連れて、只今から上流に向かって偵察をして来い」という命令を受けた。下流へは別に軍曹と兵一名で偵察に出ることになった。私はこの命令について不審を抱いた。日名田も見習士官もいるのに、何を好んで主計の私を出すのか。偵察などは兵科将校の仕事で、私なんかこんな命令を受けるはずがない。私は置き去りにされる不安を感じた。そして、特に私のこれから遂行せんとする任務が、エネルギーの面でいかに苦しく困難なことであるかを想像した。

日名田が特に私を出すように進言したことも判っているし、例によって彼の手廻しの良さを感心する一方、無闇と腹立たしくなった。私は多分この任務を遂行できないだろうと思った。友軍ゲリラの襲撃に会うことは必定とみてよい。また、上流に行くほど地勢が険しくなることも当然のことである。しかし、私は復唱すると、さっそく部下として○○兵長を入れて三人の兵隊に命令を下した。その声は自分ながら凛々としていたように思う。

六月の五日頃、十の谷イヌマン山を久保一等兵と二人で出発し、兵団長の一行と共にジャングル内で迷い始めて約一ヶ月、生きたい、生きたいという強い意識が、「自分一人ではない。自分を指揮する上官がいる」という安堵感に支えられて来た。成程、アンガット河の本流に出たことによってさらに自分を支えてくれる何物かを感じたとは言いながら、今、兵三人を連れて、さらに険しく困難な偵察に遡江することは、何としても気が進まなかった。

もとより一粒の食料を持っているわけでない。今までにも十人近くの兵が吾々の一行から逃げ、あるいは脱落している。この三人がどこまでついて来てくれるか。小銃は赤サビながら二丁与えられた。もはや、あるいは帰れぬかもしれぬ。帰ったとしても、兵団長の一行はすでに出発しているかも知れぬ。

友軍のゲリラが戦友の人肉を求めて、飢えた狼のように小銃を持ってジャングルをうろついている。この弾丸にやられぬためには、決して四周から目を離すことは許されない。悲壮な覚悟が私の全身をピリピリとケイレンさせた。歓喜とも悲憤ともつかぬ気持ちの中から、私は皇軍の将校として立派にこの任務を果たし、兵団長閣下以下を一日も早く目的地に案内せねばならぬことを、繰り返し自分の胸に言い聞かせていた。

やがて私は、〇〇兵長以下三名（兵長は割合にガッチリとたのもしい兵隊であったが、他の二人はひょろひょろとしてただ生きているというだけであった）を従え、兵団長・河島少将の前に不動の姿勢を整えた。「陸軍主計少尉那須三男は〇〇兵長以下三名を指揮し、約三日間の予定を以て兵団拠点所在地及び進路偵察のため、只今より出発します」という私の声は、意外に大きく久しぶりに聞く日本陸軍の申告調であった。

アンガット河面には、沛然とスコールが降り注いだ。兵長が前方警戒、他の二人が左右を警戒しつつ、私は二番目を歩いた。河に沿って上流へモクモクと歩いた。ゴツゴツとした岩、灌木をかきわけて歩いた。行き詰まりや岩壁にぶつかると、ザブザブと河を渡って対岸を歩いた。ところどころ草原や砂地もあり、またジャングルで空も見えぬくらい繁って暗いところもあった。

四人ともズブ濡れで歩いた。靴の口が開いて砂利や小砂が入って足が痛む。河の湾曲部は、水も深くどす黒くよどんでいて、水の中から曲がりくねった木の根が生物のように伸びていて、一尺以上もあるトカゲが水面をピョンピョンと走った。ススキの若葉や川柳の実を食べた。

ジャングルの日暮れは早く、一寸先も見えぬ闇はすぐやって来る。流木を拾って火を焚き、携帯の天幕をつってゴロリと横になる。一人ずつ不寝番と火を消さぬため交代に起きる。ザアザアと河の流れる音がして、一晩中寝られない。夜中から物凄く雨が降り出して、流れの音は益々高くなる。夜が明けると、水の色は黄色くなり、増水して河っぷちを前進することが出来ない。河から離れて進路を求め、半日前進したが、崖と密林で五百メートルも進むことは出来ず、体力は落ち疲れるばかり。

残念でも昨夜、天幕を張った位置へ戻り、河向こうへ渡ることにする。ツルで四人が体をしばり、流れの方向に向かい斜めに対岸へ歩く。河幅は三十メートル位だが、三分の一も進まぬのに、水は乳のところまで来てとても進めない。河床の石がヌルヌルとして重心がとれなく、○○一等兵は銃を流してしまった。減水を待つため引き返し、昨夜と同じ場所でまた天幕を吊り、焚火をして被服を乾かす。

目的の拠点がこれより上流にあるとは考えられない気もするが、今引き返しては報告する何の資料もない。兵長も他の兵も、偵察を断念しようと言い出すのを元気づけ、明朝減水するのを待って、二日間上流へ行くことに決める。空腹は苦しい。蛇木もビンロー樹も見当らない。何も食わずに朝まで待つ。水はうんと減った。昨日の要領で河を渡る。二人が溺れたが、うんと水を飲んで二百メートルほど下流の対岸へ泳ぎ着いたのを、○○兵長と二人で迎えに行くのに、岩をつたって二時間以上もかかった。

対岸に出ると、地勢は一変して岩また岩の連続であった。上り下り足場に気をつけながら、上流へ上流へと終日歩いた。人の通ったと思われる形跡の見当たらぬのが何にも増して心細く、○○一等兵は、もはやついて行けぬから残してくれと涙を流して哀願する。「元気を出せ、元気を出せ」と言っても、彼はひどく衰弱していて、顔も手も土色になり、何回も何回も座り込んだ。

兵長もひどく弱り出し、岩の上で何十回となく尻をまくって排便した。ひどい下痢でズボンの中までよごしているらしく、岩にしゃがみ込むと、鳥類の糞に似た白いような糞を水のように少量ずつ出した。そして痛むらしく、十分も二十分もそのままの姿勢でいた。何一つ薬とてなく、どうすることもできなかった。

その夜、兵長は私に「銃殺してくれ」と盛んに言い出し、燃えるような瞳は殺気立って呪うが如く、恨むが如く、私は鬼気を感じた。あの元気だった兵長だけに、彼はこの「ていたらく」がたまらぬらしく、気の狂ったように「自決するんだ」と言ってきかない。事実この疲労と空腹と全身の湿疹で膿の出る体を、自分ながら嫌悪しているのは彼一人ではなかった。今から先どれだけの試練をふめば、生を全う出来るというあてとて全くなく、一日を生き伸び、最後にのたれ死にすることは、ハッキリと予測がついているのだ。

何のためにこのルソン島アンガット河上流の深山で努力し、苦労し、決意を固めたり、落胆したりしているのか。かれは何と言っても生き伸びたい一念だ。○○兵長も、生き伸びたければこそ、あんな駄々をこねるのに違いない。死をいよいよ現実のものとして一瞬の間近に見出すとき、生きんとする努力がどのくらい大きい力で湧き出て来るかを知る。そしてその努力も、とうてい目前の死を回避できぬことを知るのだ。

皆、そうして自決した。今までに自らの力で自分の命を断った死体を何百となく見て来た。彼が自決したところで、これは小さな出来事であり、取り上げるような問題ではない。実際に何千という人間が蝿か蚊のように死んでしまっている。やがて今にも吾々もそうなるのだ。もう一人の兵はそれでも黙り込んでいて、行けるところまで行く気持ちらしかった。

夜が明けると、私は兵長と「残してくれ」と哀願する一等兵を残して出発することにした。二人には決して自決などせぬように、今まで来た途を出来るだけ兵団長のいる地点へ向かって後退するよう命じた。残った一丁の銃は取り上げて、同行する一等兵に持たせた。昨日と同じ岩また岩の連続で、二人は黙々と歩いた。赤いリンゴのようなものが流れていた。それが何であったかは知らないが、どうせ食うことはできない木の実に違いない。川幅が段々狭くなると共に、小さな瀧が幾つも幾つもあった。足と頭が熱く痛くズキンズキンとして、膝がガクガクした。

平たい岩の上に焚火の跡があった。焼け残りの木が風雨に晒《さら》されて真っ白になっていた。不幸な誰かがこんな上流まで来たに違いない。もはや上流に拠点があったとは考えられない。拠点があったとすれば、少なくとも数十人の人間がこの途を往来したはずである。そんな痕跡はどこにも発見せられなかった。終日歩き続けると、いよいよ川幅はせばまり、屛風のように切り立ったところが何個所もあった。

水流はいよいよ急となり、深い渕があり、もはや人間業では一歩も前進出来ないところまで来た。破れた地図を出していたが、とても見当はつかなかった。その行き当りの向こうには峨々とした岩が続いていた。私の偵察の任務は確実に終わった。もはや拠点はこの上流には絶対にないと判った。私は尻を下ろしてこの分水嶺を見上げた。帰途は来る時にも増して苦しく、何一つ食っていないために目まいを起こし、気が遠くなり、何度かゴロリと横になった。

連れている一等兵も、黙々として口一つ利かない。茶の実のようなものを取って三十も四十も食った。時々、水も飲んだ。残して来た兵長は、流された渡河点で待っていた（もう一人の一等兵は先に帰ったと言ったが、遂に帰って来なかった。死体も見なかった）。

出発してから一週間ほどして、吾ら三人は兵団長のいる地点に帰って来た。河島少将は小屋の床でアグラをかいていた。伸びたひげが仙人を思わせ、老いた顔に多くの部下を死なせた苦悩の色が深く刻まれていた。私は二人の部下を従えて整列し、挙手の敬礼をした。「那須将校斥候、報告！　これより上流には図上にある支流らしきものはなく、兵団の拠点及び拠点跡らしきものもありません。また、軍隊の往来した形跡を認めませんでした。約三日の行程の上流は行き詰まりで、さらに偵察の必要なしと判断して引き返しました。拠点は現在地より下流に在るものと確信します。報告終わり」

私は二人に「休め」を命ずると、不覚にもよろよろとよろめいて兵団長の小屋の上り口へ倒れた。涙がセキを切って流れ、声を上げてすすり上げた。(こんな不軍紀な不甲斐のないことは許さるべきでない。そして部下の見ている前で、しかも皇軍の将校たるものが、と思いながら)ほんの瞬時で私は元に復し、立ち上がった。河島兵団長は威儀を正すようにして、「御苦労だった。えらい目に会わせたのう」と言った。

日名田が飛んで来た。そして気持ちの悪いほど労をねぎらってくれた。ビンロー樹の芯の煮たのを、飯盒の蓋に盛って兵隊が持って来てくれ、三人がフウフウふきながら、息もつかずにむさぼり食った。生き返った。これで次の生を全うするチャンスは与えられる。安堵と疲れで小枝を敷いた上に転がると、死んだように三人とも寝込んだ。

久保が落伍したのは六月の終わり頃だった。予備役の久保一等兵、彼がいないことは何としても淋しい。あの頃は毎日毎日、険しい山、坂や崖を、渓谷を、ジャングルを連日、前進したので、一番多くの落伍者や逃亡者が出た時であった。

金光軍医が私に知らせてくれたことは意外な出来事であった。それは、私が河川の偵察に出た翌日、久保ともう一人の落伍した兵が、やっとの思いで現在地に追及して来て、久保は私に出会うのを何よりの楽しみにしていたらしい。ところが、日名田は「お前の上官は今はいない。いつ帰るかも帰らぬかも判らん。せっかく到着したけれど、携帯食糧を持っていない者は行動を共にすることは出来ぬ。勝手に行動せよ」と言ったそうである。二人は涙を飲んで密林の中へ消えて行ったというのである。

もう一人の別の兵隊の話では、久保は弱ってはいたけれど、まだまだ斃れるようなことはない。一回、鳥(カラスのような)を捕まえて食ったので、元気が出て来て追及して来たと言い、また「那須主計殿にもし出会ったら、くれぐれもよろしく伝えてくれ」と言って去ったというのである。私はもはや夕闇せまった河に沿って上へ下へ歩き廻り、両側の密林に向かって、「久保よお! 久保お!」と叫び続けた。何の反響もなく、私の声は力なくジャングルの中に吸い込まれて行った。久保とはそれっきり会えず、彼はとうとうあの密林の中で死んでしまったのである。

私の上流偵察とは別に、坂田軍曹と兵一人で下流に向かった斥候は、私の帰着する前日に兵一人(確か沼一等兵?)だけが帰着し、ころがるようにして帰ると、口も利けずただ泣き続けたというのである。

それは、やっとのことで下流に目的地の兵団拠点を発見、参謀はじめ他の将校や副官たちも兵員も、拠点推進のため前進していたが、山岸曹長が残留していて、病気で動けぬ兵たちが七、八人残っており、兵団長一行用として特にカンパン三十食分を、また参謀より兵団長宛の手紙を山岸曹長より受領、勇躍帰途につき、明日はいよいよ帰るという地点まで来た。河淵で今夜はゆっくり寝ようと携帯天幕を一枚つって、沼一等兵は食べられるもの、木の芽などを探しに出て帰ると、そこには思いもかけぬ情景を見出した。

乾パンと書類を背に坂田軍曹は、小銃を胸元へピタリと擬せられながら、ジリッジリッと後退していたのである。友軍の兵隊、まさしく日本兵の後ろ姿であった。彼はカンパンを運ぶ二人をつけて来たに違いない、バンバンと言う銃声と共にカンパンは持ち去られ、朱に染まった坂田軍曹は即死していた。沼一等兵は書類を雑嚢に入れると夜を徹して帰って来た、と言うのである。

参謀の手紙によって最近の情勢は判明した。拠点は平地近くまで前進していること、食糧の獲得に困難を極めていること、マニラ東方拠点であった振武集団はほとんど壊滅、兵力は四散し、部隊の指揮・建制はバラバラであること、北部ルソンの山下軍主力との連絡は出来ず、通信の機能も全部停止していることなどであった。

ともかく兵団長の一行（九人ばかり）兵団司令部の連中がいる地点へ追及するため出発した。沼一等兵が先に立った。七月十日前後である。下流に向かって進むにつれて段々と歩き易くなり、川幅は徐々に大きくなり、両岸にススキ原のようなところが多くなって来たが、両岸にはウッソウたる千古の大密林がうす暗く果てしなく続いていた。

河にはカニが時々いたが、食う物は何一つ求められず、一列になってモクモクとして歩いた。視力は衰えてすぐ眠くなり、尻を下ろすとどうしても上がらないようになった。坂田軍曹の殺された地点を過ぎた。死んだ彼のために黙禱を捧げた。ススキで死体を蔽った。みな何も言う元気なく、再び下流へ下流へと歩いた。

翌日も河を下った。スコールが降り、夕方は寒くてふるえた。そのころからあちこちと焚火の跡が見え、白骨がここかしこにころがっていた。一ヶ月前に死んだものであろう。靴やズボンは後から来た者のためにハギ取られて跡形もなく、剣は残っていたがどれも銃は残していなかった。

目的地であった拠点というのは、アンガット河の湾曲部の何でもないところで、密林の中に木や竹で小屋が十軒くらい作ってあったが、どれもこれも雨に濡れ骨組だけになっていた。電話線が二、三条張ってあったのがチギレてブラ下がり、防毒面をタキつけにした燃え残りや無線機の壊したのや鉄帽や短剣、ヤブレズボン、底の抜けた靴などがその辺りに散乱して、ジメジメとカビ臭い空気がただよっていた。

山岸曹長は元気に一行を出迎えた。こんな元気な人間がまだいたのかと思った。兵団長への報告も、案内の態度もキビキビとして、吾々とは遙かに遠い世界の出来事を見ているようであった。兵団長はそんな報告など聞きたくないというような顔だった。いや、それは疲労困憊の極であったので、早く尻を下ろすところを求めているのであった。

日名田と三人で一番上の屋根もある小屋へ入った。ここは山岸曹長の寝ていたところである。私と金光は下の方で一軒見つけて、屋根のない竹で作った二坪ほどの小屋へ入った。腐った床がボキボキと折れ、竹の中からたまっていた雨水が流れ出た。

その夜、吾々は日名田より、「ここへ到着すれば米のメシを給与したいと思ったが、米は閣下の分よりないし、また乾パン類も少ないのでもう少し辛抱せねばならん」という説明と共に一枚の乾パンを貰った。

吾々はまずその香りをかいで肚の底まで満足と幸福を感じた。ついでそれを幾つかに割ると舌でなめ、一つ一つをアメ玉のようになめて口の中で溶解させ、すべての味覚と嗅覚を働かせて満喫し、食べ終わると何度も何度も舌なめずりをして、うまかった、うまかったと話し合った。確かに体に元気がついて来た。そして、明日からは毎日一枚ないし三枚は支給してくれるだろう、いや日名田のやつ、よこさぬかも知れん、毎日一枚だろうと話し合った。お湯に塩を入れたものを分配して飲んだ。体がホクホクと温まり、グッスリと寝た。

ここに残っていた七、八人の兵と言うのは全部患者で、ヤセ細ったのやまんまるフクレたのや下痢、マラリヤのものばかりであった。彼らは乾パン一定量を支給され、置いてけボリを食った連中である。事実、連れて行くことが出来ないし、本人たちも飲まず食わずで生きていられるだけ生き、死ぬときは死ぬといったような考えであるらしく、全部、痴呆状態であった。

兵団長と日名田と山岸は夜、飯を炊いて食ったことが判った。その残りをT見習士官が食ったと言うので、吾々も口惜しがった。米は約三升残してあったらしい。乾パンも百食分位あるらしい。日名田に糧食の引き継ぎを終わった山岸は、翌日からは先頭で案内に立った。

後に記すが、これから先の困難な事態に、山岸はとてもついて来ることが出来ず、ポンポンとジャケンにする日名田の前に、みるみるヤセ細って、後日アサン山の北側あたりの山坂道を、細長い首を伸ばし、息を切らしながら登る山岸曹長の姿をあわれとしみじみ思ったが、それっきり彼の消息は消えた。彼も終戦を待たず、のたれ死をしたのである。

さて、山岸曹長の案内で出発して間もなく、金光軍医の誰よりも大切にし頼りとしていた石原衛生曹長（確か島根県の人）という召集の下士官が、もはやどうしてもついて行けない、ここで残してくれと言い出した。彼の足は凄く太くなり、目は真っ赤にハレ上がり、呼吸は苦しそうであった。金光軍医は、「石原、何としてもついて来てくれ。お前に落伍されては俺は何を頼るのだ。元気を出してくれ、おい、石原」。彼のこんなにも真剣な声を聞いたことがない。平時なら絶対安静を要するであろうこの重病人を、彼は肩を組んで十歩二十歩ひきずるようにした。

石原曹長も歯を食いしばって、よろめきながら一歩一歩、歩を進めた。みんなは何一つ言うでなく、早くどちらかにきまるよう立ち止まってながめた。残ることは死である。そのことは石原自身も、今までの体験でよく承知している。トガッたアゴにボウボウとひげの生えている石原が一点を凝視しながら、金光の狂ったような仕草にフラフラと足だけ運ばせていたが、やがて崩れるように座り込んでしまった。

横座りになると、ハアハアと苦しい息をした。そして「どうか先に行って下さい。必ず追いつきます。一時間だけ休ませて下さい」。それは一時間で元気の出るものでないことはよく判っていた。今から丸一日もせずに彼は死ぬかも知れない。手当の手段は何一つない。一行はそろそろと歩き始めた。日名田がカンパン一食分を、彼のヒザの上に置いた。彼はそれを卑屈なほどおし戴いて三拝九拝した。ちょうど乞食のような動作であった。金光は声を上げて泣いた。

石原はただカッと目を見開いて、マタタキもせずに一行を見送った。私は何度もふり返った。石原の目の中にキツイ光を見た。今や置き去りにされ、死に直面していることを、その目はハッキリと承知していた。そして渾身の努力を払って歩こうとしても、所詮は無駄であることを知った。生きることへの執念は、彼の胸の中で奔流のようにたけり狂ったことであろう。

最後に振り返ってみたとき、彼は二十メートル先で下アゴを突き出すようにして、片手を突いて平伏しているように見えた。少なくとも動作や口に出して、彼との今の別れについて言うものは一人もなかった。吾々の体は「いつなんどき」彼と同じ状態になるかも知れない。自分自身の一寸先の運命を今見せつけられていることを痛切に感じて、いよいよ戦慄した。

一人一人はエゴイズムの権化であり、このクサレタダレたけがらわしい不潔な身体の保全以外に何も考える余裕はなかった。阿諛《あゆ》だの努力だのが何の効果をもたらすでなく、それは何か食物を採り、いささかでも腹のフクレた時に限って発揮されるものであった。前進の時は最少限のエネルギーを使って、他人よりも少しでも楽に一歩一歩、それも一行から遅れずにとにかくついて行って、どんな些細な食物の分配にもありつくことであった。みんな何も考えないで歩いた。だから石原曹長との別離についても、他の者が今までの落伍者に対した時のように平気でいたことも当然のことであった。金光軍医は、目にみえておとろえて来た。

夕方近くになり、前進を止めて河原にススキや小枝を集めて寝る仕度をすると、兵団長と日名田を除いた七、八人のものは、チリヂリになって若い草の根やヘビや小魚を求め、河原や流水の中をうろうろと歩き廻るのである。夕食は乾パン一枚と塩と蒐集した野草類をむさぼり食った。そよそよと風が吹き、夜空に無数の星が瞬《またた》いて両岸のジャングルはシンシンと眠っていた。弱々しい寝息と寝返るたびにガサゴソと小枝や草の音がした。

私は寝るたびに夢を見た。小型の飛行機がこのアンガットの河原に舞い降りる。大きな大きな顔が飛行機の胴体からぬーっと出る。そして三人だけ、日本へ連れて帰ると言う。私はとてもこの三人の人選に入らぬことを覚悟する。残念さと口惜しさで気も狂わんばかりになる。そこでいつでも目が覚めるのであるが、この夢の筋はいつもいつも同じであったし、また日中の前進のときにも夢か現《うつつ》かジーンと言う音だけがしていて、休んだ時でなければ何の音も聞こえなかった。

重い足を苦しい飢えをガマンして歩くとき見る白昼夢は、いつもいつもこの夢と同じ筋書である。時たまに「十三の谷へ逆戻りをする、トウモロコシが実っている、小屋を立てる、ヤシの実からコプラミールを作る、近くに芋畑も培《つちか》い収穫する、ヤシ油の灯の下でヤシ酒を飲む」と言うような筋書のもあったが、これ以上の込み入った夢は一度もない。目が覚めると、河の面が白く光って流れの音が耳につき、いつまでもいつまでも眠れなかった。

石原曹長が落伍した日の翌朝、兵隊が二人脱走していた。乾パンを十枚以上持って、昨夕集めてあった野草の根の残りをすっかり持って行っていた。見つかったら銃殺だと日名田が言った。このことは私にとって別に大きな出来事でも何でもなかった。私には何のかかわりもない人ばかりであったし、実際その二人が脱走したことによって、今後より多くの食い物を得て体力を少しでも恢復し、生きのびる機会をつくる可能性が今まで通りみんなと行動を共にしている場合よりも多いか少ないか、と言うことについて、いろいろの状勢から判断してみるようなわずらわしいことは出来なかった。

私は(他の者もそうであった)今、自分のこれからいかにすべきかについては考える力がなかった。思考力というものは、極度の飢えの下においてはほとんど零となってしまい、全く動物と同じように食物に対して目や耳や鼻を働かすだけであった。目は表現力を失い、ドロンとしているか、血走っているかどちらかであった。

これは依存しているからであった。ちりぢりとはいえ、指揮するものを中心にした一つのグループであったから、みなその中心の者に自分の一切を託し、託すことによって自分の身を守り、自分の無能を補い、食にありつき、全くの一人ポッチにならずにつながりを残しておこうとした。これはハッキリした各自の意志や思考力がちゃんと働いている証左である。

後日、北部ルソンの山下軍が南下し、アメリカ軍を比島から駆逐したとき、再び軍紀が確立されるかも知れない。そのときのためにも吾々は、この飢えと衰弱の中から最低の努力を割いて、指揮者の意に副うようにしておきたかった。何も考えず率いる人の意のままについて歩くことによって、他日起きるかも知れない戦勢逆転の日に、脱走者の罪名から免《まぬか》れる必要があった。

また、それまで体力の低下を少しでもくい止めておいて、生きのびるためにグループのかげにかくれてでもついていくこと、そしてこの一行から離れるということは、我に不利であるということをだれでも承知していたはずである。生殺与奪の権ある兵団長や日名田に対しては、飢えと疲労困憊の下からギリギリの線で阿諛がなされることは、ともかく生きのびるということを前提とすれば当然のことであった。

ある者は一時間もかかって小指大のハゼを三尾つかんだものを二尾まで日名田に献上し、私もまた、小さなシジミほどもない貝（中々見当たらず、七ッ八ッ取るのに流れの真ん中にある幾つもの岩の上をあちこち二時間程もかかった）をとって来て、一番元気な兵長（この兵長は一番元気で河を渡る時など手を引いて貰ったり、幾度か親切にして貰った）に贈ったものである。

ともかく、一行にくい下がって見通しのつくところまで行かねばならぬ。そのことが生きのびるためにも、生き伸びてからのためにも、あらゆる保身のために是非必要なことであるということを、不知不識の間にみなが身を以て実行していた。

逃げた二人の兵隊は、あとで判ったのであるが、例の吾々一行が目標にしてやって来た兵団拠点に残っていた七、八人の患者を夜、小銃で襲撃してカンパンや被服、塩を盗り（吾々が出発した夜）、その足でアンガットを下った三人組の友軍ゲリラと行動を共にしたというのである。彼らの考えは一行と「貧しく、しかも毎日毎日前進させられる苦しい行動」をするよりも、今後発生するであろう色んな事態に吾身の立場に窮し、あるいは銃殺になることを計算に入れても、差し向き安易な方法で食を求めることが魅力であったに違いない。

人を殺し、衣をハギ、食物を奪い、遂には人肉を食する彼らと、長い物には巻かれ、自分の努力を払わず、犠牲を惜しみ、権力者に阿諛し、激しい困苦を克服しつつも、またその裏でコソ泥的行為をなし、そのうえ自己の名誉を地位を守ることを望む吾々と、二種類の人種がこのアンガットの深山の流域に、約五百人はまだ生き残って散在し、食を求めて彷徨していたのである。

その日もまた、一行は河を下った。その頃から転がっている死体や焚火の跡が段々多くなって来た。マドリッド河との合流点が近くなって来たので、今から二十日前頃までは、盛んに人間がこの辺りを通ったことはうなずける。ゲリラをやっている連中は、決して河の岸を歩かないので、日中出会うことはなかったが、何回も何回も屍を見て、なお下流へ下流へと歩くうちに、動けなくなった兵隊が河原に、または木の下にうつろな目を半分開けて静かに一行を見送った。そんなのを幾人も見た。

彼らからは何の情報も聞きとれず、ただ山岸曹長の頼りない案内でノロノロと歩いた。密林の灌木が河のすぐそばまで茂っているところに携帯天幕を一枚吊って、一人の兵隊が息も絶え絶えに寝ていた。服はヤブレ、跣足で、ヤセコケタ体のあちこちが露出し、頭もひげも一行と同じように長くボウボウと伸びて目をパッチリと開けていた。

二間ほど離れた木の下に大きな石があり、その石の下はまた大きな石の割れ目で石の上に白墨（チョーク）のようなもので、「旅団通信隊の被服装具につき手をフレルナ」と書いてあった。一行は力を出して石を転がすと、濡れてカビ臭いにおいが鼻をつき、ボロボロの服が四、五枚と九二式電話器のコワれたのがあり、その上に四尺位ある青いシマ蛇がトグロを巻いてキョトンと一行を見つめ、逃げる様子もないので兵長が捕まえると、さっそく小枝を集めて焼き、三寸位に切って兵団長や日名田に食わせ、みんなも一切れずつ食った。

アブラっこい肉がえも言われぬ香りと共に、口の中でとけるように感じた。体力がその場で恢復したように思った。頭はポイと河の中へ投げた。水が浅いので石コロの間に止まると、五分もせぬ間にカニが集まって来て、団子のようにその頭に二十四位もくい下がった。そのカニは甲羅ばかりカタクて、肉は全然なかった。焚火で焼いてバリバリと食った。

大きな石から一間ほど先に遊底のない小銃が二梃、赤サビになってころがっていた。寝ている兵隊の頭の上の枝に鉄帽のハゲたのが一つブラ下がっていた。

一行はここで大休止をするらしく、日名田からカンパン一枚宛が配られた。カンパンを入れたゴムの袋は一人の兵隊に背負わせて、いつも日名田のそばを離れずにいた。私は寝ている兵隊の枕元に座り込むと、彼に様子を聞いた。ほとんど聞きとれぬくらいの声であったので、そこから四、五間離れた水のそばで休んでいる一行には、何も聞こえないはずである。

彼はボソボソと息も絶え絶えに、次のようなことを言った。

「もはや二十日以上ここで寝ている。マラリヤで動けず、みんな出発してしまってからはだれも通らぬ。早く死にたいが中々死ねぬ。今は腹は全然空かない。スコールが降ると濡れて少し寒いが、その時に水を飲む。毎夜大きな『とかげ』がやって来て、顔や足にかみつくので困る。もう一人、戦友がすぐ近くに寝ているはずだが、顔も上げられぬので十日ほど見ない。枕元に米があるから一度、粥が食いたい」。以上のようなことを蚊のような声で話した。彼は今夜にも息を引きとるだろうと思った。

もう一人の戦友と言うのを見るため、二、三歩横へ行くと、灌木の茂みの中に腐乱してウジが沸き、顔に鉄帽をのせた死体があった。屍臭はかなりひどかったが、一行は全然気付かずにいたのである。屍臭と言う、普通なればハナモチならぬ臭さが、鈍化してしまった一行には判らなかったのである。

寝ている兵隊の枕元には、ハンゴウの中蓋に一勺にも足りないほどの米があり、私は焚火のところでいい加減に炊いて持って行ってやったが、その兵隊は食いたくないと言った。その横に雑嚢があった。私はその中に何があるか知りたかった。その雑嚢は雨に濡れてベタベタになっていた。私は一行の方に気を配りながらそっと手を入れてみた。ボロ布のようなもののほかに、カツオブシのカケラが一つ出て来た。それはフヤケてしまって柔らくなっていたが、三分の一の大きさはあった。

私はス早くこれをズボンのポケットに入れた。一行の方を見たが、だれも気付いている様子はなかった。私はこれを貰おう。盗るのではない。このままにしても、このカツオブシは腐り果てるにちがいない。この兵隊はこれを食うて元気を取り戻すことは絶対に出来ない。私は泥棒を働いたのだ。手がふるえた。

しかし、これはあまりにも予期しなかったことである。そして三分の一大のこのカツオブシの価値はあまりにも大きい。私が今これを貰って行っても、決して罪悪にならぬだろうか。私はそれを枕元にシャガみ込んで考えた。よし、兵団長に半分やろう。そうすればいい。私は枕元を去った。兵隊は目をつむっていた。

一行は出発した。あの名も知らぬ兵隊も、まもなくあのままの姿勢で、あのままの位置で白骨になり、やがて土になり、このまま誰の目にもとまらずくち果てることであろう。

私はカツオブシについて考え抜いた。盗んだこと自体は決して悪いことではない。あの兵隊に不必要なものであれば、それを持って来たことは許されてよい。まして他の連中はもっともっとひどいことをしているのだ。しかし、また考える。

このカツオブシがこの深山に偶然落ちていたのではない。それはあの兵隊が最後の食糧として命の綱として、あるいは飢えのドン底にアエギながら大切に残して、あのケワシイ今までの道を何十日とかかって持って来たものだ。そしてあの兵隊は、このカツオブシを持っていることによって、他の兵隊よりも心強く、あるいはまた、自分一人で戦友にも知られない大きな秘密（これを持っていること）を持っていることによって、これをみんなに分けてやらないことによって、独り占めしていることによって、良心の呵責《かしゃく》に悩み抜いたかも知れない。そしてあそこに寝込んでしまってからも、これがあることによって一抹の希望を持ち、これを食って元気を取り戻し、自分たちの一行のあとを追うつもりでいたのであろう。

しかし今は、そのこともスッカリ忘れ果て、静かに死を待っているのだ。彼の意志は消えてしまっている。虚脱してしまっている。このカツオブシにどんないきさつや因縁がまつわりついていようと、もはやそれは問題にしなくてもよい。あそこで腐らせてしまうと言う法はない。だがまたしかし、何故私は一言断わってからにしなかったのだろうか。あれを盗る時の私のキョロキョロとした態度、あれは何だったのだ。

私は今、これを盗って来たことを正当づけようとして焦っている。自分勝手な筋道が立てば、何をしても良いと言うのか。これを捨ててしまったら気は済むだろうか。そんな馬鹿な真似はする必要がない。俺一人じゃない。みんなやっている。俺はこれを自分一人のものにする。ムラムラと強い決意のようなものが湧いてくると、私はズボンの上からこのカツオブシをしっかりと握ってみた。誰にも分けてやらぬ。俺一人で食う。それも少しずつ人目に隠れて、新しい段階が来るまで食べ続けるのだ。

歩きながらトケイ草の実を食った。幾夜かを河の流れを聞きながら夢を見、薄い一枚のカンパンを珠玉のようにして食った。ダラギオ河の合流点では、どうしても対岸へ渡れず、丸一日もかかってツルを寄せ集め、継ぎ足して一人二人ずつ渡った。弱い兵隊が一人流れて死んだ。ダラギオ河は二十メートル幅で、うねうねと曲がりくねっていた。川端には腐乱死体が幾つも幾つも転がっていた。白骨になってバラバラになっているのも、幾つとなくちらばっていた。何千と言う蛆《うじ》が腹腔の中でひしめき合っている。腐乱死体の頭だけが流れに突っ込んでいて、スッカリ白骨になっていたりした。

ダラギオ河を二日遡った夜、突如、数発の銃声がした。兵団長のウームと言ううめき声を聞いたとき、次の弾が焚火の残り火めがけてブスッブスッと飛んで来た。転がるようにして、みんな灌木の中へ逃げる。暗くて何も見えない。「コラッー、コラッー、コラッー、誰だ、誰だ、誰だ」と、日名田のウワヅッタ頓狂な声がした。私は咄嗟に残り火に水をかけて消した。兵団長は額を弾がかすめただけで、ヌルヌルと血が流れているらしかった。さらに二十メートルほど先へ移って金光軍医が手当をした。思い出したように私の頭のキズ跡が痛み出した、手をやると臭い膿が流れていた。

「オイ、戦闘準備、戦闘準備」と日名田が言って、カンパンをバリバリ食い出した。みんなにも三枚ずつくれ、「いよいよこの辺りは状況が悪い。みな元気を出せ。明朝は残っている米を五合炊いて、みなに食わせる」（拠点から持って来た米が五合足らずあった）。

いよいよ平地も近くなって来ている。みな少しずつ希望を持ち出している。日名田は食糧を持っていることを極度に恐れていた。ここまで来れば何とか平地へ出られるかも知れないと言う気持ちを、皆が抱き始めていた時でもあり、日名田は何より自分の命を心配しているらしかった。この一行の中から、どんな裏切り者が出ぬとは保証出来ない。またその可能性は多分にあった。早く食糧を処分せねばならない。彼は痛切にそれを感じていた。翌朝までゲリラの襲撃はなかった。

朝、残っていた米を全部、炊いてみんな、少しずつ食べた。前進中、下痢をし、遅れる者が続出した。少しばかりの食物を採ったことによって空腹は激しくなり、とても耐えられぬほどになり、食いたい食いたいと言う現実（生きること）への欲が制し切れぬ要求となって、一人一人の五体をカケめぐった。

昼過ぎ頃、ふくれて青く丸くフットボールのようになった一人の兵隊が、川端で人間の下半身から盛んにナイフで肉を取っていた。これは意外なことであった。ヤセ細ったその下半身の太モモの肉は、スッカリそぎ取られて骨が出ていた。一行がそばに来るまでその兵隊は気付かなかったが、吾々を見るとのっそりと起き上がって軽くおじぎをした。

「貴様は何をしとるのか！」。鋭い、大きな日名田の声が掛からなかったならば、吾々は何事もなく普通の出来事として見過ごして行ったかも知れない。「頭はどこへやった、出せ」と日名田の声が続いた。その兵は観念したものの、平静さで十メートルほど離れた灌木の茂みに吾々を案内した。そこには乱暴に痛みつけられたアバラ骨の露出した胴体と、別に顴骨は飛び出し、ぼうぼうとひげは伸び、色は青白く、首の切り口はひきちぎったようなK部隊のY中隊長Y中尉の首がころがっていた。

ダラギオ河に沿ってなされたこれらの残虐な幾つかの事件の一つを今、目の前に見ていながら、格別のショックを受けなかったというのはどうしたことであろうか。傍には小枝に飯盒が四つもつるしてあり、その一つ一つに真っ赤な人肉がギッシリとつまっていた。その動物性の柔らかい塊から受ける吾々の第一の印象は、何をさておいても食欲であった。私はY中尉のモーゼル拳銃を拾って腰につけた。その兵隊はY中尉の当番兵であり、マラリヤでとても動けなくなり、今朝自殺したというこの中隊長の肉を貰って食うのだと言った。

日名田と金光軍医の調べで、自殺でないことが判った。その兵は引き出され、後ろ向きに座らされた。兵長の赤サビの銃口が、日名田の命令によって彼の背に凝せられた。その兵は楽々と座っていた。「何も言うことはないか。上官を殺した罪は判るか」と日名田が言い、その兵はよく判ったと言うように首を振った。バーンと長く尾を引いて、小銃音がダラギオ河の空にコダマした。くねくねと倒れかけて、またその兵は姿勢をもとのようにした。しばらくしてウームとうなり、横にゆっくりと倒れた。「もう二、三発」と言う声に、パンパンと銃声がして、その兵は向こうをむいたまま息絶えた。

一行は再び前進を始めたが、その夜までの間に二人ばかり落伍した。そして、それがあの残して来た四つの飯盒に、ギッシリとつまっていた人肉を得るために後戻りしたものであることは判り切っていた。なぜなら、一行の中の誰もがあと数日に迫っていると思われる兵団の主力との合流やその時になればなにがしの食料にもありつけることなど、また欲望のままに行動することを許さぬ道徳的な規範にしばられ、またこれを無視しても殊更に自分の保身に危惧《きぐ》の念を抱く必要がないのであれば、吾々といえどもあの飯盒を求めて我勝ちに殺到するに違いないことを、各人がよくよく承知していたからである。

夜は幾度となく遠くで、あるいは割合近くで銃声がした。後で判ったことであるが、この附近は友軍相食うの修羅場で、気強い奴は後ろからポンポンと撃ち殺して食う。気の弱い奴は病人で動けなくなったのを、死ぬのを待って食うと言うのである。マン丸く顔のハレ上がった兵が土の上に座っているのを時々見かけた。

ダラギオ河からアサン山に出る方向が判らず、丸一日、同じところを往ったり来たりした。そのときは山岸曹長の案内は何の役にも立たなかった。何十となく流れの中に真っ白く骨があったところからいよいよ河を離れて山に入り始めた（S少佐がY准尉にピストルで殺されたというところで、このS少佐というのは前にも記した。老少佐でイポ陣地で現地自活隊長をしていた人)。

多雨多湿の深山は薄暗く、えんえんと休んでは登り、登っては休みした。もはや乾パンも与えられず、何一つ食うものなく水ばかりで過ごした。体はとても耐えられそうになかった。半数くらいが落伍して、もはや三、四人になったが、こちらが休んでいるとそれでも追いついて来た。もう二日も歩けば、何とか目鼻がつくと言うのが見透しであった。十人ずつくらいの死体が山の鞍部に一定の間隔を置いて腐乱していた。

兵団長は一言も発せず、五十幾歳の体を兵隊や見習士官にたすけられながら、一歩一歩と前進した。彼には最低ギリギリの食物は確保するという日名田の決意も、今は画餅に等しかった。吾々は今、アサン山の東側から西側に廻りつつあると判断された。ようやくにして一尺幅位の小径がつき始めた。脱出はどうやら成功したかも知れない。山の向こうでオーイオーイと声がした。声は一刻一刻、非常な早さで近づいて来た。向こうは二人である。木立の隙間越しに、三十メートルを隔てて両方が停止した。

「お前は誰だ!」と言う日名田の声が緊張に震えた。「司令部の東口少尉だ」と先方で答える。両方はかけよった。東口少尉は阿久津参謀の命により、兵団長閣下探索のため出された将校斥候であったのだ。東口少尉はキビキビと報告をした。参謀はここより一日行程、兵団主力(と言っても百名そこそこ)は二日行程のところにいるというのである。全身から力が抜けると、兵団長も日名田も見習士官も金光も私も、何度も何度も手を握り合って、御苦労様でした、御苦労様でした、とポロポロと涙を流した。

一行は東口少尉と当番兵の米の弁当を貰って食った。ヤシの実も分け合って食った。その間に東口少尉の当番兵は、伝令として兵団長閣下一行の到着を参謀に知らせるため走り去った。しばらく休むことになり、みんなごろりと転がった。白い雲が高い梢の上を流れている。ふけどもふけどもつきぬ涙が、みんなの目の奥から泉のように湧いて流れた。七月二十日頃であった。

十五——脱出㈠

東口少尉を先頭にして歩く一行の足取りは、今までと変わりなくノロノロとしたものではあったけれど、行く途は定まっていた。すでに兵団司令部の人々が幾回か往き来した。もはや途に迷うという懸念はない。幾回となく休みつつも、夕刻前には例のアンガット河の最初の拠点の次に司令部が拠点として一時滞在したところに着いた。そこには大きな小屋の骨組みだけが二つ残っていた。その附近は山も深くなく、すくすく伸びた木が茂っていて、今までのジメジメとした気持ちの悪さはなかった。

一行はここで一泊することとなり、明朝出発して第三の拠点へ進む予定である。幾らかの米が準備されていて、吾々は始めてくつろいだ気持ちになった。靴は破れ、服は裂け、不潔でヤセ細り、湿疹や出来物で、ひげや頭も伸び放題の姿は、そのまま敗れた日本軍の姿でもあった。今後、吾々は何としても生き延びて、再び来る事態に備えなくてはならない。そのために食料を獲得して体力を恢復せねばならない。病気に倒れてはならない。極端に体を愛惜せねばならない。

十の谷出発以来はじめて結ぶ安き夢は、心地よき涼しさと梢を過ぐるゆるやかな風の音に明けた。身支度を整えると、昨日以上の元気を出して第三の拠点へ向かった。一尺幅の山道を登り降り、あるいは迂回して幾度も休みながら、第三拠点に夕方前に到着した。

兵団長に会うため、阿久津参謀が前線から引き返していた。現在司令部として握っている兵力と言うのは、せいぜい百名位で、それも三人、五人とバラバラになっていて、食を求めて遠く田や畠に出て籾を芋をカッパライ、野牛を捕まえ自活し、幾らかの食糧の余裕が出来ると、それを持ってそれぞれの拠点に引き揚げ、無くなればまた出かけるという現状であり、その他の兵団隷下諸部隊は北上せるものあり、全滅せるものあり、解散せるものあり、全然消息は判らない、装備としては、各兵が小銃を辛うじて持っている程度で、丸腰の者もかなり居ると言う参謀の話であった。

一つ一つ兵団長はうなずいて聞いていたが、今後出来るだけの兵力をカキ集めてゲリラ戦をやるか、あるいは米比軍をシゲキせずに隠れて食糧あさりをやり、露命をつなぎつつ新しい事態（北部ルソン山下軍の攻勢）まで生き延びるかというような相談は、さらに前方に出ている高橋少佐（副官）やその他の有力な幹部にも謀《はか》るということにして、ここで数日一行の体力恢復を待つ必要があるということになり、吾々は明日からでも活動を起こさねばならぬと覚悟していた時でもありホッとした。

毎日幾人かの兵が二人、三人、どこからともなく派遣されて来て、僅かずつの食糧を一行のために届けてくれた。吾々の元気は一日一日と恢復して行った。丸太造りの真ん中の炉を仕切ってあって夜も昼も火を焚いた。淡い煙が高い樹の幹の間を縫っていつも棚引いていた。

ここはアサン連山の北辺に当たっていて、この山を降りると、無住地帯の平地が山際にそい十キロないし十五キロ帯状に伸びていて、その間の平地は大体ススキ原で、森林やヤシ林などがその間に不規則に散在して、無数の小流が繁みにそうて流れているという地形で、平地というよりもむしろ丘陵地帯という方が適当かも知れない。その様子がここの小屋のある林を抜けて山の突角へ出るとよく判った。そして、その向こうにルソンの穀倉と謂《い》われるブラカンの平野が霞むように遠見出来た。

吾々の気持ちは、今までの何ら外部と交渉のなかった、そして何一つとして計画したり研究したりしなかった孤独の世界から、少しずつ抜けつつあった。いつまでも他人の提供するものを食っているわけには行かない。これらの食料は極めて困難な状況の下で蒐集され搬送されたものである。危険以上のものを冒してこそ、食糧は得られるのである。

各部落の自警団は、機関銃まで構えて厳重に警戒しているし、米比軍の討伐隊は、幾つとなく入り込んで来ている。その幾多の例は、四人、五人の小さな拠点が寝込みを襲われ、全員殺された例は枚挙にいとまない。次々と連絡に来る兵や下士官によって伝えられた。

私は今後、我が身に降りかかる幾多の困難にも、試練にも耐えて生きながらえねばならない。そのためにはどうすべきか。それは何をさて置いても体力の恢復である。このままではとても激しい活動は出来ない。その次に信頼できる部下とめぐり会うことである。久保が居ないことは、何と言っても残念でならないがこれは致し方のないこととして、六月の初めに十の谷から食糧輸送のため先発をさせた岩田主計曹長と浜崎主計軍曹はどうしているだろうか。生きているとすれば、大体この前方のどこかで食を求めて必ず二人が連れ立って行動していることと思われる。私はどうしても二人に再会せねばならないと思った。誰となく彼となく、私がここに来ていて、今しばらくは動かないことを二人に出会ったら伝えてくれるよう頼んだ。

私たちは徐々にではあったが、ハッキリと元気を取り戻して来た。一日二度のお粥に塩をふりかけて食うのであるが、それはことごとく血となり肉となった。兎の糞のようにポロポロとして何の臭みもなかった糞が少しずつ柔らくなり、脱糞するたびに元気がついて行った。

ここに来てから日名田は急に物柔らくなり、今までの横柄さと傲慢さはなくなったが、兵団長にも参謀にも往復する下士官や兵たちにも、見苦しいほどの阿諛をし、食糧の管理を後生大事として離さなかった。そして、参謀から専属副官として兵団長を地点不明の密林から早く脱出させ得なかった責任について叱責された時も、今後自分が如何に巧妙な手段を以て食糧を確保し、主食・副食はおろか煙草、甘味品、酒類まで調達して、兵団長や参謀にお目にかけてみせるか、またその方法としては変装し、二丁のピストルを持ってカバナッアンやサンミゲルの町の真ん中まで乗り込んで必ず成功する確信があると言葉巧みにまくしたてた。

彼の尻のキズ跡（私の頭と同じ時に撃たれたもの）もほとんど治っていたし、元気もほとんど恢復していたが、その後五人、七人位の小隊を編成して自活することになった時も、彼には一人の部下もつかず、また兵団長について徒食することはさすがに許されない事態になって来た時、彼の公約を果たすため食糧の獲得に単身出撃し、イポ陣地南方の山腹で遂に米兵の機関銃によって斃れたらしく、同じコースを出撃して首尾よく帰った兵隊が彼の死体を見たと言う話を聞いたのは、俘虜収容所へ入ってからだった。

結局、召集前、T県で警察署長（警部補）をしていたと言う彼も、煙草や酒はおろか一握りの塩だに自ら獲得し得ず、終戦の日も待たずに死んで行ったに違いない。

金光軍医はこの旧第三拠点へ来てからは、特に食うことにいじきたなくなり（私もまたそうであったが）、僅かのお粥の盛り加減について一日中、不平をならべていた。彼は頼る部下とてなく、三十七歳にしては案外年寄りくさく、何一つするにも面倒がり、今後とも誰かの世話にならなければ、食料を獲得して生きて行くことは無理だろうと思われた。

後で小隊を編成した時は、さすがに彼の医者という点を重宝がられ、また毒気のない彼の性格も手伝い、日名田のようにつまはじきされることなく、他の小隊に客分として参加したが、各小隊が思い思いに斬り込みの方針を立てて別々に行動してから間もなく、彼の属する小隊が米の獲得のため部落へ向かうとき米比軍の討伐隊や自警団のためサンザンタタかれ、逃げ帰ったものは一人だったと言うことであるから、彼もまたマンゴーの木の下か、あるいは芋畑の中で悲惨な最後を遂げたことであろう。

東北のY県で開業医をしていた彼。典型的な小市民タイプの彼も、召集でかり出されなければ、あの雪深い東北の町で柔和な町医者として長生きしたであろうに。

この第三拠点跡に来てから二日ほどして、経理学校の同期でイポの陣地では貨物廠の出張所長をしていた黒沢が煙草を持って尋ねて来た。彼は煙草をのまなかったが、転進の時持って来たのが残っていたのだと言い、二函《はこ》くれた。五十日振りにのむ煙草の味は格別であった。

一本二本と分けたので、またたくまに無くなってしまったが、私はやって来るかも知れぬ岩田や浜崎のために五本を残した。黒沢の案内で、ここから半日位歩いて行くところに「わらび」が生えていて、彼は三、四人の部下と共にそこまでの中間に拠点を持っているから、一度行こうと言うので出掛けた。

途中、渓谷ばかりのところを歩き、彼の拠点に出た。そこは水がきれいで竹ヤブが茂っていた。ニガイ筍も生えていた。そこから丘陵地帯のススキ野原を横切り、幾つかの林を越えた。途中の林の中には丸太で建てた大きな兵舎があり、発電器の壊れたのや米式の水筒などがあったりした。これは日本軍が比島を席巻して軍政を布《し》いた頃、抗日ゲリラ隊の拠点になっていたところだと言うことであった。その当時、彼らは兵器・食糧の空中補給を米軍から受けていたらしく、附近に平坦な野原が多かった。

わらびは相当生えていて、生でむしゃむしゃ食ったが旨かった。背負えるだけ背負い、夕方までに帰った。途中に小さな丸太小屋が幾つも幾つもあって、その中には決まって日本兵の白骨死体が二つ三つころがっていた。そのほとんどの者がマラリヤその他の病気で動けなくなり、遂に餓死したものと思われた。

黒沢にもそれっきり出会わなかったが、俘虜収容所へ入ってから彼の部下から聞いたのでは、やはり食料斬り込みのために北上し（アクレイ附近と想像する）、やはり奇襲を受けて、黒沢隊長以下小隊のほとんどが死んだということである。私はまだその時も軍刀は持っていた。幾度か捨てたり拾ったりしたので、誰のものを持っていたのか記憶にないが、ピストルはあの部下に殺されていたY中尉のものを持っていた。軍刀は赤サビですっかり駄目になっていたので、四、五寸の大きなナイフを持っていた（拾ったものと思う）のを丹念に石で研いだ。これから先、野牛や豚でも捕まえて料理するときの用意に備えた。

　雨が山一面に降り注いで、震えるような寒い日に、篠突く雨の中を岩田と浜崎がやって来た。浜崎の視線と私のそれがいち早く合うと、彼は私の方に走り寄るようにしたが（私は小屋の丸太を並べた床にアグラをかいていた）、岩田は彼の腕をつかむと、グイと引っ張るようにして二間ほど左寄りにいる兵団長の方に歩き、河島少将の前に二人並ぶと、びっくりするほど大きな声で（雨の中で）、「申告致します」とやり始めた。実にシッカリした態度だと思った。それから私のところへ来て、また申告を始めた。私は威儀を正してこれを受けた。

　裏の小屋に焚火がしてあった。私は二人をそこへ連れて行った。妙に気持ちがいじけてすぐに言葉が出なかった。三人とも抱き合って泣きたい衝動にかられながらも、軍隊というものの組織と軍隊式な物の考え方のために、私と彼らは上官・部下としての言語・態度以外には出なかった。しかし、お互いに込み上げて来る熱いものを禁じ得なかった。

　岩田はどういうわけか、かむっている鉄帽の外にもう一つ鉄帽を背負い、ちぎれた革脚絆を巻きつけ、膝の飛び出したズボンに上はシャツ一枚で、顔は渋紙のように赤黒くなっていた。歯は真っ白だった。頭は伸びてヤマアラシのようになっていた。目は落ち込んで顴骨は飛び出していたが、不敵な面魂とでも言った気概が顔中にみなぎっていた。

　浜崎は少しもヤツれずに赤茶けた頭髪が伸びて縮れ、尻のところはすっかりズボンが破れて、肌白な彼の尻が半分以上見えていた。ひどい近眼だった彼は、眼鏡をそれでも失くさずに、そのつるは何かのひもでくくってかけていた。案外よく肥えていて元気だった。気の優しい涙もろい彼の目がショボショボとして、今にも涙が流れ出そうになっていた。

雨はザアザアと降り、焚火の火はくすぶり、三人はタバコを吸った。二人の喜びようは大したものであった。私は前にも記したように、今後生きながらえるとすれば、数人ずつ一組となって自活せねばならないことになるだろう。そうすれば、最も信愛する部下を持つことは絶対に必要であり、彼ら二人と一緒になることが目下の急務であると信じていたので、彼らの来訪は飛び立つほどうれしかった。

また、二人が交互に語るところによれば、私が兵団長の一行と共にしたために、もはや私は死んだと判断していたこと、それでも万一拠点へ私がたどり着いた時のためにと、二人が最後に分配された米を二升とカンパンを数食分、第二拠点（ここへ来る前に泊まった所）で東口少尉に託し、私に渡してくれとくれぐれも頼んでおいて、自活のため食料の斬り込みに出ていたこと、そして四、五日前、あまり前方へ出過ぎ、遂にアクレイ西方の部落の歩哨線まで出て落花生を掘り起こしていた時、警戒の米比軍に見つけられたが、逃げてススキの中に二日二晩、蚊に攻められながら息をひそめていたこと、それからまた、方向を変えて斬り込みをやろうとしているとき、往き会った兵隊に私のことを聞いてすぐに駆けつけたこと、どうしても二人だけでは自信が持てない、これからは絶対に離れず、死ぬ時は共に死にたいと、二人は頬を濡らしてこもごもに誓ってくれた。

今日まで歩んで来た彼らの苦労、どの部隊にも属さぬ経理官なるが故に、混乱した時はいつものけ者にされ、頼りとする主計の将校は一人も居ない、など、どんなに心細かったことだろうと思うと、私は今まで押さえていた涙が制し切れず、遂に泣いてしまった。

彼ら二人はすっかり安心した様子だった。日名田は二人に対し、ここに宿泊することは差し支えないが、食料は自分たちで勝手にやれと申し渡した。私は何分よろしく頼むと、日名田に申し入れ、私の傍へ二人並んで寝ることにした。彼らは安心してグッスリとねむった。雨は止んで、青い南方の月は木の間を洩れて丸太小屋の中まで差し込み、みんなの寝顔を照らし出した。遠く山の下の方で銃声が何度も何度もしていた。二人は落花生を持っていたし、少々の籾ももっていたので、日名田の世話にはならなかった。浜崎が鉄帽の中でコッツンコッツン籾を搗いた。

滞在一週間で一行は山を降りて、司令部の主力の位置に前進をすることになった。みなかなり元気になっていたが、一人の兵隊は落伍した。山を下り切ると、小さな川を幾つも幾つも渉《わた》って竹藪の中を歩いた。毎日新聞（マニラ新聞の）写真班員のK氏がライカ（ドイツのライツ社製の三十五ミリカメラの商標名）をまだ手離さず、首から下げてボロボロの風体でヤセ細り、吾々の来た方へ（山へ）歩いて行くのと出会った。同僚と連絡するためだと言った。それっきり彼の消息はない。

一面のススキ原に、アリバンバンの樹がところどころ茂っていた。ふり返ると、今まで過ごして来た千古の樹海が重畳として雲の彼方に続いている。ところどころマンゴーの木があり、熟したマンゴーがたくさん落ちていた。吾々はむさぼり食った。甘ずっぱいこの果実の味が、もはやジャングルから抜け出したことをハッキリと認識させると共に、いよいよ敵に対する警戒の必要と危険の逼迫《ひっぱく》していることを自覚させた。ヤシ林を通った。幾百本というヤシの実は食い荒らされていた。吾々は青いマンゴーを出来るだけ背負った。

夕方、雨の中を拠点に到着した。増水した河のそばに、竹で造った小屋が幾つも幾つも出来ていて、高橋少佐、大川大尉ら久しぶりで多くの人に出会った。みなあれから（十の谷から）の出来事をお互いに話し合い、食物を得るためにどのような労苦と危険があったかを話し合った。兵団長とその側近者は明後日、その他の者は明朝出発して次の拠点ウィルソン鉄山に向かうことになった。

日名田ともいよいよ別れることになる。彼は私に一握りの塩をくれて、今後食料の収穫があった時は必ず閣下のために届けてくれるように言った。私はこれを承知した。その夜はマンゴーの青いのを焼いて幾つも食った。岩田も浜崎もよく食った。「サツマイモ」のやき芋を酸っぱくしたようである。

この夜、初めて私は東口少尉と兵団長一行が出会って旧第二拠点へ来た時、岩田らの託してあった米とカンパンを東口少尉が私に渡そうとしたのを、私に知らさず日名田が「これは当然私の預かるべき糧食だから」と言って、自分が受け取ったということもこの時になって聞いた。あの時、一同が食った米と言うのはその米だったことが判った。私は何か愉快に感じた。そして岩田や浜崎の好意に改めて礼を言った。

翌朝は高橋少佐の指揮で五十人ほどのものが出発した。非常に早い速度で、私たちはついて行けないかと懸念した。高橋部隊長はカラカラと大声で笑い、ハツラツたる元気で、みんなを引っぱって行った。彼は前途に何の憂いも持っていないような、それでいて警戒や行軍の部署、途中における食糧の獲得等については細心の注意を以てした。誰一人気付かぬうちに水牛をみつけてこれを追い、捕まえることを命じ、野鶏が遠く前方を横切ったのも決して見逃しはしないという風であった。

彼に指揮されることによって、吾々は何かしら希望を抱いた。そして彼に遅れじと急いだ。彼は、「こうなったら仕様がないさ。生きておれば何とかなる。死んだらつまらん。なあにタヤバス州へもぐり込んで、ヤシ林へ入ったらヤシを食って何年でも大丈夫だ。元気を出せ」と誰にでも言った。

ウィルソン鉄山というのは今は廃坑になっていて、トロッコのレールも赤サビになり、草がボウボウと茂っていた。三方山に囲われたところに人夫小屋ででもあったろうか、大きなトタン葺きの木造建築が幾つも散在し、小川の向こうの台地には住宅らしい建物が三つほど並んでいた。先発していた組が四、五十人ほどいて、吾々の到着を入れて百人近い兵団の生き残りが集まったわけである。

イポ陣地最後の日以来、出会ったことのない顔が幾つもあった。それぞれ小屋へ合宿することになったが、窓も床も屋根も荒れ果て、床などはブカリブカリと板に穴があいていて踏みはずした。全くの廃屋である。ここで全員の持っている食料を均等に再分配し、将校を長として五人ないし十人位の小隊を編成し、それぞれ独立して食糧を獲得し、蓄積し、次の事態に対処すべき準備をする。常に司令部と連絡をとるという命令で、私のところは私を長として岩田、浜崎のほかに兵三人、計六人で那須小隊と言うことになった。これらの各小隊をひっくるめての部隊長が高橋少佐ということになり、結局、私は河島兵団高橋部隊那須隊長と言うわけである。

翌朝、高橋部隊は一部を残して出発した。まだまだ敵の第一線にはよほど遠いので、襲撃されることはまずまずないとしても、決して油断は出来ない。警戒を厳重にしてアサン山麓西側を南下した。椎の実に似たものを拾って食う。竹藪が多く筍を食う。ニガイニガイ。高橋部隊長は先頭に立って、せまい山坂道をドンドン進む。やがてバヤバス河に出る。この流域には兵団隷下各部隊の連中があちこちにいて、小屋を立てている。ここを拠点としているらしく、小屋の前に水牛の肉を小さく切り、一面に干している者もいる。

窓からのぞくと、ヒゲ面の山賊のようなのが二人いた。肉を一切れくれと言うと、五切れほどくれた。水牛の脂を煮つめてヘット（牛の脂から採った料理用のあぶら）を作っているらしく、芳しい脂の香が鼻をつく。空腹がたまらない。

河をそれてトウモロコシの畑へ出る。ここは戦前培《つちか》っていたものらしく、野生のようなトウモロコシが生えている。全員開放されて飛び出し、畠へ入ってチギってはかぶりつく。未熟な貧弱なトウモロコシから、牛乳のように甘い汁が出る。その附近には三軒ほど廃屋があり、床上にも床下（床下は非常に高くて大人が立てるくらい）にも、日本兵の白骨がゴロゴロしている。腐爛しているのもいる。発熱したり下痢したりした者は、例外なく容体は急激に悪くなり、必ず死ぬのである。どんなことがあっても病気は出来ぬぞ、とつくづく思う。

ここで高橋部隊は各小隊ごとに自由に行動することになった。これから先は大きな部隊でうごくことは出来ない。二人、三人で行動をせねば、必ず襲撃を受けると言うのである。そして今までに多くの人が奇襲を受けて死んだ例を挙げて説明があった。

七、八人で夜、部落へ接近し、鶏や塩をとって帰る途中、村の出口で一斉に四方から包囲され、全員惨殺されたこと、マンゴーの木へ登って採っている間に、自警団員が来て下からネライ射ちされて死んだ兵隊、炊煙を上げたために未明に一斉襲撃を受け、十人のうち二人だけ助かったという話、ここなら大丈夫と廃屋でハダカになってマンゴーを食っているところへ、いきなり米比軍一ヶ分隊に踏み込まれて、三人が三人とも頭部貫通で死んだこと。また米比軍は相当道の悪いところでもジープで乗りつけ、アッと言う間に襲って来る。向こうは軽機もあるし、自動小銃だし、とても応戦出来ぬなど色々の注意があって、それではみな元気でヤレよ、また会おうと言うことになり、各小隊ごとに行動を起こした。

方針を決めなければならない。北上して少しでも山下軍のいる方へ接近しようと考えるもの、北上すると言っても途は遠く、山ぞいに行くとしても途中、敵のゲリラ隊はいるし、その間の食料に事欠くし、今は何と言ってもこれよりさらに西進した附近に適当な拠点を設けて、部落へ出て米や籾をねらい、水牛や鶏を捕まえて細長く時期を待つべきだと言う者が多かった。

ここから近い部落は、日本軍のゲリラをおそれて、日中だけ自警団の警戒のもとに田畠に出て動き、夜は遠くの部落へ引き上げてしまうから、大概の部落は夜は空家になっていて、収穫した籾が家の中に積んである場合が多いと言うのである。この部落や田畠を対象にして、食料斬り込みをやると言う小隊長が一番多かった。私は何の思案もついていなかった。いずれにせよ、もう少し西進する必要があったので、ぞろぞろと他の小隊の尻からついて行った。

また、夜が来た。盆地のような野原の真ん中に、百メートル置きくらいに一軒ずつ空家があった。家の中はどれもガランとして道具一つない。日本兵の死体が三つ四つころがっていて、日本銀行の十円札が何十枚となく散らばっていた。○○少尉の小隊と一緒の家で寝ることにした。私は一晩中、眠らなかった。

私には五人の部下がある。小銃は二丁ある。これから先、全然見当のつかない地形と、何の情報も得られない条件の下で、果たして生きて行けるだろうか。いつ襲撃を受けるかも知れない。今、私の小隊は一人二合ずつの米と塩若干を持っているだけである。北上することはあまりにも現実にそわない。この附近を拠点として斬り込みをやるとしても、各小隊の獲物争いになれば私の小隊は弱い。強い者は肥るし、弱い者はヤセ細って餓死するほかない。私の最も頼りとする岩田、浜崎の二人は主計下士官であるから、戦闘のことはあまり知らないだろう。どうしても我の小隊は競争相手のない方向に進むべきだ。そうでないと、みんな他の小隊にしてやられる。

また部落を対象にした場合、万一一撃のもとに戦死すればいいが、話に聞く土民に鼻を削られたり、手足を切られたり、水を飲まされたりされるのはいやだ。そうなれば思い切って南進して、イポの陣地へ再び戻ることだ。そこは米軍の第一線があるはずだ。また陣内に入れば、旧日本軍の陣地の様子は大体見当がつくし（私は兵団経理部長の代理で、何回も隷下各部隊の糧食の集積を見て歩いたことがある）、米や塩やカンヅメ類の格納してあった幾つかの洞窟の位置も大体覚えている。これは思い切って、イポの陣内へ潜り込むことだ。どうしてもそうするより手はない。

これはすばらしい案だと思った。○○少尉の小隊も下士官はいないし、小銃も二丁で兵隊が四人と言う弱い小隊だった。私は○○少尉を誘って行くつもりだった（敵中潜行と言うような冒険は、とても私一人の判断では出来そうになかったから）。

翌朝出発して、私たちの一行はイポの陣地へ向かった。新しい責任と不安に私は緊張し続けようと努力した。兵隊二人が落伍すると言い出し（ひどい下痢のために）、連れて行けなくなり、途中の空家で待っているように言って再び出発した。真っ直ぐに行こうとするので、岩山を幾つも越えなければならなかった。この附近には落下傘ニュースや投降勧告のビラが幾枚となく落ちていて、日本軍俘虜が楽しく暮らしている写真が記事と共に掲載されていた。

誰も彼も投降のことについては、一言も話すものはいない。皆、一通り読むと破って捨てた。日本内地の断末魔の様子や比島方面軍の完全カイメツについても詳しく書かれていたが、それは現実の吾々と何の関係もなく、少なくとも面に出しては何の感動も起きなかった。投降ということについて、こんなにまでうちのめされ、虐げられ、軍の建制も崩れてしまった今においてすら、吾々は皇軍の一員として、絶対にそれを考えることさえ許されぬことであったから、たとえ心中どんなに投降ということについて考えていようが、それは金輪際、実行に移すことはないのだから、もはや何の感動も起きない。

そして今の悲運について、またこれに打ち克つ意義についても何も考えない。実のところ、ただわけもなく生きのびたい、食いたいと言うことだけで頭の中は一杯であった。しかし、私は投降と言うことについて頭から関心を捨てていたというわけではない。

ただ投降という行為あるいは自発的にではなくても捕虜になるという恥辱が私の責に帰すべきもの（私の意志で投降し、または私の誤りによって捕虜になる）でなければ、生きのびるために、生命の危険から解放されるために、食物の安全を得るためにも望ましいことである。上司からの命令さえあれば、私は部下と共に投降したいと考えた。しかしまた、その時に及んだら私は他の少壮将校と同じように、投降というような不面目極まる絶対に夢想だに出来ない恥辱を否定し、潔《いさぎよ》く自決する覚悟は充分持っていたし、そうすることの方がむしろ正しい態度であり、その考え方が恐らく私の行動を支配しただろうと思われた。

私は歩きながらも、このことについて同じ考えを繰り返し繰り返し考え抜いたが、何一つ結論らしいものは出なかった。そして〇〇少尉とは、如何にして生きのび（新しい事態の来るまで）るか、食糧の獲得は如何なる方法によるかということ以外、話し合わなかった。〇〇少尉は私よりも年長だったが、私よりも元気があった。彼は私に話しかけるときは、いつも案外朗らかに（笑いさえうかべて）希望的な意見を述べ、投降などについては全然考えていないように思われた。

私は彼がいることによって心強く、彼がいなかったとすれば、死ぬか生きるか投降するか、一刻も早く今の運命に終わりを告げる方法を講じたかも知れない。こんな不安定な状態に耐え忍びつつ、次々と起こるだろう事態を予想出来ずに過ごすことは耐えられなかった。

岩田や浜崎のように、指揮する上官を持つことは幸福であった。私には今高橋部隊長や兵隊長と言う系統的な指揮官はいるけれど、もはやそれは実際的には指揮官とは言えない立場の人達であったし、その人たちは何ら私たちの生命保持について有効な処置を講じたり、かばったり、判断を与えたりしてくれることが出来ないかけ離れてしまった人たちである。私は今こそ私と私の部下の今後について、文字通り責任を持たねばならない。岩田や浜崎は、決して今後のことについて格別の考えは持っていなかった。私に一切を託していた。

それが軍隊の依存性であり、誰でも共通に持っていた考えと言えば、それは軍隊という組織を離れた一個の人間としての保身についてであった。兵団長にしても、イポの陣址が陥落して上級司令部と絶縁されるまでは、比島方面軍というものに依存し、また方面軍は大本営にそれぞれ依存していたのである。ただ、その組織の力が指揮官としての自分を含む隷下軍隊の力を漠然と過信していたのである（孤立することによって初めて自身と自分の指揮するグループとの力を知るまで）。

十六——脱出㈡

今、私は名実共に那須小隊の指揮者であった。指揮する立場にあるものは（その上にさらに指揮者を持たない指揮者）無惨である。裸の人間として、また自分一個のために行動することは出来ない。自分一人で逃げることも、一人で食うことも、また普遍性のない観念や理念を振り廻して自己保身のためにつとめることも出来ない。しかし、被指揮者は指揮者の責任に託して、どうしようと考えようと勝手である。

前記はしなかったが、いよいよイポ陣地も陥落を避けられぬと決まった夜、第一線歩兵部隊長のM中佐が通り一遍の命令を出しておいて、ウィスキーを無茶苦茶に飲み、前後不覚の状態でピストルで自分の頭を射貫いたと言うことも、また第一線砲兵部隊長のK大佐が散弾集中する指揮所へ過度に頑張り通し爆死したことも、孤立指揮官としての悲惨な立場からの事前逃避だったに違いない。前者は悲壮な自決として武士の最後にふさわしく、また後者は陣頭指揮して敵弾に斃れれば将《まさ》に武人の龜鑑《きかん》である。

そして、そのようなそれぞれの行為は極めて人間的であり、またそのことによって多くの彼らの部下は意義なき戦死から免れ、勢い退却の気運を作ったかも知れない。また、某隊長、某々隊長の如く常に自己のみの生命のために逸早く逃避し、時に応じてその巧妙なる判断と手段と阿諛を忘れず、今なお元気に一人でも多くの部下と共に生き続けている者もある。それぞれの功罪は別として、そのような行動をすることはその人その人の、否、誰でもがギリギリの際には大別してそのどちらかに属する（勿論それ以外の場合もあろうが）に違いない。

私はそのどちらかを採ればよい。そして、それは今でなくともよい。必ず土壇場のギリギリの時期が到来するはずである。それまでは指揮官としての威容と矜持を保たなければならない。常に指揮官は（軍人は）勇敢であり、良き判断力を持ち、機に処する実行力がなければならない。僅かの卑怯があってはならない。このことは過去においても、また現在でも飢餓と憔悴のためにほとんど思考する力を失い果て、黙々と歩いているときでも周期的に、そして唐突として突き上げて来る感情と共に私の肉体をゆすぶり起こした。

これは、決して指揮官としての責任観念と責任を全うすることによる赫々《かっかく》たる栄誉を享受せんとする自己満足のみではない。むしろ肉体の衰弱に打ち勝とうとする努力と、置き去りにされた多くの人々と同じ運命を辿るかも知れぬ恐怖、この四六時中、脳裏から離れない恐怖に対する必死の抵抗であり虚勢であった。

○○少尉と私の小隊の一行は、幾度となく休みながらもラリスの近くまで進んだ。山を抜け切った。途端に開豁《かいかつ》なススキ原が見え、緩やかな坂を上り切ると、そこからところどころアリバンバンの木が茂るススキ原が下り坂の斜面になっていて、その向こうに山峡が開け、トタン屋根の民家が五、六軒散在している。先頭を並んで歩いていた私と○○少尉がほとんど同時に「伏セッ！」と低く鋭く叫んだ。ススキの間から偵察すると、淡い細い煙が一軒の家から立ち上り、コットンコットンと言う音がカスカに聞こえて来る。それが何の音か判断がつかない。

半時間位偵察していても、住民や米比軍がいる様子はないので、十メートル置きに二人ずつ野原を下り始めた。恐らくあの煙は友軍の兵隊だろうと決め込んではいるものの、数分後に起こる機銃の掃射を予期しないわけでは決してなかった。音を立てぬように低い姿勢で八方を警戒しながら、静かに静かに降りて行った。疲労と空腹と憔悴を堪え忍びながら、ひきずるように歩みつつも皆の眼は動物のように燃え、動作も瞬間的にひどく敏捷であった。

私には次に突発する事態に対処する何の考えもなかった。迂回することは出来ない。あくまでこのラリスを通り抜けることによって、一時も早くイポの陣地に潜入することと以外に何も考えている時ではない。それまでに突然の事態が起きれば、その時はその時のことである。事実、指揮官としての私は、何の対策もないままにこの最も警戒すべき坂を下って行った。愚かな方法が戦場ではたまたま功を奏し、拙速が成功する場合は今までにも決して尠《すく》なくなかったからという判断よりも、むしろ一刻も早く不安と憔悴と飢餓の運命から、一挙に抜け切りたい気持ちで一杯だった。

坂を下り切った時、真っ黒いものが飛び出して走った。水牛である。突然、パンパンと銃声がして、私はペタッと地に伏せた。私の小隊と○○少尉の小隊の兵隊が射撃したのである。水牛には命中せず繁みの中に逃げ去った。貴重な獲物を取り逃がした残念さにも増して、私はこの銃声によって起こる次の事態にかつてない恐怖を感じ、煙の上がっている家と反対の方向に逃げた。一行も私のあとを追った。繁みにかくれてしばらく様子を見ていても、何の変化もなかったので、私たちは五百メートル先の家に一泊する覚悟で、また前進した。

その家は板壁は全部こわれていて、トタン屋根の下に柱だけが残っていた。殺された水牛の皮が捨ててあって、ひどい悪臭を放ち、銀蠅がワンワンたかっていた。吾々はナイフで毛皮の裏にまだ幾らか附着している腐肉をそぎ取って、食うことに忙しかった。間もなく夜が追っていたので、私たちは手分けして出来るだけ多くの青いマンゴーの実を取ることにかかった。

○○小隊の一人の兵は、昼頃からひどく下痢を始めていて、この家に辿りつくようにして横になったまま動けなくなり、ウーン、ウーンと弱くうなり通しで、「ああ、もう駄目だ」と幾度か繰り返していた。それでも排便するときは、よろよろと起き上がって行っては草の中にしゃがみ込んだ。かなり熱があるらしく、顔をゆがめて苦しそうに吐き出す呼吸の中から、「大丈夫か、ついて行けるか」と言う○○少尉の言葉に、「大丈夫です。自信がありますす」と言い、カッと目を開くと、起き上がるような気配を見せ、焚火でマンゴーを焼いているときも一つくれと同僚にせがみ、ガキのように食った。

死期の迫っている時、誰でもがそうであったようにひどく食いたがった。しかし、二口三口食うとグニャリと横になり、目を半ば開いたままハアハアと息を吐いた。顔が土色になり、すっかり観念してしまっている者の安堵と平静があった。そしてそれは時々、苦悩と苦痛を伴う恐怖感によってひきつるようにゆがめられた。その夜、一、二発の銃声が遠くの方で響いたきり何の事件も起きず、二人ずつが不寝番に起きていて時々、焚火に板切れを投げ込む音以外は静寂であった。私は柱にもたれて、一晩中ウトウトとしていた。昨夜のうちに焼きマンゴーを一人に三つずつ作ってあって、これが今日一日の食糧であった。

白々と夜が明け始めても、皆、死んだように転がっており、不寝番の者も柱にもたれたまま眠っている様子だった。病気の兵隊だけがゴソゴソと身支度をして、雑嚢の中へマンゴーを入れたり、靴の紐を幾度も締め直したりしていた。いよいよ出発という段になって、彼は「ヨシ、大丈夫だ」と自ら掛け声をかけて起き上がった。その顔は死人の如く蒼白となり、何十回と言う排便と高熱から来るひどい衰弱のために、一分と立っておれない苦痛を耐え忍び、置き去りの恐怖から逃れようとする焦燥に震え慄《おのの》いていた。そして胸を張り、必死の虚構を一本の杖に託して、うつろな目が一点を凝視していた。○○少尉は、私に「連れて行きます」と私語《ささや》くように断わった。

岩田曹長の元気がなくなり始めたのは、この頃からであった。彼もまたこの時、発熱していたのである。マラリヤが出たらしいが、大したことはないと言って元気を粧《よそお》う彼も、この危険な地帯を切り抜けるために急ぐ(実際には極めて緩慢な速度ではあったが)間、黙々として首を垂れ、目を半ば閉じ、歯を喰いしばり、一歩一歩、引きずられるようにして歩いた。肉体の憔悴はもはやありありと見えていた。野原を過ぎ、小川を渡り、幾つもの丘を越えて、同じような地形をカブヤオに向かい一歩一歩と進んだ。

アッと言う浜崎の叫びに、吾々は慄然とした。小川の渡河点に米軍の携帯口糧の空箱や缶詰が幾つも転がっている。もはや敵の行動範囲に入ったことは確実である。思わず一行は伏せの姿勢をとった。今後の行動について○○少尉と相談した。もはや一行がのそのそと歩くわけには行かない。遮蔽物から遮蔽物に向かい、二、三人ずつ躍進するより外ない。兵隊は附近を探し廻り、コーヒーの小缶をみつけてはなめたり、食い残しの缶詰の底をつついたりした。

この間、岩田は草の上にブッ倒れて肩で大きく呼吸をし、ウームウームと苦しんだ。下痢をしていた兵隊は、一歩でも前に進んでおこうとするのか、這うように杖をついて先へよろよろと歩き出していた。岩田は鉄帽をしっかりと締め直すと、ガムシャラのように起き上がった。渋色の頬がゲッソリと落ち、目だけが爛々と輝き血走っている。私は「さあ行こう」と言い、「しっかりしてくれ」と励ました。彼は落伍は絶対にしないだろうと思った。捨てられないとする虚勢と闘魂が彼の全身に満ち満ちていて、私は押しつけられるような威圧を感じた。

私は如何に岩田が衰え果ててしまっても彼を捨てない。私と浜崎は断じて彼を引きずって行く。尠なくとも岩田と浜崎に関する限り、私は決して彼らを見捨てはしないと決心した。私は今こそ彼に見切りをつけるか、それとも如何なる危険に晒《さら》されても、彼と運命を共にするかの土壇場に立ったのだ。私は○○少尉に「先へ進んでくれ」と言い、○○小隊は先発した。

彼は再びよろめくと、ぼろ雑巾のように草の上にへなへなと崩れてしまい、あーと苦しくせつないためいきの下から、再び起き上がろうとする岩田の苦悩の顔には冷汗が流れた。私を信じ、哀願する眼差は心を貫き、この愛する部下を庇護するよろこびに私は一瞬、歓喜した。彼を置き去りにすることによるこれから先の安易さを希《ねが》う心の下から湧き出るものは、この虚栄を満足させるにもはや何の躊躇もしない確《かた》い決意であった。

彼をひきずり起こすと、二人は寄りあいもつれあい泳ぐように歩いた。疲れ切った私の体は幾度かよろめき、膝まずいた。浜崎とI一等兵も替わる替わる彼を援《たす》け、繁みから繁みへ狂ったように急いだ。休むたびに岩田は、つんのめるようにしてブッ倒れ、苦しい呼吸をはずませながら、自ら「ガンバレ、ガンバレ」と叫んだ。彼はヤケクソのように奮い立ち、また思慮深く体を休めた。

米兵の缶詰の空缶や煙草の吸殻は至るところに散らばっており、そのたびに吾々は今さらの如く警戒をし、声を落とし、身を伏せた。笹とススキと伸び放題の草の中に焼き払われた十四、五軒のカブヤオの部落があり、人の気配は無く、焼け杭や柱が墓場のように幾つも幾つも突っ立っていた。

前方の山を登れば、アンガット河(さきに彷徨したアンガット河の下流)が見えるはずである。イポの旧陣地はもはや近い。イポの旧陣内へ行けば、必ず食うものはある。私はそれを確信していた。岩田は少し楽になったようにもあり、もはや死の直前であるかにも見え、それでも彼は歩き続けた。彼のためにこの辺りで一泊することは絶対に許されない。

獰猛《どうもう》な敵の小隊部隊がジリッジリッと迫っていた。自動小銃の音は時々聞こえ、またその音は各方から聞こえて来たので、敵がどの方向に行動しているのか予測がつかなかった。一刻も早く前方の山に入り込む必要があった（後で判ったことであるが、この地区には一ヶ分隊ずつ位の米比軍が数組、掃蕩に入り込んでいて、発見されて全滅した小隊や射殺された落伍兵がかなりあった）。

山の麓でまた○○小隊に合流した。下痢の兵隊はエンエンと苦しげに歩み、幾度も倒れつつ、まだ落伍はしていなかった。この山と言うのは、アンガット河を隔ててイポ（最初兵団が司令部を置いて陥落するまで米軍と敢闘したところ）の北側に当たり、かつて友軍のM部隊が北面して布陣し、真っ先に米軍の空陸からする攻撃を受け、一番脆く崩壊したため、敵に山の稜線から兵団陣地を見下ろされた格好になり、イポ陣地陥落のキッカケとなった山である。

私たちは今、その山にM部隊が掘って格納していたと思われる食糧の斬り込みを期しているのであるが、米軍の陣地配備がどのようになっているかは全然見当もつかず、大体、私は米軍がこのイポ一帯へ一ヶ聯隊本部があり、この山の上には歩哨線があると判断を決めこんでいた。

いよいよ虎穴に入るわけである。「必ず食料は獲得出来る。兵団長に食料を届けてやろう」。私は希望と恐怖と虚栄に打ち震えながら、指揮官としての満足感に浸った。

私の小隊は私と岩田と浜崎と、それにウィルソン鉄山で配属されたI一等兵ともう一人の一等兵の五人であった。二人の兵隊は、ウィルソン鉄山で食糧の再分配をした時、一握りの米もなかった私と岩田と浜崎に、二合ずつの米を差し出したことについて、私たちに対しかなりの無遠慮さと包蔵された傲慢さがあった。そして私は彼らに対しひどくヒケ目を感じ、彼らのそれほどでもないズウズウしさに対しても、また疲れ切って、不潔で(彼らもそうであったが)いじぎたなく、もはや幹部としての何の貫禄もない私に向けられる侮蔑の目に対しても、私はこれを甘受し、彼らの持っている二丁の小銃の使用についても命令することを慎むのほかなかった。

私は彼らが、私が彼らになじめないと同じように、私になじんではいないことを知っていた。彼らはまだ自身の肉体にかなりの自信を持っていたし、時期をみて独立して行動しようと言う意欲も、時々の言葉尻から読みとれた。ただイポの陣内に入り込むための手段として、私の指揮下にあることが彼らのために有利であることは間違いない。私は彼らのそうした考え方に対しても、またその考え方から起こる彼らの今後の行動に対しても決して拘泥はしなかった。

少しでも元気な者が弱った者を振り捨てると言うことは、こうした場合当然であり、むしろ潔いことであった。すでに死一歩前の者を庇《かば》い励ましながら、自分の友情や人間愛といったものの美しさに酔い、感涙にむせんだとしても、それは虚構であり、危機の到来と共にやがては置き去りにして見殺し、自分一人生きるために狂奔するのであれば、もはやそれは見苦しき虚栄でしかあり得ない。

岩田の体は、もはや魂の抜けガラであった。はげしくなり出した下痢便は軍袴《ぐんこ》の中に垂れ流されて、背にも尻にも蠅がつきまとった。それは生ける人間の最も醜悪なケガレ果てた何の価値もないボロ布か塵芥の塊のような存在であった。伏せている岩田の肩に吐息の波が動いていなかったら、それは今までに幾度か見てきた死体と何の変わりもなかった。二人の兵隊がアリアリと迷惑を感じ、〇〇少隊の一刻も早く先を急ごうとする態度を見せつけられ、またジリジリと後方に迫る敵の危険を感じた時、期せずして私と浜崎は岩田を抱き上げた。

木の根と石塊の山道を、灌木にひっかかりひっかかり、引きずり上げるように三人は歩いた。岩田は「離してくれ」と幾度も言い、「アウアウ」「イヨウイヨウ」と絞り上げるような奇声を低く弱く吐き出しながら、それでもどうにか一人で歩き出した。私もその頃から顔が熱くなり、頭のキズ跡が疼き、幾度となく草むらにへタり込むようになり、膝がまるで浮いてすぐに転んだ。〇〇少尉も遅々として進まぬらしく、少し先をノロノロと上って行った。

私はどうしても岩田を連れて行く決心であったし、岩田もまた歩きながら死ぬつもりで頑固に弱音を出さなかった。こんな状態になってしまった場合、私の見た範囲では大ていの者は自殺するか、あるいは落伍を申し出て、これ以上自分の肉体を残酷にはしなかった。岩田のこの我慢さと捨て身の努力が「生」に対する醜いまでの未練であり卑怯であり、潔く自決をした者が勇敢であるとは、私は思わない。そのいずれもが死の恐怖から遁《のが》れんとする死闘であることに変わりはないのだから。

如何ほどあがき狂ったとしても、遺棄されることは避けられないし、また脱出の途は遥かに遠く、すでに遺棄されたことを確認した時、そこには生への一縷《いちる》の望みもない。ただ自決という軍人の最後にふさわしい名誉に彩られた方法によって、最後の虚栄に満足しつつ、華々しく一瞬に死の恐怖を払拭することしかない。

また自分は決して遺棄されはしないし、またすでに脱出への最終段階にあることも自覚している時、今一息の死闘が生への一抹のつながりを持つかも知れないと思われる時、悲壮にして惨憺たる苛酷の鞭に耐え忍ぶ。岩田の場合も同じであり、いずれの場合にしても、苦しい肉体と絶え絶えの思慮の中から絞り出される最も自然なる、そして人間性の溢れたつつみかくしのない行為であろう。

岩田を援《たす》けつつ、また自分自身歩くのに精魂つき果て、浜崎も他の兵隊もすっかり疲労と空腹と衰弱とでとても山を越すことは出来ないと思われ、幾度か私の勇気は挫折しかかった。そして警戒しながら、敏捷に行動することは絶対に望めなくなった。この足手纏《まと》いと共に行動する私を見る二人の兵隊の目は厳しく険しかった。

じわじわと体全体が絞るように疼き、またこの上もない安楽とけだるさと虚脱に奈落の底へしずかに、しずかにそして止めどなく沈んで行くように感じつつも、今後からの拠点について、私はそれをどこに決めるかについて考えた。やがて○○少尉と私とはゆっくりと尻を上げ、河沿いに下り始めた。精一杯の警戒と緊張の中、十人足らずの一行が思い思いの格好で足をひきずり、よろめきながら前へ進んだ。

あとがき——刊行に寄せて

『るそん回顧』の著者、那須三男《かずお》の妻でございます。主人は戦争の体験をなかなか話してくれようとしませんでしたが、お互いに苦楽を共にするにつれて、激戦の模様を聞かせてくれるようになりました。

主人は大変な酒好家でしたが、悲しい思い出を回顧しつつ嗜《たしな》んでいた時もあって、その姿がいつも思い出されます。

ある日、夕食を共にしながら私に話して聞かせてくれたことがありました。それは次に記します、捕虜となった時のことでした。

ルソンの密林を彷徨《さまよ》っている最中、その二、三日前から辺り一面に「日本軍降伏」と記したビラが空から舞い降りてきたそうです。その時は主人と浜崎軍曹の二人きりであったとのことです。

敵軍との境界は背丈よりもずっと高い樹林が連なり、その向こうはアメリカ軍と思われる兵の声ばかりでした。草叢《くさむら》の浜崎軍曹を見れば裸同然であったということで、主人も同様であっただろうと思い浮かべました。

ボロボロの軍服をまとった二人はウロウロと彷徨っていたそうです。その時、向うの方に

兵たちの姿が現われたのです。咄嗟に持っていた土にまみれた白とは申せないような布を、

「もう、これきりだ！」とばかりにアメリカ兵のいる方にヨロヨロと近づいて、示したそうです。直ちに二人は囲まれて捕虜となってしまいました。

次に日本兵ばかりを集めて並べ、捕らえられた日本兵ひとり一人に対して、その土地の人から評価を受けるのです。その人たちは、「キャプテン那須はとても人情のある人です」と口を揃えていったそうです。こういうこともあって、捕虜収容所の中での扱いもよかったと申しました。

収容所ではアメリカ兵から紙を少しずついただき、この手記を書いていったそうです。そしてどうやら読めるのもが三冊出来上がりました。

『るそん回顧』巻一、巻二、巻三の三冊が出来上がり、日本への復員の時、持ち帰りました。思い返せば主人との出会いは、戦争直後という大変な時代でございました。私たちが結ばれたのは、主人が三十二歳、私は二十一歳の時でした。復員直後の主人には自分の仕事を探すことと、一間でもよいから住む所を確保するということが先決問題でした。

紆余曲折ありましたが、幸いにして仕事に就くこともでき、親戚筋のお寺の離れの一間を借りることもできて、復員後の生活が始まりました。

やがて私たちにも長女、次女と長男の三人の子供に恵まれて、ささやかな生活が始まりました。この間、二、三の借家を転々といたしましたが、ある日、主人に朗報が入りました。待望の自分たちの家のことです。主人は早速、新居を得るための手続きをいたし、小さな住宅でしたが、ようやく一家が落ち着くことができました。これは復員後十年過ぎの、昭和三

十一年のことでした。

その後、子供たちも無事に成長してくれましたが、長女が嫁ぐ年齢に達した頃、主人は肝硬変に侵されて五十四歳という若さで亡くなりました。

生前中、持ち帰ってきた『るそん回顧』を世に出す云々のことは何も語らずじまいとなって亡くなりましたが、この手記は昭和二十年の十二月にルソン島ラグナ湖畔カランバ平原の第一キャンプにおいて記述したものとなっていますので、それより数えてみますと六十四年の歳月が流れたことになります。

またこの手記は、書かれた当時のままで、帰国後も本人（那須三男）が筆を入れることはありませんでした。そのため今から見れば不適切、不穏当な表現などがあるかもしれませんが、どうぞその点はお許しいただきたいと思います。

私も皆さまのお陰により八十路の坂を越えたところでございますが、戦火に消えた幾多の方々や、そのご家族さまのことを思うと、胸に迫るものを覚えずにはいられません。

本著書の出版に際しましては、元就出版社の浜さま始め、皆々さまにお世話になり、厚くお礼申し上げ、拙い私の「あとがき」とさせていただきます。

平成二十一年六月

那須礼子

るそん回顧

2009年 8 月15日　第 1 刷発行

著　者　那　須　三　男
発行人　浜　　　正　史
発行所　株式会社　元就《げんしゅう》出版社
〒171-0022 東京都豊島区南池袋4-20-9
サンロードビル2F-B
電話　03-3986-7736 FAX 03-3987-2580
振替　00120-3-31078
装　幀　純　谷　祥　一
印刷所　中央精版印刷株式会社

※乱丁本・落丁本はお取り替えいたします。

ISBN978-4-86106-180-6　C 0095